本书系湖北省社科基金一般项目（后期资助项目）
"林译小说在近代的传播研究"成果（2020s0030）

林译小说在近代的传播研究

龚琼芳 著

武汉大学出版社

图书在版编目(CIP)数据

林译小说在近代的传播研究/龚琼芳著.—武汉:武汉大学出版社,2022.8
ISBN 978-7-307-23065-1

Ⅰ.林… Ⅱ.龚… Ⅲ.林纾(1852-1924)—翻译—小说—传播学—研究—近代 Ⅳ.I207.4

中国版本图书馆 CIP 数据核字(2022)第 074394 号

责任编辑:宋丽娜　　　责任校对:李孟潇　　　版式设计:韩闻锦

出版发行:武汉大学出版社　(430072　武昌　珞珈山)
　　　　　(电子邮箱:cbs22@whu.edu.cn　网址:www.wdp.com.cn)
印刷:武汉邮科印务有限公司
开本:720×1000　1/16　印张:13.25　字数:195 千字　插页:1
版次:2022 年 8 月第 1 版　　　2022 年 8 月第 1 次印刷
ISBN 978-7-307-23065-1　　　定价:56.00 元

版权所有,不得翻印;凡购买我社的图书,如有质量问题,请与当地图书销售部门联系调换。

前　　言

　　林纾是我国文学史上最后的古文名家，在诗、词、戏曲、小说、笔记等方面均有创获，但真正使他蜚声文坛的却是他的翻译小说，即"林译小说"。林译小说是中国近代小说史和中国文学翻译史上一个独特的现象，对新文化运动也有深刻影响。学界对林译小说的研究，主要集中在文献整理及文学史、译学史和思想文化史等角度。

　　从另一个角度来观察，林纾的翻译活动以及与林译小说有关的各种现象，具有传播学研究的价值。首先，林纾是我国翻译文学的奠基人，在中国文学史上书写了中西文化交流的新篇章，为我们打开了认识世界的文学窗口，其翻译活动本身就是一种文化传播现象。其次，林译小说从风靡一时到备受批评再到湮没无闻，这是一种文化产品的传播，其传播效果与社会环境的变化密不可分。再次，林纾及林译小说表现出了强烈的文化传播的愿望，林纾本人也积极参与各种传播活动。因此，本书尝试从传播学的视角切入，希望能采用新的方法，拓展林译小说的研究。

　　本书的"绪论"部分概括了林纾的生平及文学活动，介绍了林译小说的基本情况及研究现状，还说明了相关的传播学研究方法及研究意义。

　　第一章考察了林纾的交往与林译小说的传播。林纾的交往范围很广，涉及合译者及诸多文化名人。本章主要运用了马克思主义的传播观——精神交往理论。林纾的口译者在原著选择、翻译的准确性及翻译速度等诸多方面发挥着重要作用，从不同程度上影响了林译小说的传播，这些口译者与林纾的关系也形成一个庞大的传播网络，为林译小说的形成和发展奠定了良好的基础。此外，林纾交往的文化名人对林译小说的传播也起到促进作用。

第二章主要研究林译小说的传播与以商务印书馆为代表的近代出版机构的关系，同时也适度关注了《平报》《公言报》等其他出版机构及戏剧这种媒介对林译小说传播的影响。林纾1903年正式与商务印书馆产生联系，从1905年起开始建立稳定的合作关系。他在商务印书馆出版的单行本著译合计140种，此外还有不少译作刊载于商务印书馆创办的《东方杂志》《小说月报》《小说世界》等刊物上。商务印书馆先进的印刷设备与完善的发行系统为林译小说的广泛传播奠定了坚实的物质基础和读者基础，提供了强大的流通渠道，使林译小说拥有了较高的知名度。林纾的译作绝大部分都在商务印书馆出版，商务印书馆对林译小说特别重视，并给予优渥的待遇，还有意将林纾和林译小说打造成品牌，综合利用各种营销手段，频繁地刊登宣传及促销广告，并收到了良好的传播效果。

第三章首先从社会环境、林纾的思想、林译小说的内容及其传播效果出发，以1913年为界，将林译小说分为前、后两个时期。本章综合考虑书名、序跋、评论、正文等因素在前期林译小说传播过程中的作用，从"林译小说的序跋与传播效果""林译小说的翻译策略与传播效果""林译小说的传播与林纾的文学贡献"三个方面展开论述。林纾前期的译本绝大多数有序跋，这些文字从一个侧面反映了林纾翻译小说时的态度，也在一定程度上左右了林译小说的传播。同时，林纾使用浅近的文言、选择合适的题材、采取恰当的归化和异化手段等翻译策略也对林译小说传播产生了影响。林译小说的广泛传播使林纾成为中国近代文学史上不可或缺的人物。林纾和林译小说在三个方面对文学做出了贡献：借用古文笔调，提升了小说和小说家的地位；体现了小说社会功能与审美功能的和谐统一；拓展了读者对外国文学的认识。

第四章探讨了后期林译小说传播效果不佳的原因，其直接原因是小说的内容与质量大不如前。林纾一直有很大的经济压力，因此除了林纾本人的思想因素、合译者的因素外，经济因素也导致林纾为追求物质利益而粗制滥造。林纾在五四运动期间与新文化派的纠葛更是导致林译小说被冷落的决定性因素。本章运用跨文化传播学的理论、"沉默的螺旋"理论、"意见领袖"与"两级传播"等理论,仔细考察林纾与新文化派论战的始末,发现林纾与章炳麟及其弟子的文派之争正是这场论战的诱因。新文化派决定向林纾发难,以在文坛制造轰动效应,结果新文化派获得了压倒性的胜利,而新文化派对林纾及林译小说的指责,也在一定程度上影响了林译小说的地位及传播效果。五四时期营造的舆论氛围影响巨大,林译小说的价值几乎被全盘否定,也渐渐少人问津了。

  本书致力于文学、翻译学与传播学的密切结合,希望为林译小说研究开辟一条新路径。限于作者的学识,书中一定存在诸多不足之处,恳请方家批评指正。

目　　录

绪论 …………………………………………………………………… 1
  一、林译小说简介 ………………………………………………… 2
  二、林译小说研究综述 …………………………………………… 6
    （一）清末民初阶段 …………………………………………… 7
    （二）五四运动前后到20世纪70年代末 …………………… 9
    （三）20世纪80年代至今 …………………………………… 12
  三、传播学视角下的林译小说研究 …………………………… 16
  四、研究内容、研究方法及创新点 …………………………… 19

第一章　林纾的交往与林译小说的传播 ………………………… 23
  一、林译小说的传播主体 ……………………………………… 23
  二、林纾的交往与林译小说的传播 …………………………… 44

第二章　近现代传媒与林译小说的传播 ………………………… 54
  一、商务印书馆的物质基础与林译小说的传播 ……………… 57
  二、商务印书馆的译介西学与林译小说的传播 ……………… 63
  三、商务印书馆的广告营销与林译小说的传播 ……………… 70
    （一）商务印书馆的品牌塑造与林译小说的传播 ………… 71
    （二）商务印书馆的营销策略与林译小说的传播 ………… 79
  四、多种传播媒介与林译小说的传播 ………………………… 86
    （一）《平报》《庸言》与林译小说的传播 ………………… 87

（二）其他传媒与林译小说的传播 …………………… 88
　　（三）戏剧与林译小说的传播 …………………………… 91

第三章　前期林译小说的传播 ……………………………… 96
　一、前期林译小说的序跋与传播效果 …………………… 100
　　（一）序跋的情感表达与前期林译小说的传播 ………… 101
　　（二）序跋的求新求异与前期林译小说的传播 ………… 105
　　（三）序跋的类比策略与前期林译小说的传播 ………… 110
　二、前期林译小说的翻译策略与传播效果 ……………… 116
　　（一）文言策略与前期林译小说的传播 ………………… 117
　　（二）文学策略与前期林译小说的传播 ………………… 121
　　（三）文化策略与前期林译小说的传播 ………………… 124
　三、前期林译小说的传播与林纾的文学贡献 …………… 132

第四章　后期林译小说的传播 ……………………………… 139
　一、五四新文化派对后期林译小说传播的影响 ………… 143
　二、五四新文化派对林纾的误读及林译小说的价值 …… 156
　三、林译小说的传播对新文化运动的贡献 ……………… 162

结语 …………………………………………………………… 169

附录一　商务印书馆出版林纾译著年表 …………………… 174

附录二　《小说月报》刊载林纾译作年表 ………………… 189

参考文献 ……………………………………………………… 194

后记 …………………………………………………………… 202

绪 论

1852年11月8日(清咸丰二年壬子九月二十七日),林纾出生于福建闽县(今福州)光禄坊玉尺山。林纾初名群玉,又名秉辉,10岁时同县薛则柯先生字之徽,年长后字琴南。1893年冬,他在龙潭筑书斋"畏庐",便以此为号。据《冷红生传》一文记载,林纾的住处有很多枫树,所以他又借用诗句"枫落吴江冷"的意境而号冷红生。1899年旅居杭州时自号西湖补柳翁、六桥补柳翁。晚年时由于生活境遇不同,分别使用过蠡叟、践卓翁、餐英居士、射九、长安卖画翁等笔名。有如此多的名号,本身就暗示了林纾丰富的人生经历与复杂的心路历程。

林纾5岁时父亲贩盐亏损,全家生活陷入困境,这个小商人家庭一度只能靠母亲、姐姐做女工维持生计。他自幼好学,博览群书,尤喜读韩愈、欧阳修的散文和杜甫的诗,以及《史记》《左传》《汉书》等。林纾19岁开始研习八股,28岁中秀才,31岁中举人,之后7次赴礼部应试,均以落第告终,从此灰心仕途,专志于读书、绘画。1897年,与林纾感情甚笃的结发夫人刘琼姿病逝,他颇受打击。朋友们为帮他排遣孤寂,约他同译小说。1898年夏天,林纾与王寿昌合作,把法国小仲马的《茶花女》译成了中文《巴黎茶花女遗事》。此书出版后大获成功,林纾从此走上专业译书之路。自1901年起,林纾还先后在五城中学、金台书院、实业学校、闽学堂、京师大学堂任教。林纾1903年在商务印书馆出版译作《伊索寓言》,他自1905年出版翻译小说《迦茵小传》起就与商务印书馆建立了稳定的合作关系,他的译作绝大部分都在商务印书馆出版,他也一度成为商务印书馆的股东。1912年,林纾被聘为《平报》主笔。

在中国文化从传统走向现代的过程中，林纾起着非常重要的作用：他是我国文学史上最后的古文名家，在诗、词、戏曲、小说、笔记等方面均有创获，并擅长丹青，但真正使他蜚声文坛的却是他的翻译小说。由于林纾所有的译书都富有"自己一种特殊的风味，所以'林译小说'便在中国成为一个特别的名称了"①，林译小说是林纾翻译小说的总称，为我们打开了认识世界的文学窗口。林纾是我国翻译文学的奠基人，在中国文学史上书写了中西文化交流的新篇章，他的文学活动在中国具有启蒙意义，对新文化运动也有深刻影响。然而，由于林纾晚年坚持文化保守主义立场，与五四新文化阵营产生了激烈的思想冲突，导致他在长时期内都被视为封建复古派，更因被当作守旧势力的代表而受到严厉的批判，直至1924年10月19日病逝。

一、林译小说简介

"林译小说"是中国近代文学史上的专有名词，代表了林纾最高的文学成就。然而，近百年来，由于资料缺失及统计方法不同（有的统计者将林纾翻译的寓言、传记、戏剧等都计算在内），人们对林译小说的总数目一直没有形成统一的认识：1924年郑振铎在《林琴南先生》一文中认为有156种；1935年寒光在《林琴南》一书中说有171种；20世纪40年代末林纾弟子朱羲胄在《春觉斋著述记》中说是182种；1981年旅美华人马泰来《林纾翻译作品全目》中统计有184种；在马泰来研究的基础上，俞久洪在《林纾翻译作品考索》中提出有163种（不含未刊作品）②；连燕堂在《林纾二题》中指出有183种③；张俊才在《林纾著译

---

① 寒光：《林琴南》，见薛绥之、张俊才编：《林纾研究资料》，北京：知识产权出版社2010年版，第198页。
② 参见薛绥之、张俊才编：《林纾研究资料》，北京：知识产权出版社2010年版，第348~370页。
③ 中国社会科学院文学研究所《近代文学史料》编辑组编：《近代文学史料》，北京：中国社会科学出版社1985年版，第227页。

系年》中统计有246种①;林薇在《百年沉浮——林纾研究综述》中认定为189种;2008年,樽本照雄在《林纾冤罪事件簿》中认定有213种;复旦大学郭杨博士通过邮件与樽本照雄商讨后,认为有确据、有系属的应有193种,再加上"一·二八事变"中随东方图书馆和涵芬楼一起化为灰烬的30多种,林纾在20多年间翻译的小说已有200余种②。

林纾不懂外文,他与口译者合作完成的林译小说,将莎士比亚、笛福、司各德、狄更斯、哈葛德、柯南道尔、欧文、欧·亨利、雨果、巴尔扎克、大仲马、小仲马、孟德斯鸠、易卜生、塞万提斯、托尔斯泰、德富健次郎等外国著名作家介绍到中国。林译小说中也有相当数量的世界名著,如《魔侠传》(今译《堂吉诃德》)、《块肉余生述》(今译《大卫·科波菲尔》)、《贼史》(今译《奥利弗·退斯特》)、《撒克逊劫后英雄略》(今译《艾凡赫》)、《孝女耐儿传》(今译《老古玩店》)、《冰雪因缘》(今译《董贝父子》)、《巴黎茶花女遗事》(今译《茶花女》)、《双雄义死录》(今译《九三年》)、《海外轩渠录》(今译《格列佛游记》)、《黑奴吁天录》(今译《汤姆叔叔的小屋》)、《鲁滨孙飘流记》、《不如归》等,为国人认识和了解世界提供了新的视角。林纾在翻译时也比较注重介绍和学习外国小说的文学观念和创作技巧,并与中国传统文学进行比较,在强调中国文学自身特色的同时,也指出西方小说比中国古代小说更关注社会改革,更富平民性,具有现实主义的特点。林纾对近代文学翻译及比较文学的发展所作的贡献由此可见一斑。

林译小说产生时正值梁启超等维新派文学家倡导"小说界革命",他们主张以"新小说"来"新道德""新政治""新风俗""新人心""新人格""新一国之民",由于这类新小说的功利性太强而忽视了文学性,因此并没有收到预期的效果。林纾也视翻译小说为救国实业,但他天赋的文学鉴赏能力和高雅的古文笔法为翻译小说增色不少,而且林译小说中

---

① 参见薛绥之、张俊才编:《林纾研究资料》,北京:知识产权出版社2010年版,第372~466页。
② 郭杨:《林译小说研究》,上海:复旦大学博士论文,2009年。

数量最多的分别是言情小说、神怪冒险小说、社会小说和侦探小说，这些小说具有新奇而曲折婉转的故事情节，符合中国读者的阅读、欣赏习惯，顺应了晚清社会对小说的需求，因此大受欢迎，风靡神州，在一定程度上起到了开启民智的作用，小说的价值和小说家的身价也借此提升。

林译小说的出版情况，见表0-1。

表0-1　林纾译作出版年表

出版年份	翻译小说名称
1899年	《巴黎茶花女遗事》
1901年	《英女士意色儿离鸾小记》《巴黎四义人录》《黑奴吁天录》
1903年	《伊索寓言》、《民种学》(学术著作)、《布匿第二次战记》
1904年	《利俾瑟战血余腥记》《滑铁卢战血余腥记》《英国诗人吟边燕语》《埃斯兰情侠传》
1905年	《迦茵小传》《埃及金塔剖尸记》《英孝子火山报仇录》《拿破仑本纪》《鬼山狼侠传》《撒克逊劫后英雄略》《美洲童子万里寻亲记》《斐洲烟水愁城录》《玉雪留痕》《鲁滨孙飘流记》
1906年	《洪罕女郎传》《蛮荒志异》《海外轩渠录》《红礁画桨录》《鲁滨孙飘流续记》《橡湖仙影》《雾中人》
1907年	《拊掌录》《十字军英雄记》《神枢鬼藏录》《金风铁雨录》《大食故宫余载》《旅行述异》《滑稽外史》《花因》《双孝子噀血酬恩记》《爱国二童子传》《剑底鸳鸯》《孝女耐儿传》
1908年	《块肉余生述》(前编)、《块肉余生述》(后编)、《歇洛克奇案开场》、《髯刺客传》、《恨绮愁罗记》、《贼史》、《新天方夜谭》、《荒唐言》、《电影楼台》、《西利亚郡主别传》、《英国大侠红蘩蕗传》、《钟乳骷髅》、《天囚忏悔录》、《蛇女士传》、《不如归》、《玉楼花劫》(前编)

续表

出版年份	翻译小说名称
1909年	《慧星夺婿录》、《冰雪因缘》、《玉楼花劫》、《玑司刺虎记》、《黑太子南征录》、《藕孔避兵录》、《西奴林娜小传》、《脂粉议员》、《芦花余孽》、《贝克侦探谈》(初编、续编)
1910年	《双雄较剑录》《三千年艳尸记》
1911年	《薄幸郎》《冰洋鬼啸》
1912年	《残蝉曳声录》《情窝》《古鬼遗金记》
1913年	《罗刹雌风》《离恨天》《义黑》
1914年	《情铁》《黑楼情孽》《罗刹因果录》《深谷美人》《哀吹录》
1915年	《石麟移月记》《蟹莲郡主传》《云破月来缘》《鱼海泪波》《鱼雁抉微》《溷中花》
1916年	《鹰梯小豪杰》《织锦拒婚》《雷差得纪》《亨利第四纪》《木马灵蛇》《红篋记》《秋灯谭屑》《香钩情眼》《奇女格露枝小传》《凯撒遗事》《血华鸳鸯枕》《橄榄仙》《诗人解颐语》《鸡谈》《三少年遇死神》
1917年	《拿云手》《柔乡述险》《格雷西达》《林妖》《悔过》《天女离魂记》《烟火马》《社会声影录》《路西恩》《死口能歌》《公主遇难》《践卓翁小说》《女师引剑记》《牝贼情丝记》《魂灵附体》《桃大王因果录》《人鬼关头》《决斗得妻》《白夫人感旧录》
1918年	《恨缕情丝》、《鹦鹉缘》(前编)、《鹦鹉缘》(续编)、《鹦鹉缘》(第三编)、《孝友镜》、《金台春梦录》、《痴郎幻影》、《玫瑰花》(前编)、《现身说法》
1919年	《颤巢记》(初编)、《颤巢记》(续编)、《赂史》、《焦头乱额》、《泰西古剧》、《妄言妄听》、《鬼窟藏娇》、《西楼鬼语》、《十万园》、《玫瑰花》(续编)、《铁匣头颅》(前编)、《莲心藕缕缘》、《情天异彩录》、《铁匣头颅》(续编)、《戎马书生》、《豪士述猎》
1920年	《伊罗埋心记》、《还珠艳史》、《欧战春闺梦》(初编)、《膜外风光》、《金梭神女再生缘》、《球房纪事》、《乐师雅路白忒遗事》、《欧战春闺梦》(续篇)、《高加索之因》、《想夫怜》

续表

出版年份	翻译小说名称
1921年	《炸鬼记》《俄宫秘史》《厉鬼犯跸记》《僵桃记》《洞冥记》《怪董》《鬼悟》《马妒》《沧波淹谍记》《双雄义死录》《沙利沙女王小记》《情海疑波》《埃及异闻录》《梅孽》
1922年	《以德报怨》《魔侠传》《曜目英雄》《情翳》《德大将兴登堡欧战成败鉴》
1923年	《情天补恨录》《妖髡缳首记》
1924年	《三种死法》
1925年	《信托公司》《杏核》《世界大学》《回生丸》《检查长》《美人局》《破术》《伪币》《象牙荷花》《金矿股票》《绑票》《访员》《一豕三千》《加木林》

二、林译小说研究综述

在时代的风云际会中，林纾是一个毁誉参半的人物。他大起大落的人生，预示着关于林纾及林译小说的研究是一个曲折而漫长的过程。纯粹从翻译的角度而言，林译小说确实存在许多不足，但是在评价它的价值时，我们必须承认，林译小说的真正贡献在于他借助翻译这一手段开启了民智。就近代文化体系的建设而言，林纾通过不间断的努力，将外国文学的真实形态展现在世人面前，开阔了国人的视野，并为西方文化的大量输入打下了坚实的群众基础，近代学人也开始在中西文化的碰撞中不停地思索、寻找中国传统文化在世界文化版图中的位置。正如学者冯奇在《人格的魅力与历史的悲剧》中所认为的，如果从近代文化发展的视角来考量，人们自然不会无视林译小说所具有的历史价值，可一旦着眼于用纯技术的方法来分析，我们从林译小说中感受到的失望必然会多于满足①。百余年来，研究者们对林纾的评论从未平息过，对林译小

---

① 参见冯奇：《人格的魅力与历史的悲剧》，转引自谢天振：《中国现代翻译文学史》，上海：上海外语教育出版社2004年版，第60页。

说的认识也由浅入深,更具多元化和综合性。本书将对林译小说的研究分成三个阶段来进行综述。

(一)清末民初阶段

这一时期林译小说风靡全国,引起了强烈反响。除了友人在为林译作序时表露出的对林纾译笔的肯定及其翻译思想的认同,同时代的文人多以题咏或简短的杂感等方式表达对林译小说的赞许和喜爱。如《巴黎茶花女遗事》发表后,邱炜萲在《茶花女遗事》一文中评论小仲马的叙述方式是溯回前后、传神绘影,进而指出翻译者冷红生煞费苦心,极尽周折,"好语穿珠,哀感顽艳"①,用大家熟悉的语言形式和典故等生动地展示了原本陌生的欧洲人士的性情,他认为这部小说活灵活现地描摹出了女主人公马克的风姿及男主人公亚猛的悲情,甚至鲜明地体现了原作者小仲马的文心以及译者冷红生的文笔,令读者叹为观止。黎俊民作了三首《题〈巴黎茶花女遗事〉》②,慧云、高旭分别作诗《读〈巴黎茶花女遗事〉》③。此外,醒狮写了《题〈黑奴吁天录〉后》④,汪笑侬则有《题英国诗人〈吟边燕语〉廿首》⑤。邱炜萲的《新小说品》分别用一句话点评了《茶花女遗事》《黑奴吁天录》《英国诗人吟边燕语》《迦茵小传》《埃及金塔剖尸记》《英孝子火山报仇录》《鬼山狼侠传》《撒克逊劫后英雄略》《美洲童子万里寻亲记》《斐洲烟水愁城录》《鲁滨孙飘流记》《洪罕女郎传》《鲁滨孙飘流续记》《拊掌录》等20种林译小说。⑥《瓻庵漫笔》中写道:"军事小说,以林琴南先生所译《战血余腥记》为最早,亦最负盛名……近日又有《滑稽列史》之刊,共六册,为译本中成帙最巨者,穷

---

① 邱炜萲:《茶花女遗事》,见陈平原、夏晓虹编:《二十世纪中国小说理论资料》第一卷,北京:北京大学出版社1989年版,第29页。
② 邱炜萲:《挥麈拾遗》第六卷,1901年版。
③ 见《国民日日报汇编》,1904年第四集。
④ 见《新民丛报汇编》,1903年。
⑤ 载《大陆》1905年第3卷第1期。
⑥ 参见《新小说丛》1907年第1期。

形尽相……使魑魅罔两，不复有遁形。"①徐念慈在《余之小说观》中将林纾视为小说界当之无愧的泰斗，因为他的文笔具有古朴顽艳的特点，符合当时主流读者的阅读口味，正所谓"遣词缀句，胎息史汉"，所以颇受追捧。②侗生在《小说丛话》中认为"林先生所译名家小说，皆能不失原意，尤以欧文氏所著者，最合先生笔墨。……余近见《块肉余生述》一书，原著固佳，译笔亦妙。书中大卫求婚一节，译者能曲传原文神味，毫厘不失。……《埃及金塔剖尸记》一书，半言鬼神，有吴道子绘地狱之妙……"③康有为在《琴南先生写〈万木草堂图〉，题诗见赠，赋谢》一诗中的"译才并世属严、林，百部虞初救世心"更被视为对林译价值的总体评价。

林译小说产生于社会动荡、亟待变革的年代，它明显地暴露了中西方文化在价值、伦理等方面的巨大差异，强烈地冲击了民族文化心理，因此，也在一定范围内受到抵制。金松岑曾发表《论写情小说于新社会之关系》一文，认为"嚣者少年学生，粗识'自由'、'平等'之名词，横流滔滔，以至今日。乃复为下多少文明之确证，使男子而狎妓，则曰我亚猛着彭也，而父命可以或梗也；女子而怀春，则曰我迦因赫斯德也，而贞操可以立破矣（《迦因》小说，吾友包公毅译。迦因人格，向为我所深爱，谓此半面妆文字，胜于足本。今读林译，即此下半卷内，知尚有怀孕一节。西人临文不讳，然为中国社会计，正宜从包君节去为是……吾恐不数十年后，握手接吻之风，必公然施于中国之社会，而跳舞之俗且盛行，群弃职业习俗而习此矣）"④。寅半生也以《读〈迦因小传〉两译本书后》一文，对林纾大加讨伐，"迦因何幸而得蟠溪子为之晦其短而显其长……迦因何不幸而得林畏庐为之暴其行而贡其丑……"⑤他认为

---

① 载《小说林》1907年第5期、第7期。
② 载《小说林》1908年第10期。
③ 载《小说月报》1911年第3期，第79～81页。
④ 载《东方杂志》1905年第2卷第8期。
⑤ 载《游戏世界》1907年第11期，转引自陈平原、夏晓虹编：《二十世纪中国小说理论资料》第一卷，北京：北京大学出版社1989年版，第229～230页。

林译的《迦茵小传》，丑化了迦茵的形象，会让读者认为迦茵是一个淫贱、无耻的人。李详则说，林译小说"胥天下后生，尽趋入猥薄无行，终以亡国。昔人言王、何之罪浮于桀纣；畏庐之罪，应科何律？……畏庐本佳人，而入迷途"①。尽管因挑战纲常名教而受到一定程度的批判，林译小说在清末民初时期仍然深受欢迎，获得的也多是正面评价。

（二）五四运动前后到20世纪70年代末

五四运动前后，已进入花甲之年的林纾思想日趋保守。被卷入新旧思潮激战之后，林纾被树立为守旧派的领袖而成了新文化阵营的主要攻击对象，林译小说也不断受到否定，这种状况一直持续到"文革"。尽管其间有部分学者挺身为林纾正名，林译小说研究还是不可避免地进入相对沉寂的阶段。

钱玄同《寄陈独秀》书中认为，林译的价值在桐城派之下，刘半农在《我之文学改良观》中指出，林译小说的语句佶屈聱牙，1918年钱玄同和刘半农又以双簧戏的方式批评林译小说没有文学意味，讥讽林纾不懂西文。林纾怒而发表《答大学堂校长蔡鹤卿太史书》，公开指责新文化运动"覆孔孟，铲伦常……尽废古书，行用土语为文字"，引发轩然大波，蔡元培、李大钊、陈独秀等纷纷撰文反驳。之后，只有个别学者对林纾用文言翻译小说的成就持肯定态度，如胡适1922年在《五十年来中国之文学》中说林译"古文的应用，自司马迁以来，从没有这种大的成绩"②。1924年，在林纾病逝一个月后，《小说月报》发表了郑振铎的《林琴南先生》一文，简短而又中肯地评价了林纾的生平、个性、文学创作，尤其是林译小说的历史价值。胡适、郑振铎主张公平、公允地评价林纾，这标志着人们开始以客观的、历史的眼光来看待林纾的文学成就。此后，范烟桥、陈子展、钱基博等在相关的文学史著作中也对林译

---

① 钱基博：《现代中国文学史》，武汉：华中师范大学出版社2011年版，第116页。

② 胡适：《胡适文集》第四卷，北京：人民文学出版社1998年版，第345页。

小说有过客观的评价。1935年，寒光发表专著《林琴南》，此书分为七章，除了介绍林纾的略历、林纾的翻译与创作之外，还赞扬了林纾热烈的思想与坚忍的意志，全方位地展示了当时文学界对林纾的评价，同时也表达了自己的看法，肯定并总结了林译小说的文学价值及林纾对文学的贡献。不同于以往一鳞半爪的随感和即兴的评论，寒光推动了林纾研究向系统化和纵深化发展。1949年，林纾弟子朱羲胄对林纾的作品做了大量整理工作，编撰了《林畏庐先生学行谱记四种》，为林纾及林译小说研究打下了坚实的文献基础。20世纪40年代末，英国汉学家阿瑟·威利也曾撰文盛赞林译，他以狄更斯的小说为例，认为林纾的翻译悄悄地弥补了狄更斯因辞藻过于丰富而造成的不足，而且恰到好处，认为林纾与自己有相近的翻译思想。尽管林译研究在此期间取得了阶段性的进展，但由于战争的影响，这项研究渐渐少人问津。

从中华人民共和国成立至"文革"前，受意识形态影响，各种中国现代文学史著作在谈到五四时期文言与白话之争时，依然将林纾作为复古守旧势力的代表人物进行批判，但仍有部分学者在林译小说等方面进行拓展性研究。1959年，舒芜等选编的《中国近代文论选》收入了林纾撰写的部分序跋；1960年3月，阿英主编的《晚清文学丛钞·小说戏曲研究卷》尽可能地搜集并收录了林纾为其翻译小说所写的序跋；1960年5月，中华书局版《中国近代文学史稿》（复旦大学中文系1956级《中国近代文学史》编写组编写）中肯定了林纾的翻译工作及其影响和林纾的古文成就；1961年，阿英发表论文《关于〈巴黎茶花女遗事〉》，详细考证了该林译名著的成书时间及版本等，并描写了它在当时引起的社会反响；1962年，孔立出版了《林纾与"林译小说"》一书，较全面地介绍了林纾的生平及其译作，认为林纾是翻译小说的奠基人，肯定了林纾的历史贡献；1963年，钱锺书发表了林译研究的扛鼎之作——《林纾的翻译》，该文将翻译的作用、难以回避的问题及期望的最高境界用"译""诱""媒""讹""化"五个字概括，从翻译功能的视角来讨论林译小说的价值。林纾的翻译起到了"媒"的作用，架起了中西文化沟通的桥梁，这已是文学史上人所共知的事实。钱锺书本人在小时候读过林纾翻译的作品,并由此产生了学习外语的兴趣,他认为对某些读者而言,林纾必然产生过如歌德所说的"媒"的作用,激发了他们去直接阅读原著的兴趣。① "讹"是林译中最具特色的成分,不仅体现在对原作的删节,还有对原作的增补,钱锺书指出,这些"讹"正是出于林纾的明知故犯,认为林译小说之所以不至于全部被淘汰,正是因为这些"讹"起了一些抗腐作用,因此决不能完全把过错推到助手身上。② 他还结合实例指出,林纾翻译时所用的文体并不是严守词汇和句法的规律,弹性很大,林纾认为自己使用的是通俗随意的文言③,并非真正意义上的古文。

实际上,境外华人学者和汉学家的研究并未受到当时中国对林纾评价的影响。1960年10月1日,在日本东北大学中国文史哲研究会出版的《集刊东洋学》第四期上,内田道夫发表了长文《林琴南的文学评论》。该文从林纾对情节、结构、描写等的评论入手,"环绕其文学观,从他本人对西洋小说的印象和对中国小说的回顾中,作一概念性的研究"④,肯定了林译小说给予启蒙时期中国的影响。1965年,李欧梵通过研究林译的序文及评论,对林译中的哀情、伦理和探险小说做了较为客观的评价,指出林纾的功绩在于让那个时代的知识分子了解到外国文学的成就,并且使我国读者接触到一个完全不同的世界,林译小说的影响也不仅仅表现在林纾的个人风格上。⑤ 中国香港学者曾锦漳在20世纪60年代曾发表论文《林译小说研究》,指出了林译小说中重要的作家和作品,考察了林译小说的题材及体裁,并介绍了与林纾合作的19位口译者。1971年,美国斯坦福大学康普顿(Robert William Compton)的博士论文《林纾的翻译研究》(*A Study of the Translation of Lin Shu*,1852—1924),用一多半的篇幅来考证林译小说的原本,但他对林纾的评价不高。

---

① 参见钱锺书等:《林纾的翻译》,北京:商务印书馆1981年版,第22页。
② 参见钱锺书等:《林纾的翻译》,北京:商务印书馆1981年版,第30页。
③ 参见钱锺书等:《林纾的翻译》,北京:商务印书馆1981年版,第39页。
④ [日]内田道夫著,夏洪秋译:《林琴南的文学评论》,见薛绥之、张俊才编:《林纾研究资料》,北京:知识产权出版社2010年版,第224页。
⑤ 参见刘宏照:《林纾小说翻译研究》,华东师范大学博士学位论文,2010年,第30页。

尽管对林纾的研究在当时的语境下有所突破，但人们的思想还未完全得到解放，"文化大革命"期间关于林纾的研究几乎是空白，1977年中南七院校编写的《中国现代文学史》，虽然承认林纾在旧文学界有一定威望，但认为他的政治思想仍属封建遗老、十分反动。任访秋1978年作《林纾论》，指出林纾对文学的贡献在于他的翻译，对林纾的政治思想等基本是负面评价。相对而言，当时中国台湾学者尹雪曼倒是肯定了林纾对我国文坛的贡献，并给予他同情之理解，认为林纾之所以反感白话文运动，正是因为他是一直活跃在清末民初文坛上的古文大家，他推测林纾其实只是想表达这样的意思：既然西洋人并没有因为早已不再普遍使用拉丁文而完全废弃拉丁文，那么我们中国人也没有理由因为白话文而完全舍弃古文。① 然而历史总是螺旋式上升的，随着中国走上改革开放的道路，林纾和林译研究也掀开了新的一页。

(三) 20 世纪 80 年代至今

在林译小说的研究历史上，1935年寒光的《林琴南》和1963年钱锺书的《林纾的翻译》可谓空谷足音，而进入20世纪80年代后，各种研究成果则是层出不穷。这些成果主要体现在以下两方面。

第一，基本文献的整理和出版。1981年，商务印书馆整理了10部林译小说，重新出版了"林译小说丛书"，包括《离恨天》《吟边燕语》《撒克逊劫后英雄略》《拊掌录》《黑奴吁天录》《块肉余生述》《巴黎茶花女遗事》《现身说法》《迦茵小传》《不如归》。该丛书"出版说明"中的"他的译作向以'林译小说'闻名于世，在翻译史上自有其地位，在翻译技巧上，虽为文言，也有值得今人研究和值得借鉴的地方"一语，说明林译小说依然具有独立存在的价值。商务印书馆同年还出版了马泰来的《林纾翻译作品全目》。1983年，福建人民出版社出版了薛绥之、张俊才编的《林纾研究资料》，该书收录了1982年前可见的林纾的生平及文

---

① 参见尹雪曼：《白话与文言之争》，见薛绥之、张俊才编：《林纾研究资料》，北京：知识产权出版社2010年版，第312页。

学活动、评论及研究文章、翻译作品考索、著译系年和研究资料目录索引,对日后的林纾研究发挥了承前启后的重要作用。1985—1987年,四川人民出版社陆续出版了林薇选注的《林纾选集》,包括《小说卷》上、下和《文诗词卷》,这是将林纾除翻译作品以外的其他创作成果第一次系统结集出版,为全面研究林纾提供了丰富而珍贵的资料,也是对林译小说研究的有益补充。1999年,浙江人民出版社出版了《林琴南书话》,对研究林纾的翻译思想和文学主张具有重要的参考价值。该书由吴俊标校,是目前最详细的资料汇编,共117篇,其中最主要的是73篇译文序跋,另外44篇是收集的其他序跋、赠文、短论、书启。2008年,福建人民出版社出版了《林纾研究资料选编》,共200多万字,分为林纾生平思想、林纾与林译小说、小说创作与理论、诗文与书画、新旧之事、附录六部分。

第二,从多视角展开林译小说研究。首先是综合性研究,如传记或研究综述等。《福建师范大学学报》1981年第2期发表了曾宪辉的《林纾传》,简要地评述了林纾的翻译,认为林纾耗费时间译了很多第二、三流的作品,在译文上增删、错译,但林译小说对于清末民初文坛以及五四新文化运动都起过积极作用。曾宪辉在1993年又出版了传记《林纾》。朱碧森于1989年出版了《女国男儿泪:林琴南传》,该书也谈到了林译小说。1992年,张俊才出版了《林纾评传》,其中有两章专论林纾的翻译,分析了林纾以译小说为救国实业的思想,指出了林纾译文的弊病,肯定了林纾对翻译业及比较文学的贡献。2007年,张俊才又在中华书局出版了该书的修订本,去掉了带有当年时代印痕的词语,改写了林纾成为"遗老"的原因,基本重写了林纾晚年与"五四"思潮之争。1998年,孔庆茂出版的《林纾传》中"警世译言"一章,指出林译小说以警醒同胞为目的,林纾翻译了西方大量的神话、侦探、冒险小说,为国人打开了一片全新的文学天地,并称赞林译小说开一代新风气,认为"五四"前后成长起来的青年大多受过林纾的影响。传记为我们全方位地展示了林纾及林译小说的风貌,而研究综述则为我们全面系统地研究打下坚实的基础。1990年,林薇出版了《百年沉浮——林纾研究综述》。

绪 论

该书综合论述了百余年来在林纾生平研究资料，林纾译著书目，林纾散佚作品，林译小说的历史地位、思想启蒙意义、社会反响、美学意味，林纾的小说观，林纾与比较文学，林纾的创作等方面取得的成果，是林纾研究不可或缺的重要资料。此外，福建工程学院苏建新教授通过检索中国期刊全文数据库和学位论文系统、查阅各种专著汇编、参与学术会议等方式，搜集到相关资料，分别撰写了《2008年中外林纾研究综述》《2009年林纾研究述评》《走向世界/文化的2010年林纾研究》，对林纾研究作了年度报告式的全面总结。

在综合性研究取得显著成果的同时，2005年，郝岚和韩洪举分别在博士论文的基础上出版了《林译小说论稿》和《林译小说研究——兼论林纾自撰小说与传奇》，郭杨、杨玲、刘宏照也分别完成了博士论文《林译小说研究》（2009年）、《林译小说及其影响研究》（2010年）和《林纾小说翻译研究》（2010年），这表明林译小说研究向纵深化发展又迈进了一步。郝岚创造性地提出了林译小说使用的是"拟古文体"，并重点研究了林译小说对近现代中国文学史的贡献。韩洪举用四章的篇幅分别论述了林纾的文学活动与翻译小说考述、翻译思想与艺术、林译代表作、林译小说的历史地位及其影响，并肯定了林纾在中外小说的思想内容及艺术等的比较研究方面做出的有益探索。郭杨对林译小说的基本面貌、翻译模式和构成形态进行了总体研究，又采取文本对比的方式，对林译小说中的《迦茵小传》和《金梭神女再生缘》进行个案研究，分析了林译小说所体现出来的文化特点。杨玲通过认真梳理史料，以文本细读的方式尽量客观地展示了林译小说自身的价值与影响。刘宏照以"十大林译小说"（1981年商务印书馆重印版）为基础，间或涉及其他部分林译小说，从翻译的角度考察了林纾的翻译思想，分析了林纾的翻译策略，指明了林译的操纵因素，总结了林译小说成功的原因、对文学史的贡献及存在的不足。

此外，20世纪80年代以来，对林纾诗、文、书、画，对林纾的人生经历等方面的研究取得了新的进展，这是对林译小说研究的有益补充；从不同角度进行的林译小说研究更是开展得如火如荼。关于林译小说的论文也发表了数百篇,主要集中在林译小说与翻译思想、理论及方法,林译小说版本及成书年代考,林译小说与比较文学,林译小说与新文化运动等方面。其中具代表性的有薛卓的《林纾前期艺术思想管窥》①、曾宪辉的《林译〈巴黎茶花女遗事〉考》②、潘建国的《晚清汪康年出版〈巴黎茶花女遗事〉始末考》③、邹振环的《接受环境对翻译原本选择的影响——林译哈葛德小说的一个分析》④、苏桂宁的《林译小说与林纾的文化选择》⑤、杨联芬的《林纾与中国文学现代性的发生》⑥等。

海外学者对林译小说的研究成果也不容忽视。胡樱认为,林译小说的意义更多的在于原语的转换和译文具有的效果。⑦ 赵毅衡认为,林纾的《巴黎茶花女遗事》引发了近代外国小说的翻译高潮,并强调了林译小说对中国小说的影响。⑧ 高万隆 2003 年的博士论文认为,林纾开了中国现代文学翻译的先河,而且当前以译文和文化为中心的翻译理论有助于人们重估林纾及林译小说的价值。吕立的博士论文中有一章研究林纾的方法和策略:"以牺牲原文为代价,汉化在中国近代早期的翻译中大受欢迎,被中国读者广为接受。林纾选择汉化策略不仅仅是出于诗意的考虑,更是受历史环境的制约。"⑨日本学者樽本照雄 2008 年出版了专著《林纾冤罪事件簿》,2009 年又出版了《林纾研究论集》。

林译小说的研究也开始受到传播学的影响,如高献红、白贵的论文

---

① 载《福建师范大学学报(哲学社会科学版)》1981 年第 1 期。
② 载《福建师范大学学报(哲学社会科学版)》1991 年第 3 期。
③ 潘建国:《古代小说文献丛考》,北京:中华书局 2006 年版,第 204~210 页。
④ 载《复旦学报(社会科学版)》1991 年第 3 期。
⑤ 载《文学评论》2000 年第 5 期。
⑥ 载《中国现代文学研究丛刊》2002 年第 4 期。
⑦ 参见 Hu Ying. Making a Difference: Stories of the Translator at the Turn of the Century. Princeton: Princeton University, 1993: 3。
⑧ Zhao Henry Y H. The Uneasy Narrator: Chinese Fiction from the Traditional to the Modern. Oxford and New York: Oxford University Press, 1995。
⑨ Amherst University of Massachusetts Amherst, 2007: 57。转引自刘宏照:《林纾小说翻译研究》,上海:华东师范大学博士学位论文,2010 年,第 32 页。

《林译小说热的传播学分析——以"五四"前期为中心》,从与时代背景契合的角度揭示了林译小说的传播环境,从商务印书馆对林译小说的助推等方面探讨了林译小说的传播媒介,从文化心理的角度分析了林译小说的传播受众,但论证不够深入;谢晓霞的《〈小说月报〉1910—1920:商业、文化与未完成的现代性》对林译小说与商务印书馆所办刊物《小说月报》的关系进行了个案分析,未涉及林译小说与其他出版机构的联系。华东师范大学文娟、杨凯、文迎霞、阚文文等同学的博士论文《申报馆与中国近代小说之发展研究》《中国近代报刊中的翻译小说研究》《晚清报载小说研究》《晚清报刊翻译小说研究》中也涉及了林译小说传播的相关问题。但总的来看,目前对林译小说的传播研究还不够深入,尚无专著和博士论文涉及这个选题,远远不及人们采用接受美学、伽达默尔阐释学、操纵论、翻译转移理论、权力话语理论、多元系统理论、改写理论等方法进行林译研究所取得的成果。而且目前多局限于个案研究,缺乏宏观的视角,或者只强调传播的某一环节而忽视整个传播过程,不能从总体上把握林译小说传播的特点,还有的研究缺乏理论深度,在传播学理论的应用方面出现偏差。林译小说的传播学研究虽然刚刚起步,却有着不可替代的作用。

三、传播学视角下的林译小说研究

本书以"林译小说在清末民初的传播"为研究对象,从传播学的视角切入,有以下几点考虑。

第一,20世纪80年代,西方传播学理论开始传入中国,文学的传播研究应运而生。文学研究开始由作家、作品的二维研究转向作家、作品、传播、接受的四维研究。中国古代文学的传播研究也从此开始。王兆鹏先生较早地将传播学原理运用到古代文学研究领域,他先后撰写了《传播与接受:文学史研究的另两个维度》①《中国古代文学传播方式研

---

① 载《江海学刊》1998年第3期。

究的思考》①《中国古代文学传播研究的六个层面》②等论文,对文学传播研究方法、研究范畴等方面提出了建设性的意见;张次第的《略论中国古代文学的传播目的与方式》③一文也宏观地描述了中国古代文学的传播目的、传播方式、辅助古代文学传播的重要因素以及中国古代文学传播的思想等问题。具体到林译小说的研究,在研究对象恒定而研究成果逐年增多的情况下,运用传播学的方法开拓研究的新领域,无疑是一种很好的尝试。

第二,林译小说的传播是中国近代小说史和中国文学翻译史上一个独特的传播现象,具有几个突出的特点。首先,参与传播的人数众多,传播形式多样。除了与林纾合作的20余位口译者,林纾交往的文化名人、文化团体等对林译小说的传播也起到了推动作用,因此林译小说的传播综合了口头传播、书面传播、人际传播和组织传播等方式。其次,参与传播的媒体数量庞大。除了与商务印书馆有着长达20余年的合作,林纾也是多种报刊社和出版社的作者,这些出版机构为林译小说制造了广阔的传播空间。此外,林纾一直与高梦旦、汪康年、张元济等出版人保持着良好的关系,这对林译小说的传播也起到了至关重要的作用。最后,林译小说前、后期的传播效果出现了巨大的反差。林译小说以1913年为界,可以分为前、后两期。从前文所列的"林纾译作出版年表"中不难看出,1913年以后林译小说的数量远远超过1913年以前林译小说数量的总和,但前期林译小说备受关注,后期林译小说却饱经诟病,其原因是什么?这些都是不能忽视的问题。我们需要还原历史真相、回到历史现场,探究传播过程。

第三,林译小说产生于19世纪末20世纪初,正处于中国文学由古典向现代转变的时期,彼时中国社会也开始了工业化和都市化的进程。随着近代铅版印刷技术的传入,印刷从手工作坊式的手工业变为机器印

---

① 载《文学遗产》2006年第2期。
② 载《江汉论坛》2006年第5期。
③ 载《郑州大学学报(哲学社会科学版)》2004年第2期。

绪　　论

刷大工业，晚清各类书局、报刊也大量产生，为文学作品大量排印问世创造了可能性。同时，随着城市化进程的发展，大批具有一定文化程度的市民应运而生。这类市民具有较强的购买力及阅读能力，因此为小说的传播奠定了广泛的市场基础。维新变法的领袖康有为和梁启超意识到了小说的教化作用，其中梁启超更是敏锐地察觉到新的传播媒体对文学的影响，认为"自报章兴，吾国之文体，为之一变"①。由于受到日本"政治小说"的影响，梁启超将小说界革命纳入资产阶级思想启蒙运动，并发表《译印政治小说序》，畅言"在昔欧洲各国变革之始，其魁儒硕学，仁人志士，往往以其身之所经历，及胸中所怀，政治之议论，一寄之于小说"②，还亲自翻译日本的"政治小说"《佳人奇遇》，创作政治小说《新中国未来记》，创办小说杂志《新小说》。由于士大夫阶层的大力提倡和政治运动的推波助澜，小说逐渐摆脱稗官野史的地位，登上大雅之堂。晚清小说在以上几重因素的共同作用下，迎来了空前的繁荣，"吾感夫饮冰子《小说与群治之关系》之说出，提倡改良小说，不数年而吾国之新著新译之小说，几于汗万牛充万栋，犹复日出不已而未有穷期也"③，"以小说附报者，比比皆是"④，"新闻纸报告栏中，异军特起者，小说也"⑤，"小说一门，隐与报界相维系"⑥。林译小说也是在这样的社会大环境下广为人知。正如杨义指出的"中国现代文学与古典文学的带根本性的一个区别，是它拥有了报刊"，陈平原认为，近代报刊的出现是整个晚清文学与文化变革的重要基石，他明确指出"研究晚清以降的文学，一定要发展出不同于古代文学研究的方法与思路。不考虑现代报刊及出版等新的文化因素，抹杀'报馆之文'与'文集之文'的巨大差别，那很难有大的突破"⑦，"从明清版刻到近代报章，这一转折，

---

① 梁启超：《中国各报存佚表》，见《清议报》第100册，1901年12月21日。
② 梁启超：《译印政治小说序》，见《清议报》1898年第1册。
③ 吴趼人：《月月小说》序，载《月月小说》1906年第1号。
④ 邯郸道人：《〈月月小说〉跋》，载《月月小说》1908年第12号。
⑤ 摩西：《小说林发刊词》，载《小说林》1907年第1期。
⑥ 耀公：《小说与风俗之关系》，《中外小说林》第1908年第5期。
⑦ 陈平原：《文学的周边》，北京：新世界出版社2004年版，第112页。

不仅仅是技术问题,还牵涉到传播形式、写作技能、接受者的心态、写作者的趣味等,实在是关系重大"①,他将报刊视为近代文学、文化发展的重要推动力量,再三呼吁学界予以重视。郭延礼在《中国文学的变革:由古典走向现代》一书中指出了近代小说研究的几大薄弱点,其中就包括近代翻译小说研究和近代报刊研究。可见,新的传播媒介在中国文学的现代转化进程中发挥着不可或缺的作用,传播学视角下的林译小说也将成为新的学术研究增长点,并有助于我们全面认识和深入探索中国文学与文化的现代化进程。

四、研究内容、研究方法及创新点

传播学的开拓者哈罗德·拉斯韦尔于1948年发表了《社会传播的结构与功能》一文,该文用"5W"模式来描述人类社会中的传播活动,即谁(Who)、说了什么(Says What)、通过什么渠道(In Which Channel)、对谁(To Whom)、取得了什么效果(With What Effects)②。本书正是采取了他提供的这一从传播主体、传播媒介到传播效果的理论分析框架,分四章研究了林译小说在晚清民初的传播。

第一章考察林译小说的传播主体,采用的理论是马克思主义的传播观——精神交往理论。马克思和恩格斯认为,物质生产和精神生产构成了人类生产活动的总体,而物质交往和精神交往则构成了人类交往活动的主体。人们精神交往关系与一定阶段的生产力发展水平及精神资料的占有方式密切相关,应将传播活动放在人类生产和交往活动的社会大系统中考察。基于这一理论,本书着力分析林译小说的传播主体,即林纾和他的合译者,以及林纾交往的文化名人。从分析林纾与他们的地缘、学缘关系的角度来说明尽管林纾不懂外文,但他在翻译过程中并非完全

---

① 陈平原:《文学的周边》,北京:新世界出版社2004年版,第98页。
② 参见[美]哈罗德·拉斯韦尔著,何道宽译:《社会传播的结构与功能》,北京:中国传媒大学出版社2013年版,第1页。

无自主权,即林纾是带着明确目的来进行文学传播活动,并探讨了林纾的交往对林译小说传播的影响。

第二章探讨近现代传媒与林译小说的传播。林译小说的广泛传播,与近代新媒体的发展密不可分。本章主要研究林译小说与近代出版机构的关系,不仅具体考察商务印书馆在林译小说传播中所起的作用,更关注《平报》《公言报》等出版机构以及戏剧这种方式对林译小说传播的影响。

第三章从传播学的角度分析了前期林译小说受欢迎的原因。以1913年为界,林纾近30年的翻译生涯可以明显地分为两个时期:前一时期林纾使用浅近的文言、选择合适的题材、采取恰当的归化和异化手段等翻译策略,因此这时的林译小说十之七八都很醒目;后一时期的林译小说则渐渐使读者厌倦。本章从文本出发,综合考虑书名、序跋、评论、正文等因素,运用传播学的培养理论、议程设置理论,分析林译小说在前期和后期取得不同传播效果的原因。

第四章主要从林纾与新文化阵营思想交锋的角度,运用跨文化传播学的理论、"沉默的螺旋"理论、"意见领袖"与"两级传播"等理论,探讨了后期林译小说传播效果不佳的原因。

本书的特色是除了使用中国古代文学研究中常用的传播模式理论,还充分运用传播学的其他理论,为林译小说研究开辟一条新路径。本书的创新之处表现在以下几个方面。

第一,在传播主体研究中,不仅注意林纾与合译者的地缘关系,更注意考察林纾与他们的学缘关系。此外,还考察了林纾与福州船政学堂、闽籍翻译家群体的关系,由点到面,逐步深入。

第二,本书深入分析林译小说序、跋的写作模式、语言风格、主要内容,对林译小说的部分代表作进行版本比勘,揭示这些因素对林译小说传播的影响。

第三,以往林译小说与出版机构的研究主要局限于与商务印书馆、《小说月报》的关系等方面。我们发现,林译小说的传播,与《东方杂志》、《白话日报》、《普通学报》、《平报》、《庸言》、《公言报》、《新申报》、

《国际公报》、《清议报》、《小说时报》、《小说海》、《文艺丛报》、《中华小说界》、《大中华》、《小说大观》、《小说新报》、《学生杂志》、《北京大学日刊》、《新青年》、《每周评论》、《小说世界》、都门印书馆、中华书局、上海中华小说社、京师大学堂官书局、上海文明书局、京师学务处官书局、中外日报馆、上海国学扶轮社、上海广益书局、上海进步书局、上海中华图书馆、上海国华书局、上海普通图书馆、成记书局等出版机构也有一定的关系。本书除深入探讨林译小说与商务印书馆的关系之外，拟进一步挖掘各类媒体在林译小说传播中的作用。

第四，林纾后期的译作颇受指责，研究者往往归结于他思想陈旧。本书从跨文化传播及跨群体传播的角度出发，指出了有效传播的条件是在来自不同文化背景或文化群体的传播者之间形成共享意义；此外，新文化运动的领导者作为意见领袖以《新青年》为阵地对林纾的公开批评，也对林译小说的传播产生了阻碍作用。

需要特别说明的是，本书所限定的"近代"，指的是19世纪90年代至20世30年代。从前文的介绍中我们可以知道，林纾是在20世纪90年代开始翻译小说的，此后无论是褒是贬，林译小说一直颇受关注，到1935年寒光发表《林琴南》后，林译小说研究渐渐沉寂下去。我们知道，中国近代史以1840年为起点，但近代文学史却是从戊戌变法开始的，维新的主张带来了思想的变革，中国文学自此开始有了明显的变化："第一，此时人们才知道要废八股文，文人们也在这个时候才从八股中解放出来；第二，这个时候才开始接受外来的影响，才因外来影响而倡'新文体'、'诗界革命'乃至文学革命；第三，这个时期文坛发生了各种变化：桐城文派和江西诗派由原先的权威成了残余了，文学从重摹仿古文和古人变为开始接受西洋影响，开始要求创造现代文学了，小说词曲乃至民间歌谣有了一定的地位，文字开始要求平民化，使大众也易使用——种种色色都围绕一点：反抗传统。"[①]可见，正是从这时起，

---

① 参见陈子展：《中国近代文学之变迁 最近三十年中国文学史》"导读"，上海：上海古籍出版社2000年版，第6页。

中国文学才开始真正迈入近代，而林纾也是在这个时期放弃参加科举考试，以译书为实业，林译小说也成为近代文学的一分子。19世纪90年代至20世纪30年代这个时间段中的林译小说，正属于陈平原先生所认为的"文学革命"的组成部分。陈平原在《文学的周边》中写道："说到'文学革命'，一般指称五四新文化人的工作，具体年代是1917—1922年。经由胡适《五十年来中国之文学》及众多'中国现代文学史'的论述，这一观念已经深入人心。只是随着晚清研究的迅速崛起，梁启超等极力提倡的诗界革命、文界革命及小说界革命等，逐渐被纳入'文学革命'的范围来考察。在我看来，一场成功的思想、文化、文学上的'革命'，既不可能一蹴而就，也不会稍纵即逝，必然包括酝酿、突破、巩固、定型。因此，我愿意将19世纪90年代至20世纪30年代的文学事业，作为一个相对完整的过程来考察。"①而将林译小说的传播置于19世纪90年代至20世纪30年代的文学事业中来研究，有利于我们从宏观上把握这一选题，也能加深和拓展我们对中国近现代文学史的理解。因此，本书对林译小说的传播研究，都是在19世纪90年代至20世纪30年代这个前提下进行的。

---

① 陈平原：《文学的周边》，北京：新世界出版社2004年版，第122页。

第一章　林纾的交往与林译小说的传播

传播学界的纲领性著作《社会中传播的结构与功能》，把人类社会中的传播活动分解为以下五个组成部分，即谁、说了什么、通过什么渠道、对谁、取得了什么效果。本书正是以这一理论分析框架为基础，从传播主体、传播媒介及传播效果的角度来研究林译小说在晚清民初的传播情况。

本章考察林译小说的传播主体，采用的理论是马克思主义的传播观——精神交往理论。马克思和恩格斯认为，物质生产和精神生产构成了人类生产活动的总体，而物质交往和精神交往则构成了人类交往活动的主体。人们精神交往关系与一定阶段的生产力发展水平及精神资料的占有方式密切相关，应将传播活动放在人类生产和交往活动的社会大系统中考察。基于这一理论，本章着力于分析林译小说的传播主体，即林纾和他的合译者，以及林纾交往的文化名人和文化团体，从分析林纾与他们的地缘、学缘关系的角度来说明林纾在翻译过程中并非完全无自主权，并探讨林纾的交往对林译小说传播的影响。

一、林译小说的传播主体

西学东渐的进程造就了中国特色的翻译人才。熊月之在《西学东渐与晚清社会》一书中，将晚清的译才分为三类：第一类是以李善兰、王韬、徐寿、华蘅芳等为代表的中述人才，他们在与传教士等西人合作时担任笔述；第二类是以严复、马君武、周桂笙、伍光健等为代表的西译人才，他们通晓西文，能独立从事翻译工作；第三类是能从日文转译西文的日译人才，这类人数量众多，最有名的如梁启超、章宗祥、丁福保等。在这三类人才之外，熊月之将林纾单列为中述中译，即由通西文的人担任口译，他担任笔述。这种翻译方式类似西述中译，是向中国输入西学的特殊形式。林纾借此方式声名鹊起，但他的合译者却不大为人所知。

我们知道，翻译是一个复杂的过程，钱锺书对此深有体会："一国文字和另一国文字之间必然有距离，译者的理解和文风跟原作品的内容和形式之间也不会没有距离，而且译者的体会和他自己的表达能力之间还时常有距离。从一种文字出发，积寸累尺地度越那许多距离，安稳到达另一种文字里，这是很艰辛的历程。一路上颠顿风尘，遭遇风险，不免有所遗失或受些损伤。"①不通西文的林纾却成为翻译大家，与他合作的口译者在其中功不可没。实际上，口译活动在我国各个历史阶段都是大量存在的，然而有记录可查的材料却并不多见。相对于林纾在文坛上的名声大噪，与他合作的口译者被人关注的程度就没有那么高了，然而，这并不意味着对这些口译者的研究就没有价值。据目前掌握的材料可知，与林纾合作的口译者按先后顺序共有王寿昌、魏易、严璩、严君潜、曾宗巩、李世中、蔡璐、陈家麟、魏瀚、力树萱、乐贤、王庆骥、廖琇昆、陈器、胡朝梁、王庆通、毛文锺、叶于沅、林凯、林骖等20人，见表1-1。作为林译小说的传播者，这些人在选择原著、翻译的准确性及翻译速度等诸多方面发挥着重要作用，在不同程度上影响了林译小说的传播，因此，考查林纾的合译者在传播环节中的具体功能，有助于我们从新的角度探究林译小说在清末民初风行的原因。

---

① 钱锺书等：《林纾的翻译》，北京：商务印书馆1981年版，第19页。

一、林译小说的传播主体

表 1-1　林译小说的口译者及其译作

口译者	译　作
王寿昌	《巴黎茶花女遗事》(1899年)
魏易	《英女士意色儿离鸾小记》(1901年)、《巴黎四义人录》(1901年)、《黑奴吁天录》(1901年)、《民种学》(1903年)、《布匿第二次战记》(1903年)、《英国诗人吟边燕语》(1904年)、《埃斯兰情侠传》(1904年)、《迦茵小传》(1905年)、《英孝子火山报仇录》(1905年)、《拿破仑本纪》(1905年)、《撒克逊劫后英雄略》(1905年)、《玉雪留痕》(1905年)、《洪罕女郎传》(1906年)、《红礁画桨录》(1906年)、《橡湖仙影》(1906年)、《拊掌录》(1907年)、《十字军英雄记》(1907年)、《神枢鬼藏录》(1907年)、《大食故宫余载》(1907年)、《旅行述异》(1907年)、《滑稽外史》(1907年)、《花因》(1907年)、《双孝子喋血酬恩记》(1907年)、《剑底鸳鸯》(1907年)、《孝女耐儿传》(1907年)、《块肉余生述》前编(1908年)、《块肉余生述》后编(1908年)、《歇洛克奇案开场》(1908年)、《髯刺客传》(1908年)、《恨绮愁罗记》(1908年)、《贼史》(1908年)、《电影楼台》(1908年)、《西利亚郡主别传》(1908年)、《英国大侠红蘩蘿传》(1908年)、《天囚忏悔录》(1908年)、《蛇女士传》(1908年)、《不如归》(1908年)、《慧星夺婿录》(1909年)、《冰雪因缘》(1909年)、《黑太子南征录》(1909年)、《藕孔避兵录》(1909年)、《西奴林娜小传》(1909年)、《脂粉议员》(1909年)、《芦花余孽》(1909年)
曾宗巩	《利俾瑟战血余腥记》(1904年)、《滑铁卢战血余腥记》(1904年)、《埃及金塔剖尸记》(1905年)、《鬼山狼侠传》(1905年)、《美洲童子万里寻亲记》(1905年)、《斐洲烟水愁城录》(1905年)、《鲁滨孙飘流记》(1905年)、《蛮荒志异》(1906年)、《海外轩渠录》(1906年)、《鲁滨孙飘流续记》(1906年)、《雾中人》(1906年)、《金风铁雨录》(1907年)、《新天方夜谭》(1908年)、《荒唐言》(1908年)、《钟乳骷髅》(1908年)、《三千年艳尸记》(1910年)

续表

口译者	译作
陈家麟	《玑司刺虎记》(1909年)、《贝克侦探谈》初编及续编(1909年)、《双雄较剑录》(1910年)、《薄幸郎》(1911年)、《残蝉曳声录》(1912年)、《古鬼遗金记》(1912年)、《黑楼情孽》(1914年)、《罗刹因果录》(1914年)、《哀吹录》(1914年)、《石麟移月记》(1915年)、《鹰梯小豪杰》(1916年)、《织锦拒婚》(1916年)、《雷差得纪》(1916年)、《亨利第四纪》(1916年)、《木马灵蛇》(1916年)、《红篋记》(1916年)、《秋灯谭屑》(1916年)、《亨利第六遗事》(1916年)、《奇女格露枝小传》(1916年)、《凯撒遗事》(1916年)、《橄榄仙》(1916年)、《诗人解颐语》(1916年)、《鸡谈》(1916年)、《三少年遇死神》(1916年)、《拿云手》(1917年)、《柔乡述险》(1917年)、《格雷西达》(1917年)、《林妖》(1917年)、《悔过》(1917年)、《天女离魂记》(1917年)、《烟火马》(1917年)、《社会声影录》(1917年)、《路西恩》(1917年)、《死口能歌》(1917年)、《公主遇难》(1917年)、《女师引剑记》(1917年)、《牡贼情丝记》(1917年)、《魂灵附体》(1917年)、《桃大王因果录》(1917年)、《人鬼关头》(1917年)、《决斗得妻》(1917年)、《恨缕情丝》(1918年)、《玫瑰花》前编(1918年)、《现身说法》(1918年)、《颤巢记》初编(1919年)、《颤巢记》续编(1919年)、《赂史》(1919年)、《焦头乱额》(1919年)、《泰西古剧》(1919年)、《妄言妄听》(1919年)、《鬼窟藏娇》(1919年)、《西楼鬼语》(1919年)、《玫瑰花》续编(1919年)、《铁匣头颅》前编(1919年)、《莲心藕缕缘》(1919年)、《情天异彩录》(1919年)、《铁匣头颅》续编(1919年)、《戎马书生》(1919年)、《豪士述猎》(1919年)、《还珠艳史》(1920年)、《欧战春闺梦》初编(1920年)、《金梭神女再生缘》(1920年)、《球房纪事》(1920年)、《乐师雅路白忒遗事》(1920年)、《欧战春闺梦》续篇(1920年)、《高加索之囚》(1920年)、《炸鬼记》(1921年)、《俄宫秘史》(1921年)、《洞冥记》(1921年)、《怪董》(1921年)、《魔侠传》(1922年)

续表

口译者	译作
王庆通	《情铁》(1914年)、《蟹莲郡主传》(1915年)、《鱼海泪波》(1915年)、《涡中花》(1915年)、《香钩情眼》(1916年)、《血华鸳鸯枕》(1916年)、《白夫人感旧录》(1917年)、《鹦鹉缘》前编(1918年)、《鹦鹉缘》续编(1918年)、《鹦鹉缘》第三编(1918年)、《孝友镜》(1918年)、《金台春梦录》(1918年)、《伊罗埋心记》(1920年)
王庆骥	《离恨天》(1913年)、《鱼雁抉微》(1915年)
李世中	《爱国二童子传》(1907年)、《玉楼花劫》前编(1908年)、《玉楼花劫》后编(1909年)
严璩	《伊索寓言》(1903年)
严潜	《伊索寓言》(1903年)
林骕	《德大将兴登堡欧战成败鉴》(1922年)
毛文钟	《想夫怜》(1920年)、《厉鬼犯跸记》(1921年)、《僵桃记》(1921年)、《鬼悟》(1921年)、《马妒》(1921年)、《沧波淹谍记》(1921年)、《双雄义死录》(1921年)、《沙利沙女王小记》(1921年)、《埃及异闻录》(1921年)、《梅孽》(1921年)、《以德报怨》(1922年)、《矐目英雄》(1922年)、《情翳》(1922年)、《情天补恨录》(1923年)、《妖髡缧首记》(1923年)
力树萱	《情窝》(1912年)、《罗刹雌风》(1913年)
陈器	《深谷美人》(1914年)、《痴郎幻影》(1918年)
胡朝梁	《云破月来缘》(1915年)
叶于沉	《膜外风光》(1920年)
林凯	《情海疑波》(1921年)
廖琇昆	《义黑》(1913年)、《新婚别》、《义马》
魏瀚	《保种英雄传》(稿佚)
蔡璐	《欧西通史》(稿佚)
乐贤	《土耳其乱事始末》

按对林译小说传播贡献的大小和对林纾的影响,将合作者分为以下几类。

第一类,以王寿昌、魏易、曾宗巩的贡献最大,在翻译时主动性更强。

林纾晚年曾说:"畏庐,闽海一老学究也。少贱,不齿于人。今已老,无他长,但随吾友魏生易、曾生宗巩、陈生杜蘅(指陈家麟)、李生世中之后,听其朗诵西文,译为华语。畏庐则走笔书之。"①王寿昌只参与翻译了第一部小说,故未提及其名。

王寿昌(1864—1926),字子仁,又名晓,号晓斋,福建闽侯人,是林译小说最早的口译者,也是他引导林纾走上了翻译之路。他于1878年考入福建马尾船政前学堂制船科,1885年又被选派赴法国留学6年,在法国学部律例大书院学习万国公法和法文,历次考试均取得优异成绩。王寿昌喜欢练字、写诗、作画,爱好文学,在留法期间也阅读了大量西方的文学名著,学成归国时还携带了多部法国小说,《茶花女》就是其中之一。回国后,王寿昌历任船政学堂法文教习、天津洋务局翻译、湖北交涉使、汉阳兵工厂总办、经理各国事务衙门章京、三省铁路学校校长、福建省交涉司司长等。王寿昌为人豪爽诚恳且富于情感,钱基博在《现代中国文学史》中记载了王寿昌与林纾合译《茶花女》的经过:"初林纾与长乐高氏兄弟凤岐而谦敦昆弟欢……而谦挚友王寿昌精通法兰西文;亦与纾欢好。纾丧其妇,牢愁寡欢!寿昌因语之曰:吾请与子译一书,子可破岑寂;吾亦得以介绍一名著于中国,不胜于蹙额对坐耶!遂与同译法国大仲马茶花女遗事行世。"②林纾也证实了这一点:"晓斋主人归自巴黎,与冷红生谈,巴黎小说家均出自名手。生请述之。主人因道,仲马父子文字于巴黎最知名,《茶花女马克格尼尔遗

---

① 薛绥之、张俊才编:《林纾研究资料》,北京:知识产权出版社2010年版,第101页。

② 钱基博:《现代中国文学史》,武汉:华中师范大学出版社2011年版,第166页。

事》尤为小仲马极笔,暇辄述以授冷红生。冷红生涉笔记之。"①由此不难看出,是王寿昌首先提出了"口译笔述"这种林译小说的翻译方式,而且是他主动向林纾推荐了《茶花女》。《巴黎茶花女遗事》问世后,"国人见所未见,不胫走万本","一时纸贵洛阳",也极大地激发了林纾的翻译热情。林纾弟子朱羲胄认为,"王氏之奇功,已与先生同不朽矣"②,寒光在《林琴南》一文中高度评价了王寿昌的功绩,认为"晓斋主人法文口述,所译虽仅《茶花女遗事》一书,但为西洋小说输入华土第一部,他的奇功已够和林氏共垂不朽","自林琴南和晓斋主人同译了《茶花女》以后,中国小说界才大放眼光,才打破了从前许多传统的旧观念和旧习惯,并且引动了国人看起外国文学和提高小说家的身价;中国文学界也因此开展了文学的世界眼光来迎接国外的新思潮。论功行赏,他不仅是近代中国文学界的革命先觉,简直是新文学的动力啊!"可见王寿昌对林译小说的传播产生的推波助澜的作用,以及对林纾的小说翻译活动和晚清文学现代化进程产生的重大影响。王寿昌晚年著有《晓斋诗稿》,其中有《挽林畏庐》一诗:"当代文豪今已矣,卌年交谊痛何如。半生宿疾犹存世,近岁胜游尚起予。推枕惊呼中夜梦,检厨忍读旧时书。越城一语成追忆,老擅才名信不虚。"在此诗的注释中,王寿昌写道:"先生中年落拓,居南郭外,一日入城,傍晚余戏之曰:'城门毕矣。'先生怃然,徐曰:'不怕,吾能越城。'又曰:'吾无政事,必有文章。'"从这首诗中我们不难看出王寿昌与林纾之间的亲密关系。

魏易(1880—1932),字仲叔、聪叔,又字春叔,浙江仁和(今杭州)人,幼年受教于私塾,后就读于上海圣约翰大学,毕业后在北京公立师范学堂任教员,做过上海《译林》杂志执笔者,又任教育部翻译及京师大学堂英文教习。魏易虽未曾留学,但英文水平极高,他在国内第一个翻译了《马可波罗纪行》及英国历史学家柏克尔的名作《英国文明

---

① 林纾:《巴黎茶花女遗事》,北京:商务印书馆1981年版,第1页。
② 朱羲胄编:《春觉斋著述记》卷三,上海:世界书局1949年版,第40页。

史》。林纾和魏易自1901年开始合作，经过66天的不懈努力，将从杭州求是书院借到的原版 Uncle Tom's Cabin 翻译成《黑奴吁天录》付梓，这部长篇小说一炮打响，在全国引起了轰动。两人的合作一直持续到1909年。魏易在林纾的合作者中表现最为出色，与林纾配合得也相当默契。林纾忆及二人译书的经历，对魏易的赞叹溢于言表，"余老矣，既无哈、莎之通涉，特喜译哈、莎之书。挚友仁和魏君春叔，年少英博，淹通西文，长沙张尚书既领译事于京师，余与魏君适厕译席。魏君口述，余则叙致为文章。计二年以来，予二人所分译者，得三四种，《拿破仑本纪》为最巨本，秋初可以毕业矣。夜中余闲，魏君偶举莎士比笔记一二则，余就灯起草，积二十日书成，其文均莎诗之纪事也。《莎诗纪事》，传本至夥，互校颇有同异，且有去取。此本所收，仅二十则，余一一制为新名，以标其目"①。在林纾写的多篇序、跋中，不难看出魏易在两人合作译书中一直积极主动地发挥着以下几点作用。第一，为林纾挑选原著，向林纾推荐国外优秀的作家、作品，如"吾友魏春叔购得《迭更司全集》，闻其中事实，强半类此。……迭更司书多，不胜译。海内诸公请少俟之，余将继续以伧荒之人，译伧荒之事，为诸公解醒醒睡可也"②，"夜中余闲，魏君偶举莎士比笔记一二则"③，"魏子冲叔告余曰：'小说固小道，而西人通称之曰文家，为品最贵，如福禄特尔、司各德、洛加德及仲马父子，均用此名世，未尝用外号自隐。蟠溪子通瞻如此，至令人莫详其里居姓氏，殊可惜也。'因请余补译其书。……遂以七句之力译成，都十三万二千言……"④第二，影响林译小说的题材，如"余与魏君同译是书，非巧于叙悲以博阅者无端之

---

① 林纾：《英国诗人吟边燕语》"序"，上海：商务印书馆1981年版，第1~2页。
② 林纾：《孝女耐儿传》"序"，上海：商务印书馆1907年版，第2页。
③ 林纾：《英国诗人吟边燕语》"序"，上海：商务印书馆1981年版，第2页。
④ 林纾：《迦茵小传》"小引"，见陈平原、夏晓虹编：《二十世纪中国小说理论资料》第一卷，北京：北京大学出版社1989年版，第138页。

眼泪,特为奴之势逼及吾种,不能不为大众之一号"①。第三,影响林译小说的翻译方式,如"是书言教门事孔多,悉经魏君节去其原文稍烦琐者。本以取便观者,幸勿以割裂为责"②,"英文之高者曰司各得,法文之高者曰仲马,吾则皆译之矣。然司氏之文……独迭更司先生……盖于未胚胎之前,已伏线矣。惟其伏线之微,故虽一小物一小事,译者亦无敢弃掷而删节之,防后来之笔,旋绕到此,无复以应。冲叔初不著意,久久闻余言始觉。于是余二人口述神会,笔遂绵绵延延"③。由以上两例不难看出,翻译小说时,对无关紧要的内容如何处理,两人或剔除,或不敢弃掷而删节,并没有一以贯之的标准。叶圣陶与俞平伯的通信中曾举过一例:"林译小说,以早年之笔为佳,洵如来书云云;却亦多删节处,例如《块肉余生述》,其开首即节去一大段。"④严既澄在校注林纾、魏易合译的《拊掌录》时也说过:"此为欧文生平得意文章之一,最足表现作者之性情,极为当时作家所称颂。惜原译者删节颇多;若悉为补入,又虑减原译文之丰姿气势。幸此类怀古之文辞,本无严整之布局,稍加缩节,似尚无妨。"⑤可见,从魏易的角度而言,他更喜欢删繁就简,但他的删节都是以不损害原文的思想为前提的。第四,影响林译小说的翻译速度,如"近年与曾、魏二生相聚京师,乃得稍谈欧西小说家言,随笔译述,日或五六千言,二年之间,不期成书已近二十余种。是译又《哈氏丛书》中之一也"⑥,"是书非名家手笔,然情迹离奇

---

① 林纾:《黑奴吁天录》"跋",见陈平原、夏晓虹编:《二十世纪中国小说理论资料》第一卷,北京:北京大学出版社1989年版,第28页。
② 林纾:《黑奴吁天录》"例言",见陈平原、夏晓虹编:《二十世纪中国小说理论资料》第一卷,北京:北京大学出版社1989年版,第27~28页。
③ 林纾:《冰雪因缘》"序",见陈平原、夏晓虹编:《二十世纪中国小说理论资料》第一卷,北京:北京大学出版社1989年版,第349~350页。
④ 叶至善、俞润民、陈煦:《暮年上娱——叶圣陶、俞平伯通信集》,石家庄:花山文艺出版社2002年版,第41页。
⑤ 欧文著,林纾、魏易译,严既澄校注:《拊掌录》,上海:商务印书馆1933年版,第74页。
⑥ 林纾:《斐洲烟水愁城录》"序",见陈平原、夏晓虹编:《二十世纪中国小说理论资料》第一卷,北京:北京大学出版社1989年版,第141页。

已极……暑中无可排闷，魏生时来口译，日六千言，不数日成书"①。

魏易与林纾合译了 50 余种欧美文学作品，合译数量仅次于陈家麟。魏易对林译小说的贡献是有目共睹的。因为魏易不仅翻译质量高，而且通过口述向国人介绍了许多外国名著，如美国作家斯土活（即斯陀）的《黑奴吁天录》（*Uncle Tom's Cabin*，1852，今译《汤姆叔叔的小屋》），华盛顿·欧文的《拊掌录》（*The Sketch Book of Geoffrey Crayon*，1820，今译《见闻杂记》或《见闻札记》）、《旅行述异》（*Tales of Traveller*，1824），英国小说家却而司·迭更司（即狄更斯）的《块肉余生述》（*David Copperfield*，1850，今译《大卫·科波菲尔》）、《滑稽外史》（*Nichlas Nickleby*，1839），英国作家司各德（即司各特）的《撒克逊劫后英雄略》（*Ivanhoe*，1820，今译《艾凡赫》）、《剑底鸳鸯》（*The Betrothed*，1825），以及日本作家德富健次郎的《不如归》等，均出他之口。经魏易口译的英国作家哈葛德的《迦茵小传》，还曾在国内引起激烈讨论。

曾宗巩，原名光运，字幼固，一作又固，福建长乐人，为"唐宋八大家"之一曾巩的后人。少年时代曾就读于天津水师学堂，1892 年末以全班第一名的成绩毕业，1903 年入京师大学堂译书局任"口述"。曾宗巩于 1904—1910 年与林纾合作，魏易与林纾几乎也是在此段时间合作，曾、魏二人都是林译小说最受肯定的口译者，都曾译介了不少哈葛德的小说，但"魏易口译的《迦茵小传》、《玉雪留痕》、《洪罕女郎传》、《红礁画桨录》、《橡湖仙影》均属言情小说，而曾宗巩口译的《鬼山狼侠传》、《埃及金塔剖尸记》、《斐洲烟水愁城录》、《蛮荒志异》、《雾中人》、《钟乳骷髅》则无一不是冒险神怪小说。倘若结合两人口译的其他作品来看，则魏易的选题尚属广泛，而曾宗巩则专攻神怪冒险小说（如《鲁滨孙飘流记》、《海外轩渠录》等），从不涉及言情之作"②。曾宗巩日后在海军界如鱼得水，先后担任海军部海军上校、海军部士兵科科

---

① 林纾：《西利亚郡主别传》"附记"，见陈平原、夏晓虹编：《二十世纪中国小说理论资料》第一卷，北京：北京大学出版社 1989 年版，第 330 页。

② 郭杨：《林译小说研究》，上海：复旦大学博士论文，2009 年，第 45 页。

长、航海科长、福州海军制造学校第三任校长、海军部司长、烟台海军学校校长，少将军衔，而且诗文俱佳，民国时曾被誉为"中国海军第一诗人""中国海军第一藏书家"。由此，我们不难看出曾宗巩的个人偏好影响到了他对原著题材的选择。林纾也证实了曾宗巩选题的这一特点：林、曾最早合译的法国作家阿猛查登的《滑铁卢战血余腥记》《利俾瑟战血余腥记》，正是描述当年拿破仑两次著名的战役，即"利俾瑟战役"和"滑铁卢战役"，林纾在《利俾瑟战血余腥记》"叙"中写道："癸卯秋节月中，与吴航曾又固谈拿破仑轶事，谓法民当此时代，殆一兵劫之世界，又固因出此本，言是中详叙拿破仑自墨斯科败后，募兵苦战利俾瑟逮于滑铁卢。中间以老鳖约瑟为纲，参以其妻格西林之恋别，饿、普、奥、瑞之合兵，法军之死战，兵间尺寸之事，无不周悉。又固以余喜小说家言，前此所译《茶花女遗事》、《黑奴吁天录》、《伊索寓言》，颇风行海内，又固因逐字逐句口译而出，请余述之，凡八万余言。既脱稿，侯官严君潜见而叹曰：是中败状，均吾所尝亲历而遍试之者，真传信之书也。……又固、君潜咸以为然。因取所论，弁诸简端。"①可见，是曾宗巩向林纾提供了原著并主动提出翻译此书。林纾在《鲁滨孙飘流记》"序"中也谈到翻译此书的原因："幼固自少学水师业，习海事，故海行甚悉，且云探险之书，此为第一。各家叙跋无数，实为欧人家弦户诵之书，哲学家尤动必引据之者也。尚有续篇二卷，拟春初译之，今先书其缘起于此。"②至于翻译时如何处理书中的宗教内容，林纾也与曾宗巩达成一致意见："至书中多宗教家言，似译者亦稍稍输心于彼教，然实非是。译书非著书比也。著作之家，可以抒吾所见，乘虚逐微，靡所不可；若译书，则述其已成之事迹，焉能参以己见？彼书有宗教言，吾既译之，又胡能讳避而铲锄之？故一一如其所言。吾友曾幼固

---

① 陈平原、夏晓虹编：《二十世纪中国小说理论资料》第一卷，北京：北京大学出版社1989年版，第122~123页。
② 陈平原、夏晓虹编：《二十世纪中国小说理论资料》第一卷，北京：北京大学出版社1989年版，第146页。

宗巩亦以为然。"①曾宗巩还与林纾合译了英国作家斯威夫特的《海外轩渠录》(未完成,只译了"小人国"和"大人国",今译《格列佛游记》)、美国作家阿丁的《美洲童子万里寻亲记》等,翻译的质量也较高。

第二类,以陈家麟、王庆通、王庆骥、李世中、严璩、严潜、林驺、毛文钟等为代表,他们或在数量上对林译小说有贡献,或在质量上为林译小说的传播打下了良好的基础。

陈家麟(1880—?),字黻卿,直隶静海(今属天津市)人,毕业于北洋海军学校,后赴英国入叩林海军大学。陈家麟精通英文,不仅直接翻译英文名著,还将托尔斯泰和巴尔扎克等的许多作品从英文转译过来。他是最早将托尔斯泰的《安娜·卡列尼娜》译成中文的人,他与陈大镫合译的俄国小说集《风俗闲谈》,也是我国最早的较全面地介绍契诃夫的作品,其中收录了契诃夫的23篇短篇小说。在与林纾合作后,陈家麟仍对托尔斯泰等作家有明显的偏好,这显然影响了陈家麟选择原著的范围。他与林纾合译了不少托尔斯泰的作品,并在当时产生很大影响。阿英曾评价:"俄国托尔斯泰,本其悲天悯人之怀,著为小说,蔼然仁人之言,读之令人泪下而不自知,如此何故耶?林译《人鬼关头》、《恨缕情丝》等,皆至情至性,溢于纸上,无怪一编脱移,万国转译,盛名固不易幸致也。"②陈家麟于1909—1922年与林纾合译小说,数量达50余种,是林纾合作最多的口译者。林译中不少世界名家之作,多出自他之口,如俄国托尔斯泰和英国莎士比亚的大部分作品、西班牙西万提司(即塞万提斯)的《魔侠传》(今译《堂吉诃德》)、法国巴鲁萨(即巴尔扎克)的《哀吹录》等。陈家麟也算得上是当时翻译界的佼佼者,但他的文学素养和外语能力还是不如王寿昌、魏易等人,作为林纾后期的主要翻译合作人,他口译了不少二、三流的作品,质量不高,也出过一些明显的错误,而且经他口译的莎士比亚的《英国诗人吟边燕语》也是后期林

---

① 陈平原、夏晓虹编:《二十世纪中国小说理论资料》第一卷,北京:北京大学出版社1989年版,第146页。

② 阿英:《俄罗斯和苏联文学在中国》,见《阿英文集》,上海:三联书店1981年版,第726页。

译小说饱受争议的原因之一。陈家麟比较随意的翻译态度也经常为人所诟病,比如他和林纾翻译的《不如归》保留了原作中的章目;《现身说法》原文中本有章目,译文却删除了。同一个口译者,对同样的内容却采用不同的处理方式,可见陈家麟在口译时的态度并不那么严谨。

王庆骥(1882—1941),字石荪、石孙,号流星,别号椒园,后改名景岐,又作京岐,福建闽侯人,王寿昌之侄。王庆骥早年曾在武昌方言学堂学习法文,18岁时赴法国研习政治,三年后回国并任京汉铁路秘书。1908年入法国巴黎政治大学,兼驻法公使馆翻译;1910年转入英国牛津大学学习国际法。1912年回国后便活跃于外交界,参与创办欧美同学会,先后任北京政府农林部编纂、外交部主事、中俄蒙恰克图会议参赞、外交部参事、驻意大利使馆二秘、巴黎和会中国团参事、外交部和约研究会会员、中德通商条约谈判代表、驻比利时公使、外交部顾问、驻瑞典并挪威公使、驻波兰公使等。丰富的人生经历使王庆骥具有超出常人的眼界。他也具有很高的文学修养和法语能力,曾兼北京大学法科讲师,并担任过上海劳动大学校长,还是比利时鲁文大学的名誉博士,擅长诗、书,著有《流星集》《椒园诗稿》和译文《不平之鸣》等。林纾《鱼雁抉微·序》云:"及门生王庆骥居法京八年,语言文字精深而纯熟。"其《离恨天·译余剩语》又云:"及门王石荪庆骥,留学法国数年;人既聪睿,于法国文理复精深,一字一句,皆出之以伶牙利齿。余倾听而行以中国之文字,颇能阐发哲理。因忆二十年前,与石荪季父王子仁译茶花女遗事,伤心极矣。而此书复多伤心之语,而又皆出诸王氏,然则法国文学之名家,均有待于王氏父子而传耶!"①从林纾的评价中不难看出王庆骥的语言、文学水平或可比肩王寿昌。他与林纾只合译了法国作家森彼得(即圣比埃)的《离恨天》(今译《保尔和薇吉妮》)以及英国孟德斯鸠的书信体小说《鱼雁抉微》(今译《波斯人信札》),其中《鱼雁抉微》还未译完,但质量很高,是林译小说中的上乘之作。值得

---

① 陈平原、夏晓虹编:《二十世纪中国小说理论资料》第一卷,北京:北京大学出版社1989年版,第388页。

注意的是，由王庆骥翻译的两部小说，不仅是近代翻译史上不容忽视的作品，而且内容也有别于时代潮流，这有力地证明了王庆骥在口译时充分发挥了主动作用。

王庆通，字秀中，福建闽侯人，王寿昌之侄。他是林纾的主要合作者之一，1914—1919年与林纾合译了《孝友镜》《金台春梦录》《蟹莲郡主传》《情铁》《鱼海泪波》《溷中花》《香钩情眼》《奇女格露枝小传》《血华鸳鸯枕》《白夫人感旧录》《鹦鹉缘前编》《鹦鹉缘续编》《鹦鹉缘第三编》等小说。林纾对王庆通的外语水平给予了较高的评价："余日来专意作画，不恒译书。然而二三至好，如静海陈君家麟、同里王生庆通，皆精于英、法之文，时时过从……"①王庆通的口译为后期的林译小说增色不少。

李世中，字子峰，福建闽侯人。他一直活跃于外交界，先后任职于驻法使馆、驻比利时使馆、驻俄国使馆、驻意大利使馆、驻葡萄牙使馆、驻巴拿马总领事署等，还担任过国民政府外交部总务司交际科科员、副科长。从李世中的工作经历不难判断出他的外语水平。他在1907—1909年与林纾合译了法国作家沛那的《爱国二童子传》以及大仲马的《玉楼花劫》等，他与林纾配合默契，颇受林纾喜爱。

严璩(字伯玉)、严潜(字培南)，福建侯官人，严璩为大翻译家严复长子，严潜为严复之侄。严璩自北洋水师学堂毕业后赴英国留学，回国后随父任职于京师译书局。严潜亦毕业于北洋水师学堂，后为西学馆常任教席，又与林纾同任教于五城学堂。1903年，严璩、严潜与林纾合译了希腊名著《伊索寓言》。

林骖，字季璋，福建闽侯人。他是中国早年第一批留学生之一，回国后担任过多个国家的外派公使，擅长绘画。1922年与林纾合译法国作家蒲哈德的《德大将兴登堡欧战成败鉴》。林纾在序言中认为此书"多以议论讥弹其大将，且叙事复杂，言之又言。余与林季璋极力节缩之，

---

① 《云破月来缘》，见钱谷融主编，吴俊标校：《林琴南书话》，杭州：浙江人民出版社1999年版，第119页。

尚觉其絮",并指出"吾不审西文,但资译者之口,苟非林季璋之通赡,明于去取,则此书之猥酿不纲,尚不止是也"①,高度评价了林骖为此书所做的贡献。

毛文钟,字观庆,江苏吴县人。他是林纾晚年的主要合作者,1920—1923年与林纾合译了法国作家预勾(即雨果)的《双雄义死录》、挪威剧作家伊卜森(即易卜生)的《梅孽》等十余种作品,尽管其中有部分世界名著,但总体上仍以三流作品居多,因此影响不大。

第三类是与林纾合作不多,成果不突出,目前材料有限而无法深入考察的合译者,如力树萱、陈器、胡朝梁、叶于沅、林凯、廖琇昆、蔡璐、乐贤等。

力树萱,字次东,福建永福人。1912—1913年与林纾合译英国作家希洛的《罗刹雌风》以及威力孙的《情窝》两部作品。

陈器(1891—?),字献琛,一字献丁,又字仲韩,福建闽侯人。先后毕业于公立清华学校、国立北京师范大学,并获美国斯坦福大学硕士学位,学成后回国投身教育界,著有《英文修辞学》②。陈器于1914年前后与林纾合译了英国作家倭尔吞的《深谷美人》、赖其镗的《痴郎幻影》。

胡朝梁,字梓方,一字梓芳、子方,号诗庐,江西铅山人。早年肄业于震旦、复旦二校,精通英文,曾学诗于陈三立,称诗弟子,民国初期任教育部社会教育司主事,后为徐又铮幕僚,晚年潜心学佛,著有《诗庐诗存》。1915年与林纾合译英国作家鹊则伟的《云破月来缘》。

叶于沅,字可立,福建闽侯人。肄业于比利时黎业斯大学商科,瑞士罗山大学商学士,曾任教于北京交通大学的前身——交通传习所③。1920年与林纾合译法国作家克里孟索的剧本《膜外风光》。

---

① 钱谷融主编、吴俊标校:《林琴南书话》,杭州:浙江人民出版社1999年版,第129页。
② 郭杨:《林译小说口译者小考》,载《中国文学研究》2008年第4期。
③ 参见郭杨:《林译小说研究》,上海:复旦大学博士学位论文,2009年,第141页。

林凯,字奏丹,福建闽侯人。1921年与林纾合译英国作家道因的《情海疑波》。

廖琇昆,福建闽侯人。与林纾合译法国作家德罗尼的《义黑》《新婚别》《义马》。

魏瀚(1850—1929),名植夫,字季渚,福建闽侯人。曾在福州船政学堂学习造船,后来在法国学习,还在马赛、蜡逊两厂考察,学习制造洋枪、钢甲船的知识,并受聘为法国皇家律师公会助理员,回国后在福州船政局总司制造,为我国近代造船事业做出巨大贡献。畏庐藏版的《巴黎茶花女遗事》就是由魏瀚出资镌刻的,从此启导林纾走上翻译道路①。魏瀚与林纾合译过《保种英雄传》,稿佚。据《离恨天·译余剩语》记载:"自辛亥九月,侨寓析津,长日闻见,均悲愕之事。西兵吹角伐鼓过余门外,自疑身沦异域。八月以前,译得《保种英雄传》,为某报取去,自是遂不复译。"②又据《春觉斋著述记》记载:"《离恨天》译余剩语,先生自谓辛亥以前译得是编,为某报携去。某报莫究其名。公子琮曰,此乃与同县魏瀚同译也。瀚字季渚。"③

蔡璐,字端如,浙江桐乡人,林纾弟子。与林纾合译《欧西通史》,稿佚。据《春觉斋著述记》记载:"此即先生授大学生西史时之讲义,公子琮语我曰,稿旧藏庋在家,乃与蔡璐同译者。按己酉日记,亦自云其译此也。"④

乐贤,字铭盘,福建闽侯人。曾主讲北京大学高等科。与林纾在1913年前后合译了《土耳其乱事始末》,发表于《庸言》第1卷第11号。

从以上对林纾合作者的考察中不难看出,口译者们在不同程度上对林译小说的原著选择、语言形式、思想内容等方面产生影响,甚至会出

---

① 参见黄濬:《花随人圣庵摭忆》,上海:上海古籍出版社1983年版,第238页。
② 林纾:《离恨天》"译余剩语",见陈平原、夏晓虹编:《二十世纪中国小说理论资料》第一卷,北京:北京大学出版社1989年版,第388页。
③ 朱羲胄编:《春觉斋著述记》卷三,上海:世界书局1949年版,第64页。
④ 朱羲胄编:《春觉斋著述记》卷三,上海:世界书局1949年版,第64页。

现不同程度的差错，林纾也常以不懂西文为借口，将林译小说中的错误归于口译者，如"然急就之章，难保不无舛谬。近有海内知交投书，举鄙人谬误之处见箴，心甚感之。惟鄙人不审西文，但能笔述；既有讹错，均出不知。尚祈诸君子匡正是幸"①，"予不审西文，其勉强厕身于译界者，恃二三君子为余口述其词，余耳受而手追之，声已笔至，日区四小时，得文字六千言。其间疵谬百出，乃蒙海内名公，不鄙秽其轻率而收之，此予之大幸也"②，"余笃老无事，日以译著自娱；而又不解西文，则觅二三同志取西文口述，余为之笔译"③，"余颇自恨不知西文，恃朋友口述，而于西人文章妙处，尤不能曲绘其状"④。实际上，由于源语言与目的语的差异，翻译中的误差几乎是不可避免的，茅盾就曾指出林氏与人合译时对小说进行了语言与思想的双层歪曲："林氏是不懂'蟹行文字'的，所有他的译本都是别人口译而林氏笔述。我们不很明白当时他们合作的情形是别人口译了一句，林氏随即也笔述了一句呢，还是别人先口译了一端或一节，然后林氏笔述下来？但无论如何，这种译法是免不了两重的歪曲的；口译者把原文译为口语，光景不免有许多歪曲，再由林氏将口语译为文言，那就是第二次歪曲了。这种歪曲，可以说是从'翻译的方法'上来的。何况林氏'卫道'之心甚热，'孔孟心传'烂熟，他往往要'用夏变夷'，称司各特的笔法有类于太史公……于是不免又多了一层歪曲。这一层歪曲，当然口译者不能负责，直接是从林纾的思想上来的。"⑤

林译中口译者的水平是有目共睹的，林纾在翻译过程中也并非完全

---

① 林纾：《西利亚郡主别传》"附记"，见陈平原、夏晓虹编：《二十世纪中国小说理论资料》第一卷，北京：北京大学出版社1989年版，第330页。
② 林纾：《孝女耐儿传》"序"，见陈平原、夏晓虹编：《二十世纪中国小说理论资料》第一卷，北京：北京大学出版社1989年版，第271~272页。
③ 林纾：《鹰梯小豪杰》"叙"，见陈平原、夏晓虹编：《二十世纪中国小说理论资料》第一卷，北京：北京大学出版社1989年版，第523页。
④ 林纾：《洪罕女郎传》"跋语"，见陈平原、夏晓虹编：《二十世纪中国小说理论资料》第一卷，北京：北京大学出版社1989年版，第163页。
⑤ 罗新璋编：《翻译论集》，北京：商务印书馆1984年版，第351页。

处于被动的地位。林彦京在《贞文先生学行记》中描写过林译小说口译笔述的情形：“每译书，与精于西国文字者相向坐，彼持卷，先生持笔，口说而耳听，意会而笔随，食许，可成数百言，视原书之意，不爽寸黍，而文采复绝，他译者莫能及。先生译书之名，几于妇孺皆知。”①既然盛赞林纾的文采是其他译者无法比拟的，可见林纾也并非完全按照译者口述的来记录，必然掺杂了个人的语言风格。朱羲胄在《春觉斋著述记》中也写道：“顾先生不审西文，侍人口述而笔之书，口译未尽，属文辄终，篇成脱手，无复点窜……吾尝见先生译书之室，仅容二席，净寂绝匹。翰楮之外，无他物也。”②如果林纾真是"口译未尽，属文辄终"，就说明他不可能完全笔录了口述的内容，而是加以删节或改写，甚至出现笔误。林纾的口译者之一毛文钟也曾说明林译小说中出现某些错误的原因：“林氏自己虽然不懂外文，他的所谓译实际上是采用小学生做作文那样的'听写'方式来写作，但他的态度是相当认真的，稍有怀疑，就要讲口译者从头再讲，有时甚至要讲上好几遍，他才认为满意。同时，他却又十分固执，中文稿一经写定，口译的人如发现了什么不妥之处，要求他修改，就难如登天，纵然以不符合原书本意为理由，向他力争，他老先生的倔脾气一发，往往也会置之不理。”③在这样的情形下，林译小说中出现一些错误也是在所难免的。此外，林纾翻译过程中对小说的思想内容等方面也有一定的倾向性，如“死固有时，吾但留一日之命，即一日泣血以告天下之学生，请治实业自振。更能不死者，即强支此不死期内，多译有益之书，以代弹词，为劝谕之助”④，"计自辛丑入读，至今十五年，所译稿已逾百种。然非正大光明之行，及彰善瘅恶之言，吾未尝著笔也"⑤，"余老矣，无智无勇，而又无学，不能肆力复我国仇，日苞其爱

---

① 朱羲胄编：《贞文先生学行记》卷二，上海：世界书局1949年版，第35页。
② 朱羲胄编：《春觉斋著述记》卷三，上海：世界书局1949年版，第1页。
③ 秦瘦鸥：《小说纵横谈》，广州：花城出版社1986年版，第175页。
④ 林纾：《爱国二童子传》"达旨"，见陈平原、夏晓虹编：《二十世纪中国小说理论资料》第一卷，北京：北京大学出版社1989年版，第269页。
⑤ 林纾：《鹰梯小豪杰》"叙"，见陈平原、夏晓虹编：《二十世纪中国小说理论资料》第一卷，北京：北京大学出版社1989年版，第524页。

国之泪,告之学生;又不已,则肆其日力,以译小说。其于白人蚕食斐洲,累累见之译笔,非好语野蛮也。须知白人可以并吞斐洲,即可以并吞中亚"①。林纾的弟子傅道传说:"公之译著,雕镂异域人物情况,宜若与中土夐绝者,而文皆雅驯之辞,义归情理之正。俾吾国读者,撷奇揽胜,足以药己短而益己长,亦蕲适乎吾国民之情性而已。"②林纾也会主动选择某些题材或某位作家的小说来翻译,如"恨余无学,不能著书以勉我国人,则但有多译西产英雄之外传"③,"畏庐老矣,近来不喜为言情之作,以眩动人心"④,"迭更司书多不胜译,海内诸公请少俟之,余将继续以怆荒之人译怆荒之事,为诸公解醒醒睡可也"⑤。实际上,Compton 也认为林纾在翻译过程中并非完全被动,并以《迦茵小传》的两个译本为例,指出"firstly, Lin Shu has the option of tanslating or not ttanslating works brought to him; Secondly, Lin might have been inspired to translate more works by a particular author after his initial introdction to him; Finally, in at least one case, Lin was inspired to translate a work after seeing an earlier version of the same novel"(首先,林纾对于提供给他的原著是否有翻译的选择权;其次,在早先译介了某一位作家后,他也许受到鼓舞,从而翻译该作家更多的作品;最后,至少有一个例子,在见到一部原著较早的译本之后,林氏受到触动来翻译该书⑥)。

进一步考察林纾与口译者的关系,我们发现这些口译者或者是林纾的同事(如魏易与林纾同为京师大学堂笔述,陈家麟与林纾同为五城学

---

① 林纾:《雾中人》"叙",见陈平原、夏晓虹编:《二十世纪中国小说理论资料》第一卷,北京:北京大学出版社1989年版,第167页。

② 朱羲胄编:《贞文先生学行记》卷二,上海:世界书局1949年版,第36页。

③ 林纾:《剑底鸳鸯》"序",见陈平原、夏晓虹编:《二十世纪中国小说理论资料》第一卷,北京:北京大学出版社1989年版,第271页。

④ 林纾:《云破月来缘》"序",载《小说月报》1915年第5期。

⑤ 林纾:《孝女耐儿传》"序",见陈平原、夏晓虹编:《二十世纪中国小说理论资料》第一卷,北京:北京大学出版社1989年版,第273页。

⑥ 转引自郭杨:《林译小说研究》,上海:复旦大学博士论文,2009年,第49页。

堂教员），或者是林纾的学生（如蔡璐、陈家麟、陈器、李世中、力树萱、林凯、林骆、王庆骥、王庆通、乐贤等都名列《林氏弟子表》），或者是林纾的同乡及同乡的亲友（多数口译者为福建籍，王庆骥、王庆通和严璩、严君潜分别是林纾同乡好友王寿昌、严复的子侄），有的口译者与林纾同时有着多重关系。这些关系形成一个庞大的传播网络，为林译小说的形成和发展奠定了良好的基础。其中最引人瞩目的是和林纾具有地缘关系的口译者，以及在这些口译者的基础上形成的近现代闽籍翻译家群体。

  林纾一生乡音难改，即使在闽学堂每周教授四小时国文时也是如此："讲课时操福州方言，朗诵古文，手舞足蹈，声震屋宇。"①林纾的20位口译者中，除魏易、陈家麟、毛文钟、胡朝梁外，其他都是福建籍，而且多数是福建闽侯籍，与林纾可谓地道的老乡。由此可以推断，林纾在与口译者合作时，大部分情况下应该是以福建方言为工作语言。施蛰存在《中国近代文学大系　翻译文学集》（一）"导言"中的分析也证明了这一点："林纾始译《茶花女遗事》，译其著者名为小仲马，于是中国译界不以父子为区别，而以大小为区别。'仲马'为林纾用闽音译，对音不准，当为'杜马'，但大小仲马已成中国习惯译法，未易纠正。林纾把法国作家雨果，译作嚣俄，可知同他合作的人是从英译本口述的。依照英文读音，雨果读作许果，林纾又用他的福州方音，译成嚣俄……可怪的是，林纾译了一本雨果的《九十三年》，译本书名题作《双雄义死录》，作者名却是'预勾'。从此可知，这本书的口述者用的是法文本。但林纾自己恐怕不知道预勾就是嚣俄。"②可以想见，林纾与口译者在合作时用福建方言交流，双方有共通的意义空间，进一步缩小了沟通的障碍，为林译小说的产生及快速发展提供了便利。

---

  ① 吴家琼：《林琴南生平及其思想》，见中国人民政治协商会议福建省委会文史资料研究委员会编：《福建文史资料》第五辑，福州：福建人民出版社1981年版，第96页。
  ② 施蛰存：《中国近代文学大系·翻译文学集》"导言"，上海：上海书店1990年版，第1页。

随着林译小说的广泛传播，闽籍翻译家这个群体也开始逐渐进入人们的视野。福建海上交通发达，由于较早地开放了通商口岸，因此商业贸易繁荣，对外文化交流频繁。西方传教士在福建也相当活跃，建立教堂和医院、兴办教会学校，为西学的传播创造了客观条件，也培养了一批有外语基础、能从事翻译活动的人才。1866年，浙闽总督左宗棠奏请设立了近代中国最早的大型工业企业之一的福建船政局，还同时创办了福州船政学堂，不仅主动学习西方先进的科学技术，更注重对西方文化的学习。福州船政学堂是清末最早的海军学校，又叫"求是堂艺局"，分前学堂、后学堂，据英法海军学校教育体制设置，学制5年，聘有熟悉中外语言文字的洋教员。除开设中国传统科目外，前后学堂教学内容各有侧重：前学堂教授法文、算术、几何、代数、三角、天文、地理、航行，后学堂教授英文、算术、机械操作等。学堂有严格的考核制度，又有优秀的教师和良好的学习氛围，并选拔优秀学员留学，林纾的合作者王寿昌和魏瀚就是福州船政学堂的优秀毕业生。可见王、魏二人具有高超的翻译技能并非偶然。林纾成为小说翻译家也与二人的帮助密不可分。林纾的结发爱妻刘琼姿不幸于1897年病故，时年45岁的林纾悲伤至极，遂到好友魏瀚家中消愁解闷。王寿昌与魏瀚过从甚密，为了帮助林纾缓解丧偶之痛，王向他介绍了法国的一些小说，林纾听到小仲马的名著《茶花女》后深为所动，魏瀚真诚地希望好友投入翻译后能摆脱丧妻之痛的折磨，而且将西方的优秀文学介绍到国内也是魏瀚多年的愿望。于是魏瀚趁热打铁，买舟载酒请林、王两位友人同游石鼓山。王寿昌临窗而坐，手捧法文原本《茶花女》，逐字逐句，绘声绘色地讲述。林纾铺纸于几，全神贯注地一边细听，一边运笔如飞，用他那纯熟精练的文言文，书写成章。一天下来，颇有成绩，林纾信心大增。魏的住处为一幢临江而建的小楼，风景宜人，十分幽静。随后魏瀚专门为他们整理出工作室，照顾他们的日常生活，使他们得以专注于译书工作。魏常见到他们每译到缠绵凄婉之处都相对而哭，日后竟以此为谈资。不到半年全书译完，经王魏二人校对后，以"巴黎茶花女遗事"为名，由魏瀚出资，请福州城内最有名的书匠吴玉田印刷了100本。《巴黎茶花女遗事》便以这种传奇的方式诞生了。这部小说于1899年2月正式出版,是中国近代文学翻译史上具有里程碑式意义的作品,如果林纾未与魏瀚、王寿昌交流,就不可能有《巴黎茶花女遗事》的产生,魏、王二人对此书的传播起到了非常关键的作用。

二、林纾的交往与林译小说的传播

《畏庐文集》中收录了多篇林纾为他人所写的序,如《送同年李畲曾之官江右序》《送林作舟作令阳山序》《赠李拔可舍人序》《赠林长民序》《送黄石孙侍御出守徽州序》《送王肖泉先生之天津序》《送涛园沈公改官岭南序》《赠伍昭扆太守序》《送周松孙比部出宰如皋序》《送严伯玉之巴黎序》《赠赵仲宣员外序》《送岑西林宫保归隐西湖序》《送高梧州南归序》等。此外,林纾还写过不少寿序、传记、墓志铭、祭文,如《林迪臣先生寿序》《沧趣先生六十寿序》《徐景颜传》《林明府政略》《高筠亭先生墓志铭》《陈德斋墓志铭》《祭宗室寿伯茀太史文》《王桢臣先生哀辞》等。从这些文章中不难看出林纾平时的交际范围很广泛。林纾逝世后,为他撰写祭文、挽诗或挽联的有数百人,其中不乏政界要人和社会贤达,试举例如下:陈宝琛(同治进士,宣统帝傅)、陈焕章(康有为弟子,光绪进士,美国哥伦比亚大学哲学博士)、陈衍(林纾同科举人,曾任学部主事,同光体诗人)、成多禄(书法家,民国教育部审核处处长)、傅增湘(光绪进士,五四时期民国政府教育总长)、郭曾沂(光绪进士,曾任礼部右侍郎兼户部左、右侍郎)、何振岱(光绪举人,同光体诗人)、黄侃(章太炎弟子,音韵、文字、训诂学家)、力钧(光绪举人,医学家)、林长民(林纾弟子,民国时期曾任国务院参事、内阁司法总长)、沈觐冕(清末名臣沈葆桢曾孙,曾任海军总司令部秘书长、福建盐运使)、宋小濂(民国时期曾任黑龙江都督兼民政长)、王式通(光绪进士)、魏易(文学翻译家,与林纾合译多部小说)、夏敬观(光绪举人,近代江西派词人、画家)、徐世昌(光绪进士、翰林,曾任东三省总督、体仁阁大学士,1918年出任民国大总统)、张国淦(藏书家,民国时期曾任国务院秘书长、总统府秘书长、内务次长、教育总长、司法总长等)、郑孝胥(林纾同科举人,曾任广东、安徽按察使、驻日本神户领事,同光体诗人)、卓孝复(林纾同科举人,光绪进士)、赵尔巽(同治进士,翰林院编修,民国清史馆总裁)等。林纾的交往是值得我们注意的现象。"交往"是全部社会物质生活和精神生活中,人与人之间的物质的和精神的发展程度。人类社会的物质交往决定精神交往,但是精神生活或精神生产的发展,反过来也会推动物质生产和物质交往的发展。林纾的交往活动本身就是一种文化传播活动。文化传播是"人们社会交往活动过程产生于社区、群体及所有人与人之间共存关系之内的一种文化互动现象"①。林纾的这种交往活动简便易行,不受机构、媒介、时空等条件的限制,交流的双方不断地接受信息和发生信息,可以做到反馈及时,因此对林译小说的传播有直接帮助。

  林译小说的出版发行就是通过林纾的交往实现的。1899年林纾与汪康年的两次通信就记录了汪康年资助他出版《巴黎茶花女遗事》的细节。第一封信内容如下:"穰卿仁兄大人足下:沪上展谒,未得把晤,因致《茶花女》小说两部而别。昨阅《中外日报》,有以巨资购来云云。在弟游戏笔墨,本无足轻重,唯书中虽隐名,而冷红生三字颇有识者,似微有不便。弟本无受赀之念,且此书刻费出诸魏季绪观察,季绪亦未必肯收回此款。兹议将来赀捐送福建蚕学会,请足下再行登报,用大字写《茶花女遗事》,每部价若干,下用小字写:前报所云致巨资为福建某君翻译此书润笔,兹某君不受,由本处捐送福建蚕学会。合并声明。鄙意如此,意亦两无所碍,想足下当可允从也。此问箸安。弟林纾顿首。三月廿九日在杭州仁和县署发。"②在这封信中,林纾表明,虽然在《茶花女》上署名"冷红生",但还是担心被认出,他也担心广告中说此书由汪康年巨资购来,对他的名誉有影响。这封信充分表明,林纾当时

---

① 周鸿铎主编:《文化传播学通论》,北京:中国纺织出版社2005年版,第18页。
② 上海图书馆编:《汪康年师友书札》(二),上海:上海古籍出版社1986年版,第1230页。

还持有旧式文人以小说为小道的态度。第二封信是这样写的："穰卿先生足下：初六日得沪上所发初三日手函，述《茶花女遗事》排印之由，将以津贴馆中经费。此举至妥至善，寸心想先生已曲谅之矣，慰甚。昨晚闻南阳电音，意船大至沙门湾，谅尊处已有所闻。意人舰队远来，枢府已面无人色，只有允之一字，再无他法。我生不辰，日睹恨事，又无半亩之田足以躬耕，于人迹不到之处，不见不闻，养得此心一日安静。今却光着身子听人家宰割，哀极痛极！近就陈吉士大令教读笔墨之馆，月可百饼，弟家累极重，藉以糊口。年底归闽，拟同魏季绪再翻外国史略或证书一部，成时当奉商也。闻张菊生颇称吾书，此君品学皆高，恨未之见，恨甚。即颂箸安。弟林纾顿首。初六。"①从这封信不难看出，自汪康年协助出版《巴黎茶花女遗事》后，林纾对汪康年大有好感，开始对翻译外国作品产生兴趣，遂主动提出再翻译外国史略或证书一部交付汪康年。

  汪康年铅印《茶花女遗事》虽然事出偶然，但在提升林纾的知名度、扩大该书的影响以及促进近代翻译文学的发展等方面关系重大。汪康年不遗余力地宣传林译《茶花女》："在《中外日报》上为《茶花女》做了12次以上的预售广告，'译印茶花女遗事'的销售广告在《中外日报》上断断续续地刊登了数年。"②1899年《游戏报》刊登了发售《巴黎茶花女遗事》的告白，《游戏报》和《新闻报》上也时见"译印巴黎茶花女遗事"的广告。汪康年还经常向朋友馈赠报刊和图书，他的一些朋友看到了这些广告并产生了阅读兴趣，如1899年农历五月二日，诗人、藏书家周星诒在给汪康年的信中说："前承惠寄三月廿六日以前《日报》到皋……新出西书《茶花女》等书，千万速速寄示一部，应价示之立奉"③。林译

---

  ① 上海图书馆编：《汪康年师友书札》（二），上海：上海古籍出版社1986年版，第1231页。

  ② 张天星：《汪康年铅印林译〈茶花女〉考论》，载《济南大学学报（社会科学版）》2011年第4期，第29页。

  ③ 上海图书馆编：《汪康年师友书札》（二），上海：上海古籍出版社1986年版，第1181页。

《茶花女》还被汪康年赠给黄笃恭，1899年腊月初六日，黄笃恭从湖南写信感谢汪康年："两奉惠函，诵悉种切。《茶花女》小说亦已收到，谢谢！"①《茶花女》的成功，极大地激发了林纾对译介外国文学的兴趣，汪康年在其中功不可没。

汪康年（1860—1911），字穰卿，晚年号毅伯、恢伯、醒醉生，杭州人，光绪二十年进士，官内阁中书，晚清杰出的报业家和社会活动家。甲午战争后，汪康年在沪入强学会，自1896年参与创办、经理《时务报》始，先后创办了《时务日报》《昌言报》《中外日报》《京报》《刍言报》。在他51年的生命中，有整整16年是在报馆度过的。在魏瀚出资镌板《巴黎茶花女遗事》不久，素隐书屋就于1899年出版了该书的铅印本。据推断，素隐书屋本即汪康年刊本②。林纾日后在翻译小说时也多次提到与汪康年的关系："当日汪穰卿舍人为余刊《茶花女遗事》……寥寥仅三万余字，借之破睡亦佳"③，"吾友汪穰卿，人极诙谐，偶出一语，令我喷饭。穰卿极赏吾译之《滑稽外史》，近更以是饷之，必且失声而笑，偿我向者之为穰卿喷饭也"④。

《巴黎茶花女遗事》的出版，也有赖于林纾与其他友人的交往，其中最主要的就是高梦旦。高梦旦（1870—1936），原名凤谦，字梦旦，福建长乐人，生于书香门第。曾应童子试，补博士弟子员。因厌学八股，放弃举业，以笔耕自给。清光绪二十二年随长兄凤歧赴杭州入林启幕府。光绪二十八年为浙江大学堂教习。翌年任浙江大学堂留日学生监督，乘便考察日本。同年冬，回国被聘为上海商务印书馆编译所国文部

---

① 参见上海图书馆编：《汪康年师友书札》（三），上海：上海古籍出版社1987年版，第2324页。

② 除了阿英在《关于〈巴黎茶花女遗事〉》中证明素隐书屋本就是汪康年刊本，潘建国的《晚清汪康年出版〈巴黎茶花女遗事〉始末考》一文也说明了这一过程。参见潘建国：《古代小说文献丛考》，上海：中华书局2006年版，第203~218页。

③ 林纾：《歇洛克奇案开场》"序"，见陈平原、夏晓虹编：《二十世纪中国小说理论资料》第一卷，北京：北京大学出版社1989年版，第328~329页。

④ 林纾：《彗星夺婿录》"序"，见陈平原、夏晓虹编：《二十世纪中国小说理论资料》第一卷，北京：北京大学出版社1989年版，第349页。

部长,后任编译所所长。高梦旦博学多才,又善于处理各种关系,这样的性格使他非常适合出版事业。高梦旦在任时多方延揽人才,扩展业务,编译所最盛时下设 20 多个部,职工达数百人,为国内最完备、影响最大的编译机构,曾翻译日本《法规大全》、编辑《涵芬楼古今秘籍珍本》、编纂《辞源》和《新字典》等。他深感汉字笔画结构过繁,不易认写查找,决心改革部首偏旁检字方法,确定了"四角号码"的雏形。1919 年,高梦旦推举王云五接任,自己转任出版部长。1924 年,得悉王云五研究汉字号码检字法,便毫无保留地把自己长期刻苦钻研的资料、稿件送其参考,王据以改进补充,创出"四角号码检字法"。1928 年,高梦旦辞去出版部长职,只任董事会董事,仍一如既往地关心馆务。高梦旦是近代中国最富实绩和最具声望的出版家之一。

高梦旦的长兄高凤岐与林纾同是福建壬午科举人,交谊深厚。高梦旦与兄长关系很好,因此与林纾也成为至交。高氏兄弟与汪康年本不相识,"穰公弃官,以倡新学,凤歧夙有所闻。所与吾弟凤谦各书,于吾高氏若有夙契。至今亦未有一书之通"①。《时务报》创刊后不久,高梦旦写信给报馆诸先生:"窃思贵报以翻译为本,旧作译书一篇,或可为土壤细流之助……凤谦于先生无一面之亲,一刺之通……"②这封信得到了汪康年的关注,遂开始与高梦旦通过书信交流。据《汪康年师友书札》(二)记录,高梦旦在 3 年多的时间里给汪康年写的信多达 54 封,就办报等新闻出版业务提出许多深刻的见解,深得汪康年的赞许。汪曾经萌生了与高共事的想法,高梦旦感念他用意深厚,尽管认为自己"不就报馆,实自知不足,非让也"③,还是积极向他推荐好书,其中就包括林纾的著作。1897 年,林纾的《闽中新乐府》由高梦旦托汪康年代印,

---

① 上海图书馆编:《汪康年师友书札》(二),上海:上海古籍出版社 1986 年版,第 1596 页。
② 上海图书馆编:《汪康年师友书札》(二),上海:上海古籍出版社 1986 年版,第 1610 页。
③ 上海图书馆编:《汪康年师友书札》(二),上海:上海古籍出版社 1986 年版,第 1629 页。

"《闽中新乐府》三十首，大概用以振作童子志气，并屏除陋习，颇便蒙学。比间传抄者多，拟托尊处代印……所有刷印章程另单呈鉴，乞先付印局一商……"①近一个月后，高梦旦又"奉上《闽中新乐府》三十二首，察收。石印既贵且缓，应如尊意，用活字板排印千册，以速为妙。应费若干，由尊处代付，示明照缴"②。

《巴黎茶花女遗事》在很大程度上也是通过高梦旦的积极运作才得以出版的。高梦旦连续给汪康年写了5封关于《茶花女》刊行的信。第一封信介绍了该书初版的相关情况："家兄子益并无译书、绘图之事，巴黎《茶花女遗事》一书，系友人王子晓、林琴南同译，已在闽刻梓，明春可以印行。"③第二封信谈道"《茶花女遗事》印成，即托尊处代售"④。第三封信详细解释了该书的印制成本："《茶花女遗事》系友人王子晓、林琴南同译，魏季子出资刊刻。计雕工并刷印以送人者，得费八九十元，尚未细算。现在所以发售者，不过欲收回成本，并无图利之心。足下将以印报，原无不可，惟报章风行，得阅者既多，恐碍此书销路。尊处若能出雕刷各费，则原版可以奉送，即已印成书者所存无多，亦只留以赠人，不复续印再行发售。足下将此书或登报，或印行，敝处并不过问。若以所费太巨，则请俟此书售价略抵成本之

---

① 上海图书馆编：《汪康年师友书札》（二），上海：上海古籍出版社1986年版，第1639页。

② 上海图书馆编：《汪康年师友书札》（二），上海：上海古籍出版社1986年版，第1639页。高梦旦非常推崇《闽中新乐府》，他在《书〈闽中新乐府〉后》中说："甲午之役，我师败于日本。国人纷纷言变法，言救国。时表兄魏季子主马江船政局工程处。余馆其家，为课诸子。仲兄子益先生，王子仁先生，欧游东归，任职船局，过从甚密。伯兄啸桐先生，林畏庐先生，亦时久游宴，往往亘数日夜，或买舟作鼓山方广游。每议论中外事，慨叹不能自已。畏庐先生以为转移风气，莫如蒙养。因就议论所得，发为诗歌，俄顷辄就。季子先生为出资印行，名曰《闽中新乐府》。迄今三十年，散失殆尽。侄女君珈独有一册，珍同拱璧。因为记其本末如此。"

③ 上海图书馆编：《汪康年师友书札》（二），上海：上海古籍出版社1986年版，第1651页。

④ 上海图书馆编：《汪康年师友书札》（二），上海：上海古籍出版社1986年版，第1652页。

后，亦可将原版奉送。"①第四封信表明了自己对原版的态度："且前者仓卒出书，讹字甚多，现加复校，将次就完，并将校本奉缴，原板刊改毕后，不过旬日可以寄沪，如何之处，统请尊酌，明示为盼。"②在汪康年登广告宣传《茶花女》为重金购得时，他从维护林纾声誉的角度考虑，第五次写信与汪商讨如何以告白的形式为林纾澄清事实。畏庐藏版《茶花女》本是用来送人，尚有剩余，因此高梦旦认为汪康年"再寄二百部，无所用之。所云他种书报折送一节，确属可行"，他又提出"先将书单寄来，以便择其合用，或兼要《茶花女》少许亦可"③。汪康年答应了他的要求，为他提供了书报单，并请他转交给魏瀚书款40元。如果没有高梦旦的策划，《巴黎茶花女遗事》可能不会出版或者不会取得好的传播效果，林纾也可能不会有继续翻译小说的兴趣了。

商务印书馆的灵魂人物张元济对于林译小说的出版和传播也起到了巨大作用。张元济(1867—1959)，号菊生，浙江海盐人。出生于名门望族，书香世家清末中进士，入翰林院任庶吉士，后在总理事务衙门任章京。因受戊戌变法牵连而被罢职并永不叙用，后蒙李鸿章推荐，任职于上海盛宣怀主办的南洋公学，负责译书院工作，期间结识夏瑞芳，二人一见如故，夏瑞芳后来有志于扩展业务，兴办编译所，为此多次征询张元济的意见。1901年，张元济获邀入股商务印书馆；1902年，商务印书馆成立编译所，张元济推荐好友蔡元培为第一任所长；1903年，蔡元培因《苏报》案未能任职，张元济遂辞去南洋公学职务，担任商务印书馆编译所所长。张元济是晚清士绅阶层的精英，是传统知识分子的典型人物，他投身于教育和出版事业，为中国的现代化尽心尽力。他在加入商务印书馆之前就认识到翻译西书的重要性，并身体力行，努力学

---

① 上海图书馆编：《汪康年师友书札》(二)，上海：上海古籍出版社1986年版，第1653页。

② 上海图书馆编：《汪康年师友书札》(二)，上海：上海古籍出版社1986年版，第1654页。

③ 本处引文参见上海图书馆编：《汪康年师友书札》(二)，上海：上海古籍出版社1986年版，第1658页。

习英文。入股商务印书馆后,他更是有意识地大力引进西方文化,对林译小说的出版也给予大力支持,林纾也非常敬重他。严复曾向张元济感叹:"林君最佩足下,虽相与未必甚稔,然查其用情,骨肉不窬。足下何以得此于林君哉?"①1906年,林纾在《蛮荒志异》跋文中写的一段话也颇能代表他与张元济的情谊:"长安大雪三日,扃户不能出。此编誊缮适成,临窗校勘,指为之僵。……雪止酒熟,梅花向人欲笑,引酒呵笔书此数语,邮致张菊生先生为我政之。光绪三十一年十二月二十七日畏庐书于雪中。"②张元济也多次在日记中提到他与林纾的交往,如"收琴南译小说三种……"③"晨起访昭扆、仲恕、子益、鹤顾、亮畴、琴南、书衡"④"琴南赠画扇一柄"⑤"访林琴南、胡玉孙,均未遇"⑥"收信:伯恒、剑承、少勋、琴南、沅叔"⑦"金篯孙、夏穗卿、林琴南、李柳溪、王书恒夫人来"⑧等。林译小说后期质量下降,张元济念及多年的感情,顶住压力继续出版。《张元济日记》记载,1916年8月10日"梦旦查告:琴南小说,今年自正月至八月收稿十一种。共五十七万二千四百九十六字,记资三千二百零九元零八分,梦意似太多。余意只得照收。已复梦翁"⑨,1917年6月12日又记载"竹庄昨日来信,言琴南

---

① 严复:《严复集(三)书信》,北京:中华书局1986年版,第547页。
② 林纾:《蛮荒志异》"跋",上海:商务印书馆1914年版,第1页。
③ 张元济著,张人凤整理:《张元济日记》上册,石家庄:河北教育出版社2001年版,第21页。
④ 张元济著,张人凤整理:《张元济日记》上册,石家庄:河北教育出版社2001年版,第545页。
⑤ 张元济著,张人凤整理:《张元济日记》上册,石家庄:河北教育出版社2001年版,第549页。
⑥ 张元济著,张人凤整理:《张元济日记》上册,石家庄:河北教育出版社2001年版,第571页。
⑦ 张元济著,张人凤整理:《张元济日记》下册,石家庄:河北教育出版社2001年版,第915页。
⑧ 张元济著,张人凤整理:《张元济日记》下册,石家庄:河北教育出版社2001年版,第1075页。
⑨ 张元济著,张人凤整理:《张元济日记》上册,石家庄:河北教育出版社2001年版,第135页。

近来小说译稿多草率,又多错误,且来稿太多。余复言稿多只可接受,惟草率错误应令改良。候梦归商办法"①。张元济这样做,一方面替林纾分担了经济压力,另一方面也使林译小说继续出现在读者面前,延续了林译小说的生命。

清末民初的小说家、出版家曾朴也非常关注林译小说。他在《复胡适的信》中写到他与林纾在翻译方面的交流:"我就贡献了两个意见,一、是用白话,固然希望普通的了解,而且可以保存原著人的作风,叫人认识外国文学的真面目、真精神;二、是应预定译品的标准,择各时代、各国、各派的重要名作,必须移译的次第译出。他对于第一点完全反对,说用违所长,不愿步《孽海花》的后尘;第二点怕事实做不到,只因他自己不懂西文,无从选择预定,人家选择,那么和现在一样。人家都是拿着名作来和他合译的,何必先定目录,倒受拘束。我觉得他理解很含糊,成见很深固,还时时露出些化朽腐为神奇的自尊心,我的话当然要刺他老人家的耳,也则索罢了。他一生译的小说,不下二百余种,世界伟大的名著经他译出的,不在少数,对着译界,也称得起丰富的贡献了。如果能把没价值的除去,一家屡译的减去,填补了各大家代表的作品,就算他意译过甚,近于不忠,也要比现在的成绩圆满得多呢。"②林纾在白话文运动中被新文化派视为"封建遗老",林译小说的价值也被一同否定,曾朴虽然也主张用白话文翻译,但还是肯定了林纾及林译小说的贡献,这在当时的语境中还是难能可贵的。

林译小说的产生和发展,也得到其他友人的帮助或催促。林译小说的序跋中就有多次记录:"光绪戊戌,余友郑叔恭,就巴黎代购得《拿破仑第一全传》二册,又法人所译《俾斯麦全传》一册"③,"余友林畏庐征君,……征君昔曾译《茶花女遗事》,严几道以为支那浪子之魂,咸为所荡。而征君自言,则谓茶花女用心,盖如古之龙比抵死不变,议论

---

① 张元济著,张人凤整理:《张元济日记》上册,石家庄:河北教育出版社2001年版,第308页。

② 陈锦谷:《林纾研究资料选编》,福州:福建省文史研究馆,2008年,第29页。

③ 林纾:《译林》"序",1901年第1期。

颇奇诡骇众。癸卯之秋，余朝京师，征君复出此卷见示……征君笑曰：涛园居士知言者也，趣余即书其上"①，"伍昭扆太守至京师，访余于春觉斋，相见道故，纵谈英伦文家，则盛推司各德，以为可侪吾国之史迁。……惜余年已五十有四，不能报书从学生之后，请业于西师之门；凡诸译著，均恃耳而屏目，则真吾生之大不幸矣"②，"故西人小说，即奇恣荒眇，其中非寓以哲理，即参以阅历，无苟然之作……余伤寿伯弗光禄之殉难于庚子"③，"余既罢讲席，益不与人延接，然海内欲得吾译稿者，时以书来，言林译何久不出。得书怃然。计余自辛丑入都，所译书过百种矣，其自著小说，亦渐次出版。昨吾友戴懋斋信来，征余近作"④，"吾友林畏庐先生夙以译述泰西小说，寓其改良社会、激劝人心之雅志……其余亦一部有一部之微旨……今冬复与魏君冲叔同译是书，都三万余言，分前后篇，为章十四。既成，以授熙绩，为校雠并点定其句投……是书旧有译本，然先生之译之，则自成为先生之笔墨，亦自有先生之微旨也。熙绩故为表而出之。既以质诸先生，遂书于此以为叙"⑤，"余笃老无事，日以译著自娱；而又不解西文，则觅二三同志取西文口述，余为之笔译。或喜或愕，一时颜色无定，似书中之人，即吾亲切之戚畹。遇难为悲，得志为喜，则吾身真一傀儡，而著书者为我牵丝矣。本非小说家，而海内知交咸目我以此，余只能安之而已"⑥。可以说，正是林纾的交往，使林译小说得以产生，而林纾充分利用交往这种传播手段，为林译小说创造了广阔的生存空间。

---

① 涛园居士：《埃司兰情侠传》"叙"，见陈平原、夏晓虹编：《二十世纪中国小说理论资料》第一卷，北京：北京大学出版社1989年版，第120~121页。
② 林纾：《撒克逊劫后英雄略》"序"，见陈平原、夏晓虹编：《二十世纪中国小说理论资料》第一卷，北京：北京大学出版社1989年版，第143~145页。
③ 林纾：《红礁画桨录》"译余剩语"，见陈平原、夏晓虹编：《二十世纪中国小说理论资料》第一卷，北京：北京大学出版社1989年版，第166~167页。
④ 林纾：《劫外昙花》"序"，载《中华小说界》1915年第2卷第1期。
⑤ 陈熙绩：《歇洛克奇案开场》"叙"，见陈平原、夏晓虹编：《二十世纪中国小说理论资料》第一卷，北京：北京大学出版社1989年版，第327~328页。
⑥ 林纾：《鹰梯小豪杰》"叙"，见陈平原、夏晓虹编：《二十世纪中国小说理论资料》第一卷，北京：北京大学出版社1989年版，第523页。

第二章　近现代传媒与林译小说的传播

正如葛兆光所言,"1895年以后,新的传媒、新式学堂、新的学会和新的报刊出现,'西方文化在转型时代有着空前的扩散',而西方知识与思想也在这些载体的支持下,以前所未有的速度传播"①,晚清以降的文学与文化也随之产生前所未有的变革。文学的生产与传播不再追求"十年磨一剑"或者"藏之名山,传之后世",而是"朝甫脱稿,夕即排印,十日之内,遍天下矣"②。近代报纸、杂志的出现,改变了中国人传统的生活方式,也使文章体式发生了根本性变化,极大地影响了文学的传播方式、作者的写作风格和读者的心态。当时也有人敏锐地注意到报章等新媒体的崛起对中国文学产生了重要的推动作用,如谭嗣同1897年在《时务报》发表《报章文体说》,称"报章总宇宙之文",梁启超1901年在《清议报》第100期的《中国各报存佚表》中则谈到"自报章兴,吾国之文体,为之一变",胡适1922年在《五十年来中国之文学》一文中也肯定了报章对文体演变的推动作用等。

报刊通过版面安排与栏目设置,向读者集中展现了各式文体及多元化的内容,甚至呈现出对峙或对话的状态。即使是刊载顺序和数量的变化,也会对文学作品的生产及传播产生不同的效果。报刊将原本分散的各类作者聚拢起来,使作者脱离了孤立地创作的模式,对作者的审美及思路也产生了影响。与此同时,文学作品也在影响着报刊的内容与传播

---

①　葛兆光:《中国思想史》第三编,上海:复旦大学出版社2001年版,第542页。

②　解弢:《小说话》,上海:中华书局1919年版,第116页。

方式。郑逸梅就曾指出,报刊的使命本是主持正义、为民喉舌,内容既有世界大事,又有社会琐闻,但这样一副严肃的模样很容易使人反感,所以"别辟小品文字一栏以调剂之。是栏例刊一长篇小说,以致有每晨报至,不阅专电要闻,而先览长篇小说者,更有逐日剪存粘订成册者,又有为撰索隐,谓书中人隐射某某者。当民国二年,《民权报》以登徐枕亚之《玉梨魂》,报之销数为之激增。某读而爱之甚,不及待其刊竣,而向枕亚函征全豹"①,可见,好的文学作品有助于吸引读者、增加报刊的销量,出版商也一定会重视"报章之文"的功用,因此近现代的"报章之文"与古代的"文集之文"必然存在诸多差异。近现代文学史不只是作家、作品的静态历史,还是出版流通、阅读接受等的动态历史。"整个二十世纪,绝大部分的文学作品都是在报纸、杂志上发表,然后才结集出版的……所有的作家,多多少少总跟报纸、杂志有关系,好多本人就介入了报刊的编辑业务……报纸、杂志往往成为推动学术潮流和文学潮流的重要力量……报纸、杂志成为集结队伍、组织社团以及交流思想的主要阵地。"②因此陈平原特别推崇"报章研究",认为这个研究方向兼及物质与精神、文化与文学、内容与形式,并在《中国小说叙事模式的转变》及《二十世纪中国小说史》等书中反复强调这一研究思路的重要性。受西方传播学理论的影响,近年来中国文学研究也开始由作家、作品的二维研究转向作家、作品、传播、接受的四维研究。诸位前辈及时贤的研究成果启示我们,要想在林译小说研究中取得突破,从近现代报刊及出版等文化因素的角度切入,无疑是一种有益且有效的尝试。

事实上,林纾及林译小说表现出了强烈的文化传播的愿望,林纾本人也积极参与各种传播活动。1900年林纾客居杭州时,曾为林万里等创办的《白话日报》做白话道情,风行一时;1901年林纾与林长民同任《译林》主编,又在杜亚泉主办的《普通学报》发表翻译小说;1903年,

---

① 郑逸梅:《报纸刊载长篇小说之创始》,见《逸梅闲话二种》,济南:齐鲁书社1987年版,第92页。

② 陈平原:《文学的周边》,北京:新世界出版社2004年版,第100页。

林译《伊索寓言》由商务印书馆出版发行,从此林纾开始了与商务印书馆长达20余年的合作,并一度成为商务印书馆的股东;1912年,林纾被聘为《平报》主笔。通过考察林纾的文学生涯,我们发现在林译小说的传播过程中,《东方杂志》、《庸言》、《公言报》、《新申报》、《国际公报》、《清议报》、《小说时报》、《文艺丛报》、《小说海》、《中华小说界》、《大中华》、《小说大观》、《小说新报》、《学生杂志》、《北京大学日刊》、《新青年》、《每周评论》、《小说世界》、都门印书馆、中华书局、上海中华小说社、京师大学堂官书局、上海文明书局、京师学务处官书局、中外日报馆、上海国学扶轮社、上海广益书局、上海进步书局、上海中华图书馆、上海国华书局、上海普通图书馆、成记书局等出版机构也发挥了相应的作用。研究近现代传媒与林译小说传播的关系,不仅为我们提供了回到历史现场、还原文化环境与把握文学潮流的机会,也有助于我们发掘隐藏在作家、作品背后的推动文学发展的重要力量。

　　林纾与商务印书馆的领导人之一高梦旦为至交,又在高梦旦的举荐下结识了张元济,1903年正式与商务印书馆产生联系,从1905年起开始建立稳定的合作关系。据统计,商务印书馆从创立到1949年共出版了译作3880种,并出自不同译者的手笔,其中大部分译者只在商务印书馆出版了一种译作,而林纾在商务印书馆出版的单行本著译合计140种,其中有商务印书馆为他出版的《林译小说丛书》100种①。此外,林纾还有不少译作刊载于商务印书馆创办的《东方杂志》《小说月报》《小说世界》等刊物上。《东方杂志》于1904年创刊,1906年9月起开始连载林译小说,至1919年12月止,共发表林译小说7篇,而这期间《东方杂志》刊载的小说总计24篇,由此可见,《东方杂志》对林译小说的重视。《小说月报》创刊于1910年,自第1卷第1号起就开始发表林译小说,直到1920年第11卷止,共连载林译长篇小说20篇、短篇小说59

---

① 商务印书馆:《1897—1987商务印书馆九十年——我和商务印书馆》,北京:商务印书馆1987年版,第527页。

篇，占据了《小说月报》95期的篇幅，可谓空前绝后。《小说月报》革新后虽不再刊发林译小说，但这一年商务印书馆除出版了14部林译小说单行本外，还另行创刊了《小说世界》周刊，在上面继续刊登《情天补恨录》《妖儿缳首记》《三种死法》等林译小说，林纾卒后一年，《小说世界》第9卷第1~13期还刊登了署名为"林琴南遗著"的13篇翻译小说。综合以上种种考虑，本书拟以商务印书馆为主要研究对象，探讨商务印书馆先进的设备与完善的发行系统、品牌形象的塑造及广告文本对林译小说传播的影响，兼论其他媒介与林译小说传播之间的关系。

一、商务印书馆的物质基础与林译小说的传播

高凤池认为商务印书馆的成功半由人事半由机会，认为"甲午失败之后，痛定思痛，变法自强，废科举、兴学校，差不多是朝野一致的主张。正是维新时代，小印书坊设得也很多，机会极好"①，庄俞也指出"戊戌变法之议新，国人宣传刊物日繁，学校制度既定，复须新课本以资用，胥赖印刷为之枢机"②。于是，在上海这座近代化程度最高、工商业贸易最繁荣的城市，夏瑞芳、鲍咸恩、鲍咸昌、高凤池四人于1897年创办了商务印书馆。

我们知道，中国历史上文本制作与传播的方式发生过三次重要的变化。第一次是文本由甲骨、刻石、钟鼎转为竹木、帛书。第二次是由于纸和雕版印刷的发明，大大降低了书籍的成本，加速了书籍的流通，扩大了书籍的传播范围。第三次变化是在近代，由西方输入的机器印刷和书、报、刊的资本主义市场化营业方式，改变了传统文本的制作与传播方式。清末民初的中国印刷业正处于从手工雕版经石印向机器大规模活字铅字印刷转变的重要时期，商务印书馆以印刷业务起家，自然十分重

---

① 商务印书馆：《商务印书馆九十五年——我和商务印书馆》，北京：商务印书馆1992年版，第18页。

② 商务印书馆：《1897—1987商务印书馆九十年——我和商务印书馆》，北京：商务印书馆1987年版，第6页。

视生产技术。修文书局原由日本人于光绪中期在上海开办，印刷设备是上海最完善的，1900年因经营管理不善而倒闭，商务印书馆随即以极低的价格接手。1903年，在夏瑞芳的主张下，商务印书馆与日本最大的教科书出版机构金港堂订立合约，双方各出资10万元，将商务印书馆改组为股份有限公司。合资使商务印书馆的实力进一步增强，率先在我国采用彩色石印、雕刻铜版、照相铜版和珂罗版印刷，成为印书业之执牛耳者："印刷部计分彩印、石印、铸字、排字、校对、照相、影印、铜板、纸版、铅版、藏版、装订和装切等四十余处。制造部计分电工、木工、铁工、仪器、标本、玩具、华文打字机等处。机器设备重要者为滚筒机、米利机、胶版机、大号自动装订机、自动切书机、世界大号照相机等，总数达一千二百架之多，在远东实无其匹。"①徐念慈曾评价当时小说在形式上存在不足，认为印刷不够精良，而且画面的颜色拙劣，不堪入目，连儿童玩的花纸都不如，不能体现小说的美感，反而让读者心生厌恶。② 在这样的背景下，先进的印装工艺使商务印书馆在制图方面具有明显的优势，因此成为广告中多次强调的卖点之一，以此来吸引读者："图画精美与前无异"③，"印订美丽：印订力求美丽，封面三色版精印，卷首插图，或用三色版，或用铜版，或用石版，精美无敌……本报间插名人字画、各地风景、风俗画，既可悦目，又增智识"④。为了提高读者的阅读兴趣，《小说月报》不仅为所刊载林译小说配上切合主题的插图，更声明为谋进步而"改良图画"⑤，"如有将……美人摄影、风景写真惠寄者，本社无任感纫。一经采用，当酌赠本报若干册以达雅意"⑥，还意识到"印刷、装订务极精美，插图神似，观感

---

① 陈真、姚洛合编：《中国近代工业史资料》，北京：三联书店1957年版，第574页。
② 参见觉我：《余之小说观》，载《小说林》1908年第9期。
③ 商务印书馆"儿童最喜之品"童话，载《时报》1909年4月23日。
④ 《新出〈小说月报〉》，载《新闻报》1910年11月9日。
⑤ 《小说月报》1910年第1卷第6期。
⑥ "本社通告"，《小说月报》1910年第1卷第2期、1911年第2卷第3期。

弥深，尤令人欢迎"①。《小说月报》起初曾刊登过《江西东陵寺铜塔》《苏州沧浪亭风景全图》《庐山白鹿洞书院摄影》《法国巴黎郭外维萨里之风景》《阿尔兰下克拉乃湖》等风景画，以及《中国发明飞艇家谢君缵泰之肖像及其飞艇》《黄鹤山人松溪独钓画轴》《巴黎女学生入塾图》《马来人夫妇摄影》《日本名伶桃春子之幻相》《北京之名妓》《法国时装美女》《东西著名女优小影》等人物画，使读者足不出户便能了解异域风情、一睹名人风采、得到美的享受。为进一步提升刊物档次，《小说月报》自第3卷第7期起发布特别广告："封面插画，用美人、名士、风景、古迹诸摄影，或东西男女文豪小影。其妓女照片，虽美不录。"《东方杂志》在这方面也不甘示弱，强调要"扩充篇幅，增加图版……卷首刻铜版图十余幅，随时增入精美之三色图板，各栏目并插入关系之图画"②，借以招徕读者。商务印书馆更是出版了供艺术家赏鉴、供游者欣赏的《中国风景画》与《西湖风景画》，"用铜版精印、装订成册"的《学校游艺画》和"铜版精印、布面金字"的《中国名胜》，"制成玻璃版、精印成册"的《上海风景》，"首页冠以三色版，尤为精彩。试与真景对照，深浅浓淡毫发无遗"，所以"出版以来，购者纷集，群称为本馆印刷之特色，足以与东西洋媲美。以视常用之石印及铜版，真有天渊之别"③。《儿童教育画》一书"每册十六页，内插彩图八页，颜色鲜明，印刷精美，儿童阅之自然爱不忍释，后附悬赏画，尤足鼓舞其兴趣"，因此"共出十册，每册销数已过二万"④。先进的印刷技术还能使商务印书馆承揽较为复杂的印刷业务，从而获取额外的利润，《小说月报》第2卷第5期上就有印行毕业文凭的广告，内容为"此文凭用坚韧洋纸印成三种，甲乙两种用红绿黄黑四色，存根文凭字样均已印全，丙种仅将上论花边底纹印成红黄绿三色，尚余黑色未印。各学堂有欲自定格式者，可即书明样张寄下，补印五十张以下加洋三元，一百张以下加洋四

---

① 《小说月报》1911年第2卷第5期。
② 《小说月报》1911年第2卷第1期。
③ 本段引文参见《小说月报》1911年第2卷第1期广告。
④ 本段引文参见《小说月报》1911年第2卷第4期广告。

元"。不难看出，印刷技术的革新给文化形态带来巨大的变化，商务印书馆大规模的机器生产拓展了文化传播的空间，促进了文化的普及，也积攒了一定的资金，为出版物的广泛传播奠定了坚实的物质基础和读者基础，林译小说也因此获益不少。林纾的《巴黎茶花女遗事》曾由朋友魏瀚出资刊刻，即畏庐藏版，不仅耗时数月，而且数量不多，因此传播范围及影响有限。与商务印书馆合作后，林译小说逐渐成为品牌，拥有了越来越多的读者。

除了先进的设备与技术，商务印书馆也十分重视发行网点的建设。1900年，商务印书馆聘请俞志贤、吕子泉、沈知方等这些老书坊里的优秀人才开设沧海山房从事发行。到1901年，商务印书馆除上海自行设所外，在杭州、湖州、武昌、烟台、扬州、安庆、九江、南京、重庆、宁波、镇江、苏州、天津、北京、广州、祥光、新加坡、横滨等18个城市有代销处。1902年，商务印书馆编译所、印刷所、发行所建立。1903年起，商务印书馆在汉口、长沙、重庆、北平、天津、沈阳、开封、福州、潮州、广州、成都、济南、太原、西安、杭州、芜湖、南昌、南京、兰溪、贵阳、香港、梧州、云南、常德、新加坡、厦门等处设立分馆，在安庆、黑龙江、保定、吉林等地建立支馆，还有衡阳支店、张家口支店、南阳支店、运城支店、武昌支店、大同支店，以及北平的京华印书局和香港印刷局两个分厂。商务印书馆的广告中也多次提到自己的发行网络，如"总发行所：上海棋盘街中市本馆。分售处：上海各书庄、新闻报馆、繁华报馆，外埠各商务印书馆分馆、各书庄均有寄售"①；1907年《东方杂志》第4卷第1期开列了商务印书馆分布于海内外90多个地区的书籍代售处，涉及230多家报馆、书局、图书馆、商栈；"商务印书馆总发行所：上海棋盘街中市。分馆：北京琉璃厂、开封西大街北、太原东羊市街、重庆白象街、泸州钮子街、天津金华桥、汉口黄陂街、长沙黄道街、成都青石桥北、龙江东大街、奉天鼓楼北、济南西门大街、广州双门底、福州南大街、常德常清街、杭州清和

---

① 《上海商务印书馆编印绣像小说广告》，载《中外日报》1903年5月31日。

坊、潮州军厅巷、南昌磨子巷街、西安马坊门、燕湖西门大街"①；1911年2月7日，商务印书馆在《神州日报》刊登拜年广告，实际上也是给各分馆做宣传："恭祝爱顾诸君更新进步，上海暨京师、天津、奉天、龙江、太原、济南、西安、开封、成都、重庆、泸州、汉口、长沙、常德、南昌、杭州、福州、广州、潮州、芜湖商务印书馆同拜。"可以看出，商务印书馆的业务覆盖了当时交通便利、商业繁荣的城市，而这些城市发达的民信及邮政系统，也有力地促进了包括林译小说在内的商务版图书的广泛传播。

民信局是从事民间邮递业务的商业性组织，一般在商业繁荣的城镇设总局，在同省或数省各地设分局、代办所、联号、支店等，从而形成纵横交错的通信网。晚清是民信局发展的巅峰时期，民信局与出版业相互依存，民信局依靠在报刊等刊登广告招徕客户、扩张业务，报刊则凭借民信局来扩大发行范围。民信局与报刊的这一合作模式由申报馆开启。据1872年4月30日《申报》刊登的《本馆告示》："本馆之设新报，原冀流传广远，故设法由信局带往京都及各省销售。贵信局如有每日趸买一二百张者，请先赴本馆注明入册，以便逐日分送。本馆议价每张六文，该价于月底算账时再付，如各处不能销售，俟月底仍将新报交回本馆，不取价资。"民信局既不用预先支付现金，又不用承担经济风险，还可以招揽业务，因此成为报刊发行的重要力量；报刊则通过民信局庞大的信息网络广泛传播，二者实现了互利共赢。

商务印书馆自身有完备的发行系统，各个门市书店均陈列了由商务印书馆出版的各类书籍，并首创"取摊台"方式，在台上摆放一般用书，让读者"书看完毕，放还匣内"，便于自由翻阅选书，比一般书店闭架陈列的做法更为合理。商务印书馆的图书在外地发行时很大程度上要依赖民信局，特别是交通不便、未设邮政局之处。商务印书馆《东方杂志》1907年第1期的"丁未年东方杂志售例"广告就注明："至未通邮政之处，民信局寄资阅者自给……按期寄送以邮局、民信局回单为凭。"

---

① 《小说月报》1910年第1卷第1期。

但是，由于民信局在近代较长时间内几乎垄断了报刊发行业务，所以收费价格较高，如"苏、杭与上海相距止二三百里，而空信须钱五六十文；宁、绍距上海不过四五百里，宁波又有轮船可以通行，而空信每函须百文"①，商务印书馆的售书广告也证实民信局和邮政局收费不同，且民信局收费更高："书籍寄费邮局信局各自不同，本馆特定折中办法如下：甲、寄费照书加一成，如购一元者寄费加一角；乙、邮局寄费至少须五分；丙、信局寄费至少一角。"②姚公鹤在《上海报纸小史》中就曾总结："民局规例不一，运送濡滞，于是各报仍有自设分馆之举。及邮政开办……邮局亦另订专章，寄费较前大减矣。"③由于商务印书馆可以采取邮政局寄递的方式，而且邮政的费用更低廉，各地读者经常来信，要求了解新书的内容、售价、出版日期并购买图书，商务印书馆遂定下制度，将所有来信由收发室编号登记，并进行统计和归类，再分发到各部门处理。每封来信均附有一张"发信单"，详细写明快寄、挂号、平寄、送交等项目，一目了然。健全的制度使商务印书馆能有效地处理各地读者的意见和咨询④，便捷的邮政网络可以使书刊等快速传递到读者手中。

为方便读者购书，商务印书馆还制订了邮政票购书章程："采购图书者务将名目及书价寄费径寄本馆及各分馆，得信后立即照信配齐寄奉。寄递款项或由信局或由邮局均随。信局邮局不能汇兑款项者，其书价及寄费可用邮票代之，办法如下：甲、邮票以一角二角为限，如有零数可将一二分者合足，三角以上之邮票不收；乙、邮票抵实洋以九五折计算，如寄邮票一元仅能购书九角五分；丙、邮票有污损者不收；丁、邮票不能揭开者不收。"⑤用邮票代替书价及寄费，并刊登出购书的详细

---

① 《论信局之好义》，载《申报》1889年11月14日。
② 《小说月报》1910年第1卷第1期。
③ 参见杨光辉：《中国近代报刊发展概况》，北京：新华出版社1986年版，第272页。
④ 参见邹尚熊：《我与商务印书馆》，转引自李家驹：《商务印书馆与近代知识文化的传播》，北京：商务印书馆2005年版，第235页。
⑤ 载《东方杂志》1909年第9期。

地址，充分体现了商务印书馆为读者着想、灵活变通的经营理念，近代化交通和邮政促使不同地域的受众在大致相同的时间里阅读相同的内容，商务印书馆的书刊开始走进"朝登一纸，夕布万邦"的大众传播时代。

1896年晚清政府创办邮政，明确规定"新闻纸每张华洋应收洋银一分、二分"①，1904年起开始执行《总邮政司新定寄费清单》，大幅降低了新闻纸的邮费，"每重二两以内，每包一张或数张（重至四磅止），在各局投递界内邮资为半分，互寄行省各局邮资为一分"②，1905年晚清邮政更是公布了《新闻纸挂号章程》，规定"所有在中国境内刊发华洋报纸、日报、旬报或月报，定于按期发出不出一月者，其报上再由刊发日期及号数次序，刷印于纸张之上，外皮非以木板、布皮或别质所订成者，皆可于刊发所附近之首局内挂号称为新闻纸类"。报刊发行是近现代邮政制度最大的获益者之一，商务印书馆就抓住这个机遇，合理运用政策。多次刊载林译小说的《东方杂志》和《小说月报》就是由商务印书馆创办的，这两种刊物分别从1907年第1期和1911年第2卷第1期起，开始在封面上注明"大清邮政局特准挂号认为新闻纸类"，进入民国时期后，刊物的封面上依然印有"邮政局特准挂号认为新闻纸类"字样。以低廉的邮费吸引读者，构建起强大的流通渠道，正是商务印书馆文学作品得以广泛流通的基础，林译小说也因此拥有了较高的知名度。

二、商务印书馆的译介西学与林译小说的传播

商务印书馆的创始人夏瑞芳，曾"就学于教会学堂……至文汇报馆，习英文排字，后数年，入字林报馆。旋入捷报馆，为排字领袖，所入益丰。乃与鲍氏兄弟谋，集资四千余金，合营印刷业"③。创始人的教会学习背景及英文排字的经历，使得商务印书馆从创立之初起就格外

---

① 《大清邮政奏请开办总章》，载《申报》1897年7月12日。
② 参见《东方杂志》1904年第8期。
③ 商务印书馆：《商务印书馆九十五年——我和商务印书馆》，北京：商务印书馆1992年版，第18页。

关注西方文化。当时正值主张维新变法的资产阶级知识分子努力向西方学习之际，年轻人正以饱满的热情学习英语，夏瑞芳等人认识到"泰西文字实以英文为最，大抵有浅入深，亦端赖有善本以备揣摩，学者始能获益"①，立即于1898年出版了夏洪赘编写的英文教科书《华英初阶》，由于抢占了出版先机，所以取得了良好的经济效益。夏瑞芳再接再厉，又推出了《华英进阶》，也同样大获成功。商务印书馆由此挣得第一桶金，奠定了最初的发展基础。

商务印书馆的灵魂人物张元济是近代中国向西方学习的先驱人物之一，他满怀文化理想，在加入商务印书馆之前就认识到翻译西书的重要性，并身体力行，努力学习英文。1901年入股商务印书馆后，他更是有意识地大力引进西方文化。1902—1903年商务印书馆相继出版了《帝国丛书》《地理丛书》《历史丛书》《传记丛书》《政学丛书》《战史丛书》《说部丛书》等以介绍西方地理、历史、政治状况、文化为主要内容的图书。"严译八种名著"的出版，进一步奠定了商务印书馆在西书翻译史上的重要地位。严复是"近代西学第一人"，他翻译的《天演论》《原富》《群学肄言》《群己权界论》《社会通诠》《法意》《穆勒名学》和《名学浅说》等著作，系统地向中国读者介绍了进化论、唯物论的经验论、资产阶级古典经济学说和政治理论，契合了20世纪初中国社会的现实需求，因此出版后一再加印仍供不应求。严复因其译著而在中国近代史上享有崇高的地位，商务印书馆也因出版严译名著这一品牌而享誉中国出版史及文化传播史。与严译名著齐名的林译小说，也是经商务印书馆策划、包装后形成规模，成为畅销的另一品牌。

译介泰西小说也是商务印书馆的重要工作。"1901—1906年，八家出版翻译小说的书局营业情况中商务印书馆高居榜首，共出版翻译小说241部，位列第二的小说林仅90部。"②商务印书馆在翻译小说出版领

---

① 《华英进阶》二集"跋"。
② 参见陈平原：《二十世纪中国小说史》第一卷，北京：北京大学出版社1997年版，第49页。

二、商务印书馆的译介西学与林译小说的传播

域一路领先。林纾1903年在商务印书馆出版译作《伊索寓言》，自1905年起与商务印书馆建立了稳定的合作关系，他的译作绝大部分都在商务印书馆出版："林译小说都列入《说部丛书》一至四集中，并各有单行本。后又把《说部丛书》一至三集中所列入的林译本，汇刊为《林译小说》一、二两集。第一集自《吟边燕语》至《玉楼花劫》止，共五十九种，九十七册。第二集自《大侠红蘩露传》至《戎马书生》止，共五十八种，八十九册。加上《说部丛书》第三集最后二种，及尚未收入《林译小说》的《鹰巢记》初编二册和《鹰巢记》续编二册，以及《说部丛书》第四集中的林译本共十八种，二十五册。"①"至于林译小说未出版的原稿，尚有《孝女履霜记》、《五丁开山记》、《雨血风毛录》、《黄金铸美录》、《洞冥记续编》、《情桥恨水录》、《神窝》、《奴星叙传》、《金缕衣》、《军前琐记》、《情幻》、《学生风月鉴》、《眇郎喋血录》、《夏马城炸鬼》、《凤藻皇后》，还有一种哈葛德原著，和陈家麟合译的，当时尚未定名，共十六种，（刘氏误为十四种）九十册，约一百二十万言，都藏在商务。"②

商务印书馆对林译小说特别重视，并给予优渥的待遇，这主要体现在以下几方面。第一是支付林纾丰厚的稿酬："林纾翻译小说的稿酬一般是千字六元，在商务当时是最高的（一般为二元至五元）。钱基博说'纾移译既熟，口述者未毕其词，而纾已书在纸，能限一时许就千言，不窜一字，见者竟诧其速且工'。老友陈衍戏称林纾书房是造币厂，'谓动辄得钱也'。"③郑逸梅在《投稿酬金之起始》一文中写道："我辈卖文为活，辄写小说杂作以博润资。有高至每千字七八金者，亦有低至千字只四五角者。要皆文人末路所为。"④他曾两次回忆起林译小说的稿酬："当时一般的稿费每千字二至三元，林译小说的稿酬，则以千字六

---

① 郑逸梅：《书报话旧》，上海：学林出版社1982年版，第33页。
② 郑逸梅：《书报话旧》，上海：学林出版社1982年版，第33页。
③ 商务印书馆：《1897—1987商务印书馆九十年——我和商务印书馆》，北京：商务印书馆1987年版，第527页。
④ 郑逸梅：《投稿酬金之起始》，见《逸梅闲话二种》，济南：齐鲁书社1987年版，第58~59页。

元计算"①，"那时的稿酬，一般每千字二、三元，惟有林纾的译作，商务却例外地以千字十元给酬……当时的十元，可购上白粳一百六十斤，代价可算是很高了"②。清末民初时稿酬制度还不健全，但不论是千字六元还是千字十元，这个稿酬标准都是很高的。文明书局购买了包天笑翻译的《三千里寻亲记》和《铁世界》两部书的版权，并向他支付了100元，这100元除了用于他到上海的旅费，还可以供他几个月的家用③，按照这样的消费水平，林纾的稿酬足以保证他过上优越的生活。当时新小说社"自著本甲等每千字酬金四元，乙等三元，丙等二元，丁等一元五角；译本甲等每千字酬金二元五角，乙等一元六角，丙等一元二角"④；《小说林》"甲等每千字五元；乙等每千字三元；丙等每千字二元"⑤；商务印书馆在《小说月报》1910年第1卷第1期上征小说时表示"甲等每千字酬银五元，乙等每千字酬银四元，丙等每千字酬银三元，丁等每千字酬银二元。来稿不合者立即退还。如荷惠寄诗词杂著以及游记随笔异闻佚事之作，本报一经登载，当酌赠本报若干册以达雅意，惟原稿概不退还"，1916年第7卷第3号的"本社启事"中也提到"现收单行长篇小说译稿，价格千字二元至三元"。不少文人也开始明码实价兜售作品，《笑林报》1907年9月8日刊登了周叔冈"卖文代作各种论说及各种寿屏行述哀文书札长篇短篇及谱文等件广告"，其中标明"长篇小说每千字五元；短篇小说每千字六元"。《中外日报》1908年7月12日"月月小说社与著作林社广告"中，陈蝶仙作品的售价是"白话小说每千字二元，弹词每千字三元，传奇每千字四元，文言同；序跋题词每件二元"。同时期《汉报》给记者支付的酬劳，如果按月计酬则头等月薪24元、二等月薪16元、三等月薪8元，按条计酬则分为每条5角、2

---

① 郑逸梅：《林译小说的损失》，见《中国近代文学史论文集·小说卷》，北京：中国社会科学出版社1983年版，第688页。
② 郑逸梅：《书报话旧》，上海：学林出版社1982年版，第32页。
③ 参见包天笑：《钏影楼回忆录》，香港：大华出版社1971年版，第174页。
④ 载《新民丛报》1902年10月31日第19号。
⑤ 载《小说林》1907年2月第1号。

角、1角三个等级①。而当时商务印书馆的学徒工月薪仅仅2元,茅盾在商务印书馆编《小说月报》时的薪酬也不过每月24元。包天笑在商务印书馆做编译时,希望得到每千字4元的报酬,张元济与高梦旦协商后才同意②。1913年3月31日,汪仲谷介绍陆秋心为商务印书馆编译小说,"告以最高等千字三元、次二元五角、次二元"③。1916年9月27日,"顾树森交来《德国教育之状况》译稿,约八万字。伯俞拟酬千字两元"④。从稿酬的给付来看,商务印书馆对林纾可谓青眼有加。传统知识分子以"学而优则仕"为毕生的追求目标,林纾七试不第,再加上科举制度已经取消,他基本失去了进身之阶,而商务印书馆优厚的待遇使林纾成为职业作家,并且获得了比以往更高的社会认可。出版家张静庐在其自传中就曾讲到,民国五年有人冒用林琴南的名义开办了一个"国文函授社",因为号称由林琴南担任社长,"来报名和索章的人,真是户限为穿,一天的信件,总有千封以上。经过三个月的筹备,报告上学的不下二千人"⑤。商务印书馆对提高林纾声望所起到的作用由此可见一斑。

第二是对林译小说不加筛选地全盘接受,并快速出版。小说能否被刊用,很大程度上取决于当时出版机构的经营状况,"一自市况日恶,各刊物之广告收入锐减,至心血结晶之文稿,亦有不易脱售之概"⑥,但商务印书馆对林译小说"是译出一部便收购一部的"⑦"来者不拒,从

---

① 《访友新章》,载《汉报》1907年1月28日。参见方汉奇:《中国新闻事业编年史(上)》,福州:福建人民出版社2000年版,第423页。

② 参见张元济著,张人凤整理:《张元济日记》上册,石家庄:河北教育出版社2001年版,第11页。

③ 张元济著,张人凤整理:《张元济日记》上册,石家庄:河北教育出版社2001年版,第17页。

④ 张元济著,张人凤整理:《张元济日记》上册,石家庄:河北教育出版社2001年版,第174页。

⑤ 张静庐:《在出版界二十年》,上海:上海书店1984年版,第53页。

⑥ 郑逸梅:《投稿酬金之起始》,见《逸梅闲话二种》,济南:齐鲁书社1987年版,第59页。

⑦ 郑逸梅:《林译小说的损失》,见《中国近代文学史论文集·小说卷》,北京:中国社会科学出版社1983年版,第688页。

不挑剔"①，这种现象在当时是比较罕见的。因为随着交通运输的飞速发展和印刷技术的不断进步，出版物的发行量日益增大，出版周期也逐渐缩短，读者对传播内容的要求也越来越高，为保证稳定而充裕的稿源，近代传媒开始广泛而持久地向全社会公开征集符合要求的稿件。1853年创刊的《遐迩贯珍》在封面上就有"倘有同志，惠我佳函，为此编生色"的话语；《教会新报》也曾公开征集诗文，"倘各处教友抒胸中之意见而成为妙论，成为巨文，俱可邮寄便登"②；《申报》创刊号中也明确提出，"如有骚人韵士，有愿以段什长篇惠教者，如天下各名区竹枝词及长歌纪事之类，概不取值"，"如有名言谠论，实有系乎国计民生、地理水源之类者，上关皇朝经济之需，下知小民稼穑之苦，附登斯报，概不取酬"；傅兰雅曾在《申报》《万国公报》《中西教会报》刊登求著时新小说的广告；梁启超也多次为新小说社征文，新小说丛报社、月月小说社、时报社、小说林社、改良小说社等都曾发布募集小说的广告；商务印书馆也在《申报》《新闻报》《中外日报》《绣像小说》等报刊上公开征文，如1904年12月6日《申报》刊登的"上海商务印书馆征文"："本馆创办教科书、《绣像小说》、《东方杂志》，以饷我同胞。幸蒙海内不弃，惟同人知识有限，深恐不克负荷，无以副四方之期望。拟广征艺文，以收集思广益之用"，启示中说明主要征求教育小说、社会小说、历史小说和实业小说，"用章回体，或白话，或文言……先作数回，并用别纸将全书结构及作书宗旨暨全书约有几回，先行示及"，每篇在2万字以上，"第一名酬洋一百元，二三名各五十元，四五名各三十元，六名至十名各廿五元，十一名至二十名各二十元，以下酬资届时酌定，或送本馆书籍。如佳作甚多，酬资再行酌增"。商务印书馆甚至在刊登林译小说最多的《小说月报》上也多次征文，如《小说月报》1910年第1卷第1期上的"征文通告"："……本报各门皆可投稿，短篇小说尤所欢迎。来

---

① 郑逸梅：《书报话旧》，上海：学林出版社1982年版，第32页。
② "本书院启"，《教会新报》影印本，转引自张天星：《报刊与晚清文学现代化的发生》，南京：凤凰出版社2011年版，第23页。

稿务祈缮写清楚并乞将姓名住址详细开示以便通讯。如系译稿请将原书一同掷下以便核对。"可见，征文与投稿已是当时包括商务印书馆在内的各类出版机构获取稿源的最基本的方式，出版商对稿件的内容、题材、字数、质量等都会提出明确的要求，而林译小说却从未经历这样的筛选程序，甚至可以突破商务印书馆制订的某些规则，如《小说月报》1910年第2卷第5期特别说明，小说应"每登一种，短者当期刊完，长者亦不过续二三期而止，免令读者久盼"，第三卷第十二号又登出特别广告"兹从四卷一号起，凡长篇小说，每四期作一结束；短篇每期四篇以上"，可林译小说的连载却不受这种约束，《薄幸郎》连载了12期，《恨缕情丝》连载了11期，《红笈记》和《柔乡述险》连载了6期，《残蝉曳影录》连载了5期等。《小说月报》的英文刊名为 The Short Story Magazine，1910年第3卷第12期上也特意发布了"征求短篇小说"的广告，明确了对字数、誊写格式、酬赠等的要求，可见该杂志对短篇小说的重视，但《小说月报》对林译小说无论长短都来者不拒，连载其长篇小说的期数更是超过了刊登短篇小说的期数。另外，后期的林译小说中不少译稿既草率又多错误，且来稿太多，而商务印书馆照例全部接收，体现出了少有的宽容。

林译小说的出版速度也非常快。林纾在译完小说后，经常会写"序"或"跋"，并注明日期。《斐洲烟水愁城录》的"序"作于1905年农历七月六夕，出版于当年农历十月；《鲁滨逊飘流记》的序文作于1905年农历十月，两个月后商务印书馆就出版了；类似的例子还有不少。1908年2月26日《神州日报》刊登了一则"林琴南译稿遗失广告"："兹有译稿《巴黎离宫恨绮愁罗记》中叙法皇鲁意在非色野离宫中眷一美人。美人为保姆，后册立中宫。有英雄名德铁利纳，及美洲英格林与皇争新故事。文可七万言，在南昌遗失，幸原稿尚存。如有改名求售，望各书局、各编译所勿收为幸。"从广告中可以看出，此时译稿还未交付出版社，而1908年6月2日商务印书馆就出版了《恨绮愁罗记》，速度不可谓不快。通过林纾的译著编年可知，不少刊登在商务印书馆杂志上的林译小说，都是问世不久又另外出版了单行本的，而一般的作者就很难享受这种待遇了。刘大白在1922年夏便将诗集《旧梦》交付商务印书馆出版，屡经催促，直至1924年3月方才出版："从付印到出版，经过了二十个月之久；比人类住在胎中的月数，加了一倍。这在忙着'教育商务'的书馆中一定要等到赶印教科书之暇，才给你这些和'教育商务'无关的东西付印，差不多是天经地义，咱们当然不敢有异议。"①两相对比，商务印书馆对林纾及林译小说的关照可见一斑。

　　第三是预付稿费，并吸纳林纾为商务印书馆的股东。在作家与出版商之间，作家通常处于弱势地位，"事实上，出版商或画廊的场和相应的艺术家或作家的场之间的结构同源逻辑，使得每个艺术'殿堂的商人'体现出与'他的'艺术家或'他的'作家相似的特征，这对相信和信任的关系有利，剥削就是建立在信任的基础上（商人会对拉拢作家或艺术家感到心满意足，这样自己赚钱就有了可能，因为后者是不计利害的象征，放弃了世俗利益）"②，但林纾与商务印书馆之间的关系显然是个例外。尽管商务印书馆向林纾支付了高昂的稿酬，林纾仍因为开销巨大而时常预支稿费，虽然后期的林译小说并不出色，但商务印书馆仍源源不断地接收林纾的译稿，据1916年8月10日张元济的记载，"琴南小说，今年自正月至八月收稿十一种。共五十七万两千四百九十六字，记资三千二百零九元零八分"③。商务印书馆还曾吸收林纾为股东。商务印书馆靠林译小说来吸引读者，又不遗余力地打造了林译小说这个出版品牌，二者本是互惠共赢的关系，但商务印书馆对林纾及林译小说的"提携"，更体现出了一种超越经济利益的人文关怀。

三、商务印书馆的广告营销与林译小说的传播

　　据姚公鹤的《上海报纸小史》记载，1918年11月，新文化社出版了

---

① 陈树萍：《北新书局与中国现代文学》，上海：三联书店2008年版，第4页。
② [法]布迪厄著，刘晖译：《艺术的法则——文学场的生成和结构》，北京：中央编译出版社2001年版，第264页。
③ 张元济著，张人凤整理：《张元济日记》上册，石家庄：河北教育出版社2000年版，第135页。

三、商务印书馆的广告营销与林译小说的传播

如来生著的《中国广告事业史》,认为中国真正意义上的广告发轫于清末,至民国十五年(1926年)为草创期。该书还邀请了从事广告、出版业务的陆守伦、詹文浒、陆梅僧作序。陆守伦序中说"广告……成为产销与购买间最大媒介、最大推动。广告……至今尽人皆知为产销成功途径中之唯一利器。广告是纯属心理推究,加上技巧以攫取顾客心理,无形中予人以印象,印象积聚,造成购买动机",詹文浒序认为"盖广告目的,不仅在于博得群众之注意,更应获取群众之信仰,就商品言,惟货真价实者,始足语此",陆梅僧则提出"在工商界而言,欲减低成本,大量生产,更非利用广告、推广销路不可。对于某项商品,须考察市场需要,研究对象心理,然后决定计划,绘制精审的图文,选择适当的刊物,支配费用之多少,监视登刊的程序等等,诚能三者俱备,当然可以立于不败之地"。三人基于各自广告实践而提炼出的理论,将广告的目的、功用、流程等阐释得淋漓尽致,这不仅是对理论研究的有益补充,更对当时出版商的广告活动产生了不少影响。清末民初时期,面对异常激烈的市场竞争,出版商纷纷在广告上大做文章,争取脱颖而出,商务印书馆就是其中的典范。商务印书馆的广告营销对林译小说的传播也起到了推波助澜的作用,具体体现在精心塑造商务印书馆的品牌、采取灵活多变的促销方式和精心打造广告文本等方面。

(一)商务印书馆的品牌塑造与林译小说的传播

广告的过程可以表述为:广告主体选择以特定的大众传播媒体,向特定的商品对象传递特定的商品信息,建立商品形象,从而获取利益。品牌是形象传播的重要表现方式之一,出版品牌可分为作者品牌、出版物品牌和出版社品牌等。林纾和林译小说就是商务印书馆精心打造的作者品牌和出版物品牌,商务印书馆为此不遗余力地进行了广告宣传。

林纾在商务印书馆出版的第一部译著是他与严培南、严璩同译的《伊索寓言》,此书刚刚出版,商务印书馆就在1903年6月19日的《新闻报》刊登"商务印书馆五月份三次出版新书"的广告,将《伊索寓言》与《克莱武传》和《佳人奇遇记》并列,认为此书"推阐精奥,出显入微,于

启迪性灵，允推独步"。林纾自 1905 年起与商务印书馆开始长期合作，1905 年 6 月 4 日《申报》上"商务印书馆新出小说"广告中，"闽县林琴南先生译本"赫然在列，其中包括《英国诗人吟边燕语》《美洲童子万里寻亲记》《足本迦茵小传》《埃及金塔剖尸记》《英孝子火山报仇录》《鬼山狼侠传》《斐洲烟水愁城录》《玉雪留痕》《鲁滨孙飘流记》等 20 种小说，还附上了每种小说的册数及定价，并详细介绍道："《足本迦茵小传》……是书为英国文豪哈葛得所著，下卷旧有蟠溪子译本，惜阙其上帙，致草蛇灰迹，羌无所属。阅者知其果而莫知其因，未免闷损。闽县林君琴南得是书足本于哈氏丛书中，特为移译。以曲折生动之笔，达渺绵佳侠之情，不愧旷代奇构。于蟠溪子原译，未尝轻犯一字，纤悉详尽，足补原译之不及，想能餍阅者之意也。《万里寻亲记》是书亦林君琴南所译，……情景逼真，真可为小说家别开生面。"商务印书馆在广告中将足本的林译本与蟠溪子的译本作对比，突出了林译本的特点，又高度评价了林纾的翻译技巧，凸显了林纾的价值与地位。1906 年 3 月 2 日《申报》刊登的"商务印书馆最新小说四种出版"的广告中，仍强调《鲁滨孙飘流记》"出闽县林君琴南之手，叙次有神，写生欲活，吾知足餍观者之望矣"。

在农历新年前后，商务印书馆更是为林译小说大做广告，重点推介。1908 年 1 月 12 日（农历腊月二十一）《神州日报》刊登的"新年消闲之乐事，商务印书馆印行"整版广告中，就罗列了 33 种"林琴南先生所译小说"，并说明了册数和定价，如《十字军英雄纪》二册九角、《剑底鸳鸯》二册七角《拊掌录》三角、《旅行述异》二册七角五分……"这一广告后来还刊登在 1909 年 1 月 25 日（农历正月初四）的《新闻报》《中外日报》以及 1 月 28 日（农历正月初七）的《申报》上。1908 年 2 月 10 日（农历正月初九）《时报》刊登的"商务印书馆新出各种小说"广告中，也特别强调了"林琴南先生译本"。

《小说月报》更是以林纾和林译小说为招牌。1910 年 11 月 9 日《新闻报》刊登的"新出《小说月报》"广告中指出，其特色之一是"名家著译：特延小说名家分类撰译。林琴南先生(纾)因京师大学教科忙甚，

三、商务印书馆的广告营销与林译小说的传播

现已不译小说，惟允为本报译述。不惟本报之光，抑亦读者之幸也"。1910—1920年，《小说月报》每年都会刊登林译小说，并且为此做了大量的广告，相对于在报纸上登载的广告，《小说月报》上刊登的关于林译小说的广告具有新的特点：一是密度更大；二是篇幅更长，对林纾译笔也是不吝赞美之词。《小说月报》1910年第1卷第4期刊登的"商务印书馆发行　林译名家小说"的广告，详细介绍了《滑稽外史》《玉楼花劫》《大食故宫余载》《歇洛克奇案开场》四部小说的内容，认为《滑稽外史》"是书以俶诡诙奇之笔，历历描写西国上下社会中现象，自王公巨贾以迄寒畯乞儿、妇人、孺子，无不穷形极相，刻画殆尽，无奇不备，亦无妙不臻，而魑魅魍魉之情形并一一活现纸上。诚西国之《儒林外史》也"，本期还专门为《英孝子火山报仇录》做了广告，称赞该书"离奇骇怪，尤饶趣味"；第1卷第5期刊登的"商务印书馆发行　林琴南先生译"的广告则推介了《迦茵小传》《红礁画桨录》《洪罕女郎传》《玉雪留痕》，认为《红礁画桨录》"人奇事奇，译笔犹能曲曲描写，缠绵悱恻，哀艳动人"，《洪罕女郎传》"情节诙奇，文笔优美，阅之令人娱目快心，允推写情绝构"；第1卷第6期刊登的"商务印书馆出版图书　林纾小说"广告中说"林先生专治古文，名满海内，其小说尤脍炙人口，盖不徒作小说观，直可为古文读本也"，并附了32种林译小说的册数、定价；第2卷第1期刊登的林译小说《三千年艳尸记》的广告；第2卷第4期刊登了"商务印书馆发行　林琴南先生译"的《橡湖仙影》《蛮荒志异》《海外轩渠录》的广告，认为《蛮荒志异》"奇情异彩，光怪陆离，足令阅者骇心悦目"，《海外轩渠录》"刻画形容惟妙惟肖，嬉笑怒骂皆成文章，而于其间又均具有微旨，令读者时于言外得之"。以上广告在后面多期《小说月报》中反复出现。《小说月报》第7卷第4期刊登的"本馆单行小说提要（阴历三月份新出版）"中介绍《亨利第六》一书"兹得林琴南先生以朴茂之笔译之，遂觉满纸琳琅。一字一句，皆足据为典故。雅兴原本相称，学者幸勿以为小说而交臂失之"；第7卷第5期上刊登的广告称赞《情窝》"行文处处倒补，不用伏笔，颇别开生面。写情细处，令读者心神为悬、呼吸为室，尤非林先生译笔不能至也"，认为《香钩情眼》

"译者林琴南,文字旖旎动人,不类先生他种著作,其广平梅花赋欤",在介绍《奇女格露枝小传》时特意指出"译者侯官林琴南也";第7卷第10期刊登的"本社现出说部丛书三集广告"中有"说部丛书第一次二十五册,计字数共一百万左右,中有林译小说三十二万字";第8卷第3期、第4期中刊登了"商务印书馆发行 林琴南先生译 言情小说"的广告,还为包括《情窝》《海天情孽》等在内的说部丛书三集中第一次出版的19种小说征求题辞;之后还多次为林译中的侦探小说《罗刹雌风》《神枢鬼藏录》《歇洛克奇案开场》《贝克侦探谈》和冒险小说《鲁滨孙飘流记》做广告;一直到第10卷第7期,《小说月报》上仍有推荐《块肉余生述》《义黑》《冰雪因缘》《英孝子火山报仇录》《爱国二童子传》《孝女耐儿传》《美洲童子万里寻亲记》《鹰梯小豪杰》等林译小说的广告。正是商务印书馆对林译品牌的不断宣传,加强了林译小说在市场上的影响,因此,即使后期的林译小说已出现明显质量下滑,也仍然能拥有一定数量的读者。

  商务印书馆在自身品牌形象的塑造方面也是不遗余力。张元济致力于弘扬传统文化,他加入商务印书馆没多久,"每削稿,辄思有所检阅,苦无书。求诸市中,多坊肆所刊,未敢信,乃思访求善本暨所藏有自者"①,后来逐渐形成影印整理古籍的出版规划。张元济认为"一国艺事之进退,与其政治之隆污、民心之仁暴,有息息相通之理;况在书籍为国民智识之所寄托,为古人千百年之所留贻"②,"吾辈生当斯世,他事无可为,惟保存吾国数千年之文明,不至因时势而失坠,此为应尽之责。能使古书多流传一部,即于保存上多一份效力"③,"有此数流通于世,各书寿命又可延长数百年"④。在他的影

---

  ① 《涵芬楼烬余书录序》,见《张元济诗文》,北京:商务印书馆1986年版,第282页。
  ② 张元济:《涉园序跋集录》,上海:古典文学出版社1957年版,第156页。
  ③ 《张元济傅增湘论书尺牍》,北京:商务印书馆1983年版,第283页。
  ④ 《张元济傅增湘论书尺牍》,北京:商务印书馆1983年版,第339页。

三、商务印书馆的广告营销与林译小说的传播

响下,商务印书馆在古籍的出版和广告宣传上用力颇多,如为《涵芬楼古今文钞》做的广告,宣称此书的特色是"搜罗宏富,可供国文教员之教材;分类精密,可供学者作文之模范;圈点明了,可供初学自修之诵读;合装两箱,可供行旅四方之携带"①。商务印书馆出版了《涵芬楼秘笈》《四部丛刊》《四库全书珍本初集》《丛书集成初编》《续古逸丛书》《百衲本二十四史》等古籍,并持续进行广告宣传,从而使商务印书馆成为古籍出版方面的品牌出版社。在此基础上,商务印书馆还出版了多部研究传统文化的书,其中就有林纾的《左传撷华》《林氏选评名家文集》等。商务印书馆对林纾的古文著作也大力推荐,如在广告中对《林纾选评船山史论》给予了很高的评价:"船山史论评陟史事颇具眼光,文字亦纵横可喜。林琴南先生在京师主讲多年,曾撷史论之尤佳者汇为一编,详加批注,并附按语。或补王氏所未及,或切现今之时势,允为治文学论史事者之模范也。"②正是因为商务印书馆及林译小说的品牌效应,"一般人学习古文,均师法林纾,因此他的文集销售量很大。钱基博说:'初集出,一时购读者六千人,盖并世作者所罕觏焉!'高梦旦在为《畏庐三集》作序时说:'畏庐之文,每一集出,行销以万计。'"③林纾古文作品的广泛传播,又进一步带动了林译小说的销售,扩大了林译小说的影响。

商务印书馆也一直以辅助教育、推动近代教育的发展为己任。教科书为教育之最重要的工具,商务印书馆塑造了教科书出版的品牌形象,先后推出《最新教科书》《女子教科书》《简明教科书》《共和国教科书》《实用教科书》《新法教科书》《新学制国语教科书》《新撰教科书》《新时代国语教科书》《基本教科书》等,还译介并传播了西方先进的教育理念、教育制度和教学方法,也发行多种专供"半日学堂、夜学堂、星期学堂、徒弟学堂、私塾改良"之用的简易修身、国文、历

---

① 《小说月报》1911年第2卷第3期。
② 《小说月报》1910年第1卷第4期。
③ 商务印书馆:《1897—1987商务印书馆九十年——我和商务印书馆》,北京:商务印书馆1987年版,第527页。

史、地理、算学、格致等教材,认为这些书"简要浅明,凡贫寒子弟过时失学,或虽当学年而迫于生计须兼营他业、不能受完全之教育者最为相宜。书凡六种八册,定价不及一元,一年即可卒业,于立身之道、应世之用亦得粗知梗概,诚足为教育普及之助也"。商务印书馆还创办了小学师范讲习社、尚公小学、商业补习社、养真幼稚园、函授学社英文科、东文学社、国语讲习所、函授学社算术科、商业科、上海国语师范学校、艺徒学校、仪器标本实习所、函授学校国语科、国文科、励志夜校平民夜校、图书馆学讲习所、四角号码检字法讲习班、工厂管理员训练班等近20种教育机构。商务印书馆对教科书的推广也下足了本钱,从不间断地在报刊上发布广告,强调出版的教材是依据政策法规编写或经政府教育部门审定和认可的。如"宣统元年《奏定小学教员检定章程》……本社根据此章程刊行讲义,预备应检定试验之用"①,"学部审定(初等小学)《中国历史读本》、(高等小学)《中国历史读本》"②,"学部审定《马氏文通》"③,《共和国教科书》的广告亦强调"教育部审定公布"④。著作权人的学术声望往往也成为商务版教科书的宣传重点:如"高凤谦张元济蒋维乔庄俞编,学部审定,初等小学《最新国文教科书》"⑤,《师范学校新教科书》"特延身任教育,积有经验的专家按照教育部颁师范学校规程编成的"⑥。印行英文教科书也是商务印书馆提高自身专业地位的手段之一。《小说月报》上常见"BEST ENGLISH TEXT-BOOKS"的广告⑦,第2卷第3期上有"商务印书馆出版《中学适用英文教科书》"的广告,说明"吾国向用英文课本,大都借用欧美各书,程度习尚多不相合。本馆有鉴于此,特自行编就读本文法各书十余种,并承学部审定,许为适合吾国

---

① 《小说月报》1910年第1卷第1期。
② 《小说月报》1910年第1卷第4期。
③ 《小说月报》1911年第2卷第5期。
④ "共和国教科书",载《大公报》1918年7月9日。
⑤ 《小说月报》1911年第2卷第5期。
⑥ 载《大公报》1917年9月2日。
⑦ 《小说月报》1911年第2卷第6期、第2卷第8期。

学堂之用。列目如下,以备吾国有志英文者之采择"。《大公报》上也有"春季开学用各种英文书"广告①,商务印书馆还特意登出设立西书处的广告:"本馆历年编译英文书籍将及百种,出版以来颇承学界称许。并特设西书处专售英美各国原版书籍,星期日照常交易……凡上海各西店所有者无不具备,定价从廉,趸购酌减。"②商务印书馆的种种努力得到了读者的认可,"后人见到这家出版机构以教科书先行,继之以字典辞典和各种工具书,接着在整理国故和传播西学两个方面都作出了纪念碑式的贡献……凡有利于提高民智者,都在视野之内"③,"以一私人营业机关,而与全国文化发生如是重大关系者,在国内固无其匹,即在国外亦不多见"④。商务印书馆表现出一个负责任的文化企业的担当,因此享有崇高的声望,林纾应邀编写的教材《修身讲义》《中学国文读本》等,也为商务印书馆的教育出版事业增添了光彩。

  对版权的重视也塑造和维护了商务印书馆的品牌形象。盗版、侵权一直是困扰出版者的难题。梁启超在《大同印书局叙例》里就强调过,因翻译和印刷耗用巨资,所以已经在上海道署存案,如有翻印牟利者必将究治⑤;徐念慈也曾诟病当时同一本书被多次翻译、且译成的书名各不相同而使读者受蒙蔽的情形,他建议翻译西书时应在书的封面上注明原著者、原书名、原出版地,同时写清楚现在由何人译为何名,而且在报纸上登广告时也应该如此,使读者一看便知某本书的原本是什么、原作者是谁,他认为这样做的话必然会对营业上的道德及信用大有助益⑥。

---

① 载《大公报》1922年8月2日。
② 《小说月报》1911年第2卷第5期。
③ 陈原:《三个读书人,一部"书史"》,见《商务印书馆一百年》,北京:商务印书馆1997年版,第239~240页。
④ 商务印书馆:《商务印书馆九十五年——我和商务印书馆》,北京:商务印书馆1992年版,第288页。
⑤ 参见梁启超著,吴松等点校:《饮冰室文集点校》(第一集),昆明:云南教育出版社2001年版,第148页。
⑥ 参见陈平原、夏晓虹编:《二十世纪中国小说理论资料》第一卷,北京:北京大学出版社1989年版,第312页。

尽管已经有人意识到版权的重要性，但总体而言社会上还未形成版权保护的共同意识，而商务印书馆在这一方面自始至终都是身体力行的典范。商务印书馆出版了我国第一部有关版权的专著《版权考》，该书的版权页上赫然印着"书经存案，翻印必究"。商务印书馆也是我国第一家使用著作权印花的出版机构。1904年，严复的《英文汉诂》由商务印书馆出版，这是一部从左起横排的书，并使用了西式标点，书上除了印有"侯官严氏版权所有"和"翻印必究"，还写着"All Rights Reserved"。1906年4月20日的《新闻报》和4月23日的《申报》上均刊登了一则商部对商务印书馆图书的批词："商部批候选道夏瑞芳禀：据禀已悉，所呈《政治论说》三种，编译精详，足称善本，其说部各种类皆彼国名著，加以通才口译，倍觉可观。此种书籍，洵于政界、学界良多裨益，自应准予立案，禁止翻印。为此批示，仰即知照，书存此缴。"1907年7月23日，商务印书馆在《时报》上发布《翻板者看》公告，曝光了扬州文枢堂售卖翻刻商务版书籍的行为，并禀官追究，予以警告。1910年，清政府颁布了《大清著作权律》，从此中国的版权保护有法可依，商务印书馆对此也坚决执行，在业界起到了良好的示范作用。"林译小说丛书"的版权页上一直有"此书有著作　翻印必究"的文字。《小说月报》自创刊起就特别重视版权问题，刊登林译小说时都会注明原作者的国籍、姓名及与林纾合译者的姓名，还多次在版权页上注明"不许转载"，后来更在目录中各栏目的文章名后标注"禁转载"字样。1911年4月《东方杂志》悬赏征文中也有如下内容："或翻译东西文书籍杂志，或辑译东西文附加己意，总以本人得自有著作权且未在他处刊布者为限，但翻译之稿，须注明原书名称、出版处、年月，并原著人姓名……征文得酬谢者，其著作权即为本社所有，由本社随时揭载于杂志。"[①]张元济的日记中也不时有关于版权保护的记载，如1917年8月23日，张元济写道："《小学论说精华》，广益书局有同名。查本版系民国三年冬季出版，伊书系四年十一月出版。当嘱志贤往商，告以著作权律，翻印仿制

---

① 《东方杂志悬赏征文略例》，载《神州日报》1911年3月3日。

均为侵犯著作权。本馆是书当年即已注册，彼此同业，应互相尊重等语。"①1917年11月3日，张元济记录："文明书局出版《中西对纂验方新编》，与本馆《中西验方新编》定名相近。经杜亚泉查对我处原书，该局系从原本译出，并非纂改，不能与之交涉。已知照业务科。"②林纾自翻译小说以来，就比较注意版权问题，再加上长期受商务印书馆的影响，因此一直走在同时代作家的前列。包天笑说："《迦因小传》，这是我从事小说的第一部书……后来林琴南觅得了这书的全部，在商务印书馆出版，取名为《迦茵小传》，只与我们所译的书名上的'迦因'二字改为'迦茵'，并特地写信给我们致意，好像是来打一招呼，为的是我们的《迦因小传》，已在上海文明书局，出了单行本了。当时我们还不知原书著者是谁，承林先生告知：原著者为英人哈葛得，曾译有全集行世。"③林纾翻译小说时实事求是的态度由此可见一斑。郑振铎在《林琴南先生》一文中也给予林纾高度的评价："中国数年之前的大部分译者，都不信实，尤其是所谓的上海翻译家，他们翻译一部分作品连作者的姓名都不注出，有时且任意改变原文中的人名地名，而改为他们所自著的；有的人虽然知道注明作者，然其删改原文之处，实较林先生大胆万倍。林先生处在这种风气之中，却毫不沾染他们的恶习，对书中的人名地名也绝不改动一音。这种忠实的译者，是当时极不寻见的。"④著作权包括人身权与财产权两部分，其中人身权又可分为发表权、署名权、修改权、保持作品完整权等，在意译成风、随意删改原作或将他人作品占为己有的时代背景下，林纾对著作权的重视无疑具有明显的进步意义。

(二) 商务印书馆的营销策略与林译小说的传播

清末民初之际，报刊对文学作品的传播起到了很关键的作用，因此

---

① 张元济著，张人凤整理：《张元济日记》上册，石家庄：河北教育出版社2000年版，第357~358页。
② 张元济著，张人凤整理：《张元济日记》上册，石家庄：河北教育出版社2000年版，第398~399页。
③ 包天笑：《钏影楼回忆录》，香港：大华出版社1971年版，第172页。
④ 钱锺书等：《林纾的翻译》，北京：商务印书馆1981年版，第15页。

各个出版机构非常注重利用报刊广告来进行营销活动,从而吸引读者的注意,抢占市场份额。商务印书馆就综合利用各种营销手段,频繁地刊登促销广告,林译小说就经常成为促销广告中的重点,并收到了良好的效果。

商务印书馆擅用的第一种营销方式是根据季节的变换进行各种促销活动。促销的时机及方式会直接影响销售效果,我国大部分地区的气候特点是夏季酷热、冬季寒冷,这两个季节里人们常常关门闭户,有较多空闲时间,因此成为图书销售的旺季。商务印书馆把握住这一机遇,在暑期和寒冬之际通常都会全力宣传小说类书籍。如1907年端午节刚过,天气开始转热,商务印书馆就立即在《时报》上刊登一则广告,名为"唯一无二之消夏品",登列了"侦探""言情""社会""冒险"等7类100多种小说,以及详细的价目表。1909年7月19日的《申报》上也有商务印书馆"唯一无二之消夏品"的广告:"谨启者:时值夏令,各学堂放假之候,学界中人正多暇日,即非学界中人,当此长日如年,清闲无事,求所以悦怡性情,增长闻见,诚莫如披览小说矣。本馆年来新出各种小说最夥,类皆情事离奇,趣味浓郁,阅之大足驱遣睡魔,排解郁怀。今特分门别类,特别廉价,以为诸君消夏之助。"以"悦怡性情,增长闻见"为卖点,在社会中倡导以阅读小说为时尚的观念,容易诱发读者产生从众购买的心理。此广告中还胪列了小说的名目、定价及减价等,如通过原价及现价的对比,让读者觉得得到了实惠。该广告又云:"每类全售,概不零拆。减价自六月初十起,八月初十止,各省日期由分局酌定,过期不减。须售现款,概不记账。每种之中如遇有先已购阅不欲复购者,可就定价相同之书调换。各类小说目录另印传单分送,欲阅者可向本馆或分馆索取。"从这几句话可以看出,商务印书馆在研究读者心理方面是下了一番功夫的。"每类全售,概不零拆"体现出一种规模效应,就读者的阅读心理而言,读了丛书中的一种或几种,一般也会对其他几种产生阅读兴趣,况且此次促销活动的力度也很大,如"侦探小说,总数十三种,定价四元,减价二元""神怪小说,总数九种,定价六元,减价三元""历史小说,总数十一种,定价十元,减价五元"等,

三、商务印书馆的广告营销与林译小说的传播

都相当于以五折出售,因此很容易激发读者的购买欲;"须售现款,概不记账"则保证了出版商自身的经济利益,加快了资金周转,一般读者也会产生"出版商给予这么大的折扣,现款购书也无可厚非"的想法;约定了减价日期,并说明"过期不减",会使感兴趣的读者产生"机不可失"的紧迫感,进一步激发购买欲;"如遇有先已购阅不欲复购者,可就定价相同之书调换"则解决了读者的后顾之忧,使读者能以相同的折扣换购其他中意的图书,这一举措也是在借机促销其他书籍,充分运用了薄利多销的策略。事实证明,这种促销方式是成功的,商务印书馆也因此年年举办这类活动,而在这些促销的小说中,林译小说就是不容忽视的组成部分,也借助这些促销活动而得以广泛传播。

新年时节,即使在夏季无暇休息的人也会有几天空闲时间。天寒地冻之际,走亲访友之余,阅读小说就成了最好的消遣之一,因此这也成了促销小说的最佳时机。商务印书馆可谓把握良机的行家里手。1908年1月12日的《神州日报》刊登了"新年消闲之乐事,商务印书馆印行"的整版广告:"新年无事,天气严寒。于此之时,闭户围炉,手一编小说,以遣此闲暇之时光,亦人生之乐事也。本馆新出小说二十余种,情节离奇,文章美丽,兹将其内容摘录如下,以备采择。"并分别列出20种小说的价格及内容简介。还有"《说部丛书》百种,计一百二十八册,合装一木箱,定价二十八元;袖珍小说二十种,计二十册,定价二元"。广告中还将"林琴南先生所译小说"以大字标出,并列出了《十字军英雄纪》《剑底鸳鸯》《拊掌录》《大食故宫》《滑稽外史》《孝女耐儿传》《块肉余生述》《金风铁雨录》《歇洛克奇案开场》《恨绮愁罗记》《玉楼花劫》《英国诗人吟边燕语》《足本迦茵小传》《埃及金塔剖尸记》《鬼山狼侠传》《洪罕女郎传》《鲁滨孙飘流记》等33种林译小说。以上广告还刊登于1909年1月25日的《新闻报》《中外日报》以及1月28日的《申报》上,直到1911年2月9日,《申报》《神州日报》上仍有商务印书馆"新年消遣之乐事"广告。这种促销活动的规模和持久度无疑对林译小说的传播产生了深远影响。

商务印书馆常用的第二种促销方式是发行预约券并打折。预约券相

当于支付少量定金后得到的收据,持券者可以较优惠的价格购买特定的图书。打折是企业在特定期限内降低一定数量产品的售价以促进销售数量的营销方式。1908年7月17日《时报》刊登的"商务印书馆新定预定小说章程"中提出"先付银五元或十元,嗣后出版小说随时寄呈,可省函购之繁。详细章程另有印本并附印各种小说提要奉赠"。《东方杂志》1908年第5卷第7期刊登的"商务印书馆豫定小说章程"中也说明"有豫定小说者,可先交洋银五元或十元与本馆总发行所或各分馆,收到后给发收据一纸,嗣后有小说出版,每一种寄奉一部,以存款付尽书价之期为止。……豫定小说,一律照定价七折计算,惟邮局信局寄费,概以实计"。林译小说一直是商务印书馆小说中的重头戏,这种预定并打折的销售策略,必定会进一步增加林译小说的销量。这一策略还广泛运用于其他图书的销售方面,《汉译日本法规大全》就是"减价十五元预约八元":"原印系用连史纸,成本较巨,每部定价二十五元,寒素之士颇以为不便。屡承各处移书,以酌减卖价为言,本馆特改用有光纸重印,字迹大小与原版一律……每部定价十五元,如预约者只收工本八元,比原价不及三分之一。现已发售预约券,诸君欲购者请先付四元,即交预约券一纸,出版时续交四元,凭券取书。该券售至十月底为止,刷印无多,购者从速,迟恐不及"①。

说部丛书中也包含不少林译小说,商务印书馆为此大费周折进行宣传,以1916年5月15日《大公报》上的广告为例,"本馆新译《说部丛书》初集二集计二百种,业已先后发行,大受社会欢迎,现在译印三集陆续出版……本书均系欧美名著,从前未经出版者,译笔隽雅,情文兼至,有林琴南先生译本多种,分量约百万字",由此可见,商务印书馆对林译小说的推重。实际上,在此广告之前,商务印书馆就已开始不遗余力地推介包括林译小说在内的说部丛书。1908年8月23日《时报》上登出了"说部丛书全部出售"的广告,详细地说明"自癸卯年刊行说部丛书,至今五六年间成书十集,其中有文言有白话,或译西文或采东籍,

---

① 《小说月报》1910年第1卷第1期。

三、商务印书馆的广告营销与林译小说的传播

凡侦探言情滑稽冒险以及伦理义侠神怪科学，无体不备，无奇不搜。欧美大家所作近时名流所译亦杂见其中，诚说部之大观也。为书三百种，计一百八十八册，外加总目提要一册，装一木箱，定价二十八元"。随后，商务印书馆更于同年9月14日在《时报》宣传"购说部丛书按月缴银办法"："本书十集，订一百三十本，原定价洋四十元零二角五分，又加木箱一具价一元，凡现银购买全部者减价二十八元，并附赠袖珍小说全部计二十册。今为购阅诸君便利起见，另定按月缴银办法，分为甲乙两种，甲全部二十九元，先交定洋五元，以后按月交四元，至六个月为止；乙全部三十一元，先交定洋五元，以后按月交二元，至十三个月为止。本馆另有详细章程并定单格式，如蒙惠顾可以取阅。"按月缴银这种分期付款方式的出现，说明商务印书馆利用报刊广告进行促销的水平已相当成熟，林译小说的传播也多受惠于此。

预约券也多次用于促销其他商务版图书，如《小说月报》1911年第2卷第1期《西清续鉴》的广告就以"发售预约"为标题，说明"全部四十二大册，定价大洋二十四元，预约十五元。先付七元掣取收条，至宣统三年二月出书时续付八元，缴券取书。……预约券以宣统三年正月为限，存书无多，如先期售完即行停止，以后并不再印"。《法学名著》《乙种涵芬楼古今文钞》等书也是采用了预约券等促销手段。商务印书馆从1919年开始印行《四部丛刊》，认为这是书林之创举，好处之一便是"此书搜罗宏富，计卷逾万"，然而价格不但"视今时旧籍廉至倍蓰"，即便跟当时市场上流通的新版相比，"亦减之再三"，而且读者还可采用预约的方法分期交付，出版商利用这些预付款能加快资金流通，保证出书速度，让读者先睹为快，更因为分年纳价而使购书者举重若轻①。由此可见，商务印书馆已将预约和分期付款这种促销方式运用得极为娴熟。需要指出的是，尽管商务印书馆的某些广告或促销方式表面上看似与林译小说关系不大甚至没有联系，但事实上就整体而言，鉴于林译小

---

① 本句引文参见张元济：《涉园序跋集录》，北京：古典文学出版社1957年版，第178页。

说与商务印书馆密不可分的关系，对商务印书馆图书的宣传及种种促销会产生规模效应，加强读者对林译小说的记忆，客观上也会加深读者对林译小说的印象。

商务印书馆常用的第三种营销方式是赠物促销，所赠物品既有书籍，也有文具、彩票，甚至还有戏票、化妆品券等。"门市推广法：购儿童教育画、童话，赠影戏券。购《妇女杂志》者，用某药房化装品券。"①具体到小说而言，小说或者成为促销物，或者成为被促销物。1907年，商务印书馆在创刊10周年暨新建印刷所落成之际，举办了大型购书赠彩活动，自五月初七日至七月二十日，凡购商务版书籍，每值3角赠一张彩票，对号确定等次以赠送图书文具，持有未中奖彩票的顾客也可凭每张彩票获赠价值1角的纪念册一本，林译小说也是中彩后的赠品之一，如第五彩（乙）就是林琴南所译小说三十四册②。商务印书馆在改元之机也会趁势推出购书赠品。1909年2月9日《申报》刊登的"宣统纪元，纪念赠品，上海商务印书馆敬赠"中就提到，"凡本年正月内向上海发行所购书至实洋六角以上，均有赠品。所赠之物如各种地图、各种日记、各种簿册，皆人人所必需之件。新编之儿童教育画、童话、少年丛书为童子新年消闲之用。又有关于宪法、咨议局等书，为国民必读。计三十余种，各种自二万份至千份不等，共价二万余元"。1910年农历新年，商务印书馆继续举办这一活动。商务印书馆分别于1910年1月18日和1910年2月13日在《时报》刊登"年假奖品"及"新年赠品"广告，就将图书作为被促销的内容。《小说月报》1910年第2卷第5期的"暑假奖品"广告也提倡将图书视作暑期对儿童最好的奖励，"时值暑假，学堂恒以奖品鼓舞学生之兴趣，下列各书适合初高小学堂之用，以为奖品最为合宜。时值暑假，儿童家居课余多暇，得此有益之图书，于游戏之中增长德智，诚家庭教育之要品"。

---

① 张元济著，张人凤整理：《张元济日记》上册，石家庄：河北教育出版社2000年版，第111页。

② 参见《上海商务印书馆创业十年新厂落成纪念大赠品》，载《时报》1907年6月18日。

赠书致谢也是商务印书馆常用的营销方式。赠书致谢是出版商向报刊赠送特定的图书，再由报刊利用一定的版面向赠予者表示感谢的行为。赠书致谢虽然出现在新闻栏目中，却具备很强的广告功能。商务印书馆经常向当时发行量很大的《中外日报》和《申报》赠送图书，将"赠书致谢"这一营销手段运用得炉火纯青。仅1906年7月至1907年6月，《中外日报》为商务印书馆刊登的致谢广告就超过20种，林译小说中的《鲁滨孙漂流记续编》《红礁画桨录》《海外轩渠录》《空谷佳人》《神枢鬼藏录》《十字军英雄记》等赫然在列，致谢广告中既有对林译小说内容的介绍（如《红礁画桨录》"为哈氏原著，书中写英国骄妇人之举止"），也有对林译小说的评价（如认为《海外轩渠录》"虽涉怪诞，而庄子寓言，颇具深意"，《空谷佳人》"亦爱情小说之佼佼者"，《神枢鬼藏录》"笔墨之妙，无待赘述"）[①]。《申报》也是商务印书馆赠书的对象。据统计，除教科书、时政书及杂志外，商务印书馆于1907—1908年数次向《申报》赠送新出版的小说，《申报》亦五次辟出版面刊登"谢赠"声明，涉及小说23本。1907年11月6日《申报》的"谢赠"就提到"商务印书馆赠初等、高等小学《体操教科书》各一册，初等分五学年，高等分四学年，适合近今教授之用。又赠《指中秘录》小说二册，事迹离奇，译笔俊洁，此亦说部丛书之卓卓可观者"，1908年10月29日的"谢赠"中还以"绍介新书"为副标题，特别推介商务印书馆出版的欧美名家小说《博徒别传》以及林译小说中的《蛇女士传》和《红蘖路传》。由以上事例不难看出，赠书致谢具有传递图书信息、增强出版社与报刊社互动的作用。商务印书馆具有敏锐的商业眼光，充分发掘了赠书致谢的功能，使得林译小说等图书随报刊的发行而广为人知。

商务印书馆凭借译著、古籍、教育等品牌出版物迎来了社会效益与经济效益的双丰收，在清末民初的出版业中树立了不可撼动的地位。李泽彰的《三十五年来中国之出版业》中所提供的1902—1930年商务印书

[①] 参见张天星：《报刊与晚清文学现代化的发生》，南京：凤凰出版社2011年版，第165页。

馆逐年出书数字和陆费逵的《六十年来中国之出版业和印刷业》证明，从晚清到20世纪20年代，商务印书馆的营业额一直占全国书业的1/3左右①。林纾也因商务印书馆而名声大震，拥有较大的社会影响力。但商务印书馆与林纾也是一荣俱荣、一损俱损的关系。商务印书馆一贯坚持无党无偏的方针，"于世界之学术思想、社会运动，均将以公平之眼光，忠实之手段，介绍于读者。然本志仍不敢揭一派之旗帜以自限域，有时且故列两派相反之学说以资比较"②，在语言文字的使用方面，也是文言或白话听人自便、"文言则情文并美，白话则诙谐入妙"，因此在新文化运动中受到冲击，各类书刊的销量也大受影响，张元济忧心忡忡，这一时期他的日记中就不时有这样的记载："（1917年10月12日）《小说月报》不适宜，应变通"③，"（1919年1月6日）《教育杂志》须改良，募外稿，从速行"④，"（1919年5月24日）与梦、惺商定，请惺翁接管《东方杂志》，一面登征文"⑤。而林纾也与新文化运动有了冲突，因此遭到口诛笔伐，1919年第15期《每周评论》贵兼就批评林纾："他是只知道'艳情小说'的人，他的知识，就和'做黑幕'、画春宫的人一样，断断不必和他讲'文学'两个字。"商务印书馆也倍感压力。1921年起，进入暮年的林纾也逐渐对翻译小说失去了兴趣。

四、多种传播媒介与林译小说的传播

除了商务印书馆及其下属的《东方杂志》和《小说月报》，昌言报馆

---

① 参见陈平原：《二十世纪中国小说史》第一卷，北京：北京大学出版社1997年版，第49页。
② 坚瓠：《本志之希望》，载《东方杂志》1920年第17卷第1号。
③ 张元济著，张人凤整理：《张元济日记》上册，石家庄：河北教育出版社2001年版，第386页。
④ 张元济著，张人凤整理：《张元济日记》下册，石家庄：河北教育出版社2001年版，第680页。
⑤ 张元济著，张人凤整理：《张元济日记》下册，石家庄：河北教育出版社2001年版，第778页。

四、多种传播媒介与林译小说的传播

和文明书局对林译小说的传播也起到促进作用。让林纾声名鹊起的《巴黎茶花女遗事》和《黑奴吁天录》就是分别由昌言报馆和文明书局出版的。另外，还有一些报刊社或出版社与林纾译著的出版也息息相关，尽管它们刊载林纾的作品并不算多，但也在一定程度上扩大了林译小说的影响。

(一)《平报》《庸言》与林译小说的传播

林纾具有强烈的启蒙意识，因此活跃在近代传媒中，并较为自觉地运用报刊作为传播活动的载体。《平报》和《庸言》是发表林纾言论最多的两份报纸。林纾选择《平报》和《庸言》也绝非偶然。著名传播学家施拉姆设计了一个人们选择媒介或然率的公式：选择的或然率＝报偿的保证/费力的程度。这一公式中报偿的保证是指传播内容满足选择这一需要的程度，费力的程度是指得到这一内容和使用传播途径的难易程度。这个公式本是以受众为中心，但如果从传播者的角度来理解，道理也是相通的。如果某种媒介满足需要的可能性越大，而传播内容和途径的难度越小，传播者选择这种媒介的或然率就越高。作为传播者的林纾，就是希望通过媒介来传播保种救国、开启民智的思想，《平报》和《庸言》都是报纸，正如麦克卢汉所说，书籍是一种个人自白的形式，它给人以"观点"。报纸是一种群体的自白形式，它提供群体参与的机会，因此报纸注重与读者的互动，是一个开放性的创作环境，再加上报纸出版周期短、传播速度快的特点，以及作为主笔可以自由发表观点的便利条件，《平报》和《庸言》就成为林纾的文学阵地，使他的话语能够高密度、高强度、大范围地传播，以扩大影响力。

在某种层面上说，"传媒的归属能准确反映人的基本政治倾向"[1]。《平报》由当时安福系的军阀徐树铮实际掌控，因此林纾不可避免地被认为属于徐树铮一派，甚至有了林纾借助徐树铮的势力镇压新文化运动

---

[1] 包礼祥：《近代文学与传播》，南昌：江西人民出版社2001年版，第50~52页。

的谣言，因此，林纾在新文化运动中成了众矢之的，林译小说也因此遭受诸多不公平的评价。

(二)其他传媒与林译小说的传播

《昌言报》是1898年8月17日由《时务报》改名而来，尽管当年11月19日第10期出版后就停刊了，但昌言报馆的销售网络依然存在，汪康年刊本的《茶花女遗事》也由昌言报馆代销。1899年5月26日，《中外日报》头版刊登了如下广告："书经存案，翻刻必究。《茶花女遗事》译书，情节变幻，译笔尤佳，现已印出，并附《新译包探案》《长生术》二种，每部白纸价洋三角，洋竹纸二角五分，不折不扣。如欲购买者，请向昌言报馆及各书坊购取可也。昌言报馆代白。"1899年6月1日，汪康年在《中外日报》刊登了"译印巴黎茶花女遗事"的广告："此书为西国著名小说家所撰，书中叙茶花女遗事，历历如绘，其文法之妙，情迹之奇，尤出人意表；加以译笔甚佳，阅之非独豁人心目，且与西国俗尚亦可略见一斑，洵为小说中出色当行之品，非寻常小说可同日而语也。"1899年6月10日，《申报》刊登"赠书鸣谢"："昌言报馆惠赠《茶花女遗事》及《包探案》、《长生术》三种，翻阅一过，事迹新奇，笔墨精妙，如一粒粟中现大千世界，不能以海外之寻常小说目之也。志之以达雅贶。"

1905年7月9日，文明书局在《时报》刊登广告，宣称"买《黑奴吁天录》者，须看四大本的，封面有'文明书局出版'字样"："近接林先生函称，坊间有翻印铅字小本，舛误至不可读，实于是书名誉有碍，且背版权法律，属速查究。用再登报声明版权，如有人确知翻印之家，能代扣留全书，来本局密告者，本局查确后，当以二百元奉酬，并将所获翻印之书全数奉送，决不食言。"

《广益丛报》于1903年4月(光绪二十九年三月)创刊，在重庆出版，旬刊，由广益丛报馆编辑及发行，为清末综合刊物之一，停刊时间未详。1905年12月21日，《广益丛报》刊载英国莎士比著，闽县林纾、仁和魏易翻译的小说《肉券》。

《小说时报》于1909年10月（宣统元年四月）创刊，在上海出版，旬刊，第17期改为月刊。由《小说时报》编辑、有正书局发行。1917年11月（民国六年十一月）停刊。《小说时报》1911年9月2日第12期开始刊载林琴南译的《冰洋鬼啸》。

《庸言》于1912年12月创刊，在天津出版。由庸言报馆发行。第1卷为半月刊，编辑人吴冠因。第2卷改为月刊，编辑人黄远庸，停刊时间未详。1912年12月1日—1913年5月1日，《庸言》第1卷1~11号连载由英国哈葛德著、闽县林纾笔述、静海陈家麟口译的《古鬼遗金记》；1913年5月1日的第1卷11号刊登了林纾、乐贤同译的《土耳基乱事始末》。

《震旦》于1913年2月创刊，在北京出版。月刊。系统一党政务讨论会所发行。由赵管侯、王印川、董其成、严天骏、李梦麟等编辑。停刊时间未详。1913年4月的第3期上有署名"畏庐"的作品《十万元》；1913年5月第4期有法国沙尔黎著、同县廖琇崐口译、闽县林纾笔述的《新婚别》。

《中华》于1913年7月创刊，在北京出版。半月刊，中华杂志社编辑及发行。停刊时间未详。1913年7月16日载有闽县林纾笔述、永福力树萱口译的《女寿兀》。

《中华小说界》于1914年1月创刊，在上海出版，月刊。中华小说界社编辑及发行，1916年6月停刊。1914年1月1日—1914年5月1日的第1~5期，刊登了法国老昔倭尼著、王庆通与林纾译的《情铁》，并标"言情小说"。此刊物中也有多篇林纾的合作者陈家麟翻译的小说。

《小说海》于1915年1月创刊，在上海出版，月刊。由中国图书公司和记发行，黄山民编辑。1917年12月停刊。共出3卷，每卷12期。其中刊载过闽县林纾、静海陈家麟译的《鹰梯小豪杰》。

《大中华杂志》于1915年1月创刊，上海出版，月刊。由大中华杂志社编辑及发行，中华书局总发行，梁启超主任撰述，1916年12月停刊。曾刊载过英国马格内著、林纾笔述、陈家麟意译的《石麟移月记》。

《小说新报》于1915年3月在上海创刊，月刊。为16开本，单色铜版印刷。由鸳鸯蝴蝶派创办,国华书局发行。1921年停刊一年。1923年9月终刊。"设有小说、传奇、弹词、笔记、艳牍、艺府、谐薮、花史、谜海、风俗、剧话、译丛等栏目,拟与《小说丛报》相抗衡。撰稿者先后有陈蝶仙、周瘦鹃、吴双热、江山渊、胡寄尘、吴绮缘、刘哲庐、许廑父、姚民哀、林琴南、程小青、徐卓呆、张碧梧、郑逸梅、包醒独、李涵秋、徐哲身、赵眠云、朱瘦菊、王西神、严独鹤、范烟桥等。"①民国丙辰年,该刊物上发表的《元帅娘》《红髯大王》,作者林纾,标"名家著述";此外还有《张贞女外传》《情剧》。民国丁巳年,该刊物"清代佚闻"中发表的《德菱第二》《亲贵小史》《奴祸》,作者为林纾。

《小说大观》于1915年8月创刊,在上海出版,季刊。由文明书局、中华书局共同发行。编辑者包天笑,发行人沈知方。1921年6月停刊,共出15集。1915年12月1日刊登《傅眉史》3集,作者林纾,标"武侠小说"。

《春声》于1915年8月创刊,在上海出版,季刊。由文明书局、中华书局共同发行。编辑者包天笑,发行人沈知方。1921年6月停刊,共出15集。其中《白福》《醒云》《李春雯遗事》等作品,标明作者为林纾。

《说丛》于1916年5月创刊,在上海出版。初为双月刊,第二年改为季刊。为"环球中国学生会"的会刊。编辑吴和士,发行者朱少屏。停刊时间未详。其中《郑太史》《李幼华》等作品标明作者为林纾。

《小说俱乐部》于1918年1月创刊,在上海出版,月刊。由中华编译社发行,消闲书室出版,苦海余生编辑,停刊时间未详。林纾所作的《克家妇》,标"家庭小说";《射虎奇遇》,标"奇情小说"。

国学扶轮社1902年创办于上海,由王均卿和沈知方等主持。王均卿,号文濡,别署新旧废物等,浙江吴兴人,南社社友,先后任国学扶

---

① http://www.shtong.gov.cn/node2/node2245/node4521/node29303/node29314/node29316/userobject1ai54486.html。

轮社、文明书局、进步书局、中华书局编辑，其主编的"香艳丛书"、"古今说部丛书"、《说库》、《明清八大家文钞》、《续古文辞类纂》等至今广为流传。沈知方（1882—1939），原名芝芳，因室名粹芬阁而自号粹芬阁主，浙江绍兴人，早年曾在书店当学徒，1900年入商务印书馆。此后，一边在商务印书馆工作，一边与友人合作创办国学扶轮社、古书流通社、中华舆地学社等，1918年入世界书局，后任总经理。国学扶轮社以刊行中国传统文化读物为主，其有证可查的出版活动是在1905年以后，先后出版了《列朝诗集》（五十六册）、《清文汇》（一百零一册）、《文科大辞典》（十二册）、《古今说部丛书》（六十册）、《明朝四十家小说》（八册）、《适园丛书》（十六种）、《香艳丛书》（八十册）等巨著。扶轮社没有发行部，由中国图书公司代为印刷发行。林纾、严复撰的四卷四册古文集《林严文钞》就是由国学扶轮社在1909年出版的，王均卿为该书作序时说："林所译，多稗官家言。狮子搏兔，亦用全力。虽复寓言八九，而叙述所至，关合中事，足资为鉴戒者。"①林纾的弟子朱羲胄认为，这番话表明王均卿是能够深刻体察林纾内心的。

（三）戏剧与林译小说的传播

报纸作为印刷媒介之一，最明显的缺陷就是会受到使用者文化程度的制约。报刊对受众的文化程度普遍要求较高，读者应具有一定的阅读能力，文盲或识字不多的半文盲都无法充分使用和享受这种媒介。以小说改良社会的前提是读者必须识字。但是，清末民初的中国刚刚走上近代化道路，文化的普及率很低。梁启超曾在1896年说，中国"民不识字者，十而有六，其仅识字而未解文法者，又四人而三乎"②。尽管新小说开启民智的功能强大，但对于大多数不识字的国人来说几无作用，林译小说的传播同样面临这一难题。在这种情形下，戏剧这种特殊的传播媒

---

① 朱羲胄编：《贞文先生学行记》卷一，上海：世界书局1949年版，第18页。

② 梁启超：《蒙学报演义报合叙》，见《时务报》第44册，1897年11月5日。

介就开始发挥作用了。

　　1902年11月11日，天津《大公报》上《编戏曲以代演说》一文提出"尝终日不食，终夜不寐，以求所谓开化之术。求而得之，曰编戏曲。编戏曲以代演说，则人亦乐闻，且可以现身说法，感人最易"。1903年11月15日《中外日报》上《论兴学练兵作小说其效不及演戏之速》中也认为"小说虽作至极浅，终不能入不识字人之目，必待由小说而化为戏剧，其用乃神"。狄葆贤也意识到戏剧的作用，认为"至于听歌观剧，则无论老稚男女，人人乐就之。倘因此而利导之，使人喜，使人悲，使人歌，使人哭，其中心也深，其刺脑也疾。举凡社会上下一切人等，无不乐于遵循，而甘受其利者也"①。黄人充分肯定了戏剧的传播效果，认为"编纂新剧，置之歌舞之坛，使览者神志与之俱往，而潜沦其新知，去其旧染，其感化之捷速，虽受之者且犹不觉"②。陈独秀以"三爱"的笔名在《新小说》1904年第2卷第2期发表《论戏曲》一文，认为"戏曲者，普天下人类所最乐睹、最乐闻也，易人人之脑蒂，易触人之感情；故不入戏园则已耳，苟其入之，则人之思想权则未有不握于演曲者之手矣"。

　　正是因为戏剧在传播思想文化方面的功能，林译小说中的不少作品都被改编为戏剧。读者灵石就曾建议书场、茶肆演小说以谋生的人，竭尽其平生之所长，以再现《黑奴吁天录》中酸楚之情状、残酷之手段，从而唤醒我们的国民。1907年2月，我国新型的话剧社团春柳社在东京成立不久，就以赈灾游艺会的名义，在神田区中华基督教青年会礼堂公演了《茶花女》第三幕，"这时候，林琴南和他的友人所译的法国小仲马所写的《茶花女遗事》一书，刚出版未久，正哄动了上海的文学界，几乎是人手一编，因此我国在日的留学生，便选定此故事，作为剧本"③，这次演出开了我国公演话剧（当时叫新剧）之先河。春柳社的创

---

　　① 陈平原、夏晓虹编：《二十世纪中国小说理论资料》第一卷，北京：北京大学出版社1989年版，第68页。
　　② 黄人：《论演说之效果》，载《中外日报》1905年5月20日。
　　③ 包天笑：《钏影楼回忆录》，香港：大华出版社1971年版，第400页。

始人之一李叔同"美丰姿,长身玉立,跌荡风流,经同学推定扮演茶花女,他也很高兴。可是他那时还留着一抹美式的小胡子,为了扮演茶花女,竟也剃去了"①,春柳社的另一创始人曾孝谷扮演亚猛父,二人的表演珠联璧合,深受观众好评。据包天笑的《钏影楼回忆录》和郑逸梅的《南社丛谈》记载,李叔同在日本时专门向藤泽浅二郎学戏剧,为了演好茶花女,他特意花钱做了数套女式西服,日本戏剧界权威松居松翁称赞"李君的优美婉丽,决非日本的俳优所能比拟"②。这些在日本的学生后来又演过《茶花女》等剧,吸引了颇多日本伶人来参观。几个月后,春柳社又成功地把《黑奴吁天录》搬上舞台,由曾孝谷改编、欧阳予倩饰演小海雷,陆镜若的弟弟陆鲁沙也在其中扮演黑奴。这是我国早期话剧比较完整的第一个剧本,"戏的结尾是,哲而治同意里赛夫妇会合,杀死了追捕的人,逃出了美国。这就和斯托夫人的思想完全不同,而是以斗争胜利为结束的"③。这是我国最早的宣传革命、宣传反对帝国主义的话剧,演出大获成功,"观众为黑奴汤姆,为意里赛流着泪,对白人的奴贩子切齿痛恨"④。

春柳社在东京风生水起之际,国内的话剧业也逐渐发展起来。1907年6月,王钟声和马相伯、汪笑侬等在上海组建了国内最早的话剧团体——春阳社和最早的戏剧学校——通鉴学校。曾留学日本并考察过新剧的王钟声四处物色演职员,并且亲自担任主演,于当年年末在上海兰心戏院演出了由许啸天改编的《黑奴吁天录》,招徕了大批观众。自1907年起,中国话剧开始不断发展壮大,因此这一年也成为我国话剧的诞生年。1908年3月,王钟声等又与通鉴学校合作,把《迦茵小传》

---

① 包天笑:《钏影楼回忆录》,香港:大华出版社1971年版,第400页。
② 郑逸梅:《南社丛谈》,上海:上海人民出版社1981年版,第132页。
③ 欧阳予倩:《欧阳予倩全集》第二卷,上海:上海文艺出版社1990年版,第545页。
④ 欧阳予倩:《回忆春柳》,见《中国话剧运动五十年史料集》(一),北京:中国戏剧出版社1985年版,第22页。

编成剧本在上海春仙茶园上演，轰动一时。① 1911年三四月间，王钟声来到天津，和他的团队一起表演了《黑奴吁天录》等戏剧，在社会上反响热烈，也因此引起了晚清政府的注意，导致王钟声被京师警察厅解递回原籍。1913年梅兰芳第一次去上海时也注意到，"有些戏馆用讽世警俗的新戏来表演时事，开化民智。这里面在形式上有两种不同的性质。一种是夏氏兄弟（月润、月珊）经营的新舞台，演出的是'黑籍冤魂''新茶花''黑奴吁天录'这一类的戏。还保留着京剧的场面，照样有胡琴伴奏着唱的；不过服装扮相上，是有了现代化的趋势了。一种是欧阳先生（予倩）参加的春柳社，是借谋得利剧场上演的，如'茶花女''不如归'……这一类纯粹话剧化的新戏，就不用京剧的场面了。"② 梅兰芳认为，这些剧情的内容很有意义，而且演出手法也相当现代化，给他留下了深刻的印象，他不久后也在北京跟着排演这一类醒世的新戏，而且轰动过一个时期。

《红礁画桨录》也被欧阳予倩、汪优游等搬上过舞台，欧阳予倩还亲自扮演毗亚德利斯。据周瘦鹃在《怀兰室杂俎》中记述："……《红礁画桨录》，原名毗亚德利斯，著者为英国近世名小说家哈葛德先生，吾国林畏庐先生译之，哀怆悱恻，工力悉敌，日斜钟定时读之，大足令人肠回也。中有情歌一阕，予酷好之，歌云：'君讵飞仙耶，胡遗蜕而裹予？君为世贤耶，乃引长裾而揽予。欢兮欢兮！我言汝如兮，我心汝如；我愿遂兮，委身君手，与君而同居。思佳期而匪遥兮，吾且埋愁于荒墟；得君爱我兮，我乃飞梦而成此蓬蓬。'吾友汪君，颖慧绝伦，尝以此书编为剧本，演之鞠部，绣幕揭处，颇能赚人酸泪数斛也。"③ 日本作家德富芦花的小说《不如归》，讲述了一个悲惨的爱情故事。在封建家族制度的压迫下，

---

① 参见阎折吾：《中国现代话剧教育史稿》，上海：华东师范大学出版社1986年版，第10~11页。

② 梅兰芳：《舞台生活四十年》，北京：中国戏剧出版社1986年版，第186~187页。

③ 蒋瑞藻编：《小说考证·附续编拾遗》，北京：古典文学出版社1957年版，第457页。

浪子被迫与爱人武男分离,受尽刺激后咯血而死。书中充斥着各种婆媳问题、亲子问题、妇女解放问题等,新旧道德的交锋也不时可见,因此引发了无数青年男女的共鸣。该书是女性觉悟主题的小说,曾被译为英语、德语、法语等文字,林纾与魏易又以日本盐谷荣的英译本为底本,将它翻译成汉语,介绍到中国来,该书很快就吸引了中国读者的注意。《不如归》上演时,由于当时还没有男女合演的先例,所以由陆镜若为男主角、马绛士为女主角,据包天笑回忆:"他们刻画这个悲哀之处,真是令人垂泪。有一天,我同一位女友往观,她看到了第二幕时,已经哭得珠泪盈眶了。我说:'好了!我们为求娱乐而来,却惹起悲哀,赔了许多眼泪,不如不看了吧。'但她却不肯,越是悲哀,越是要看下去,戏剧之感人有如此者。"①由于《不如归》具有鲜明的女性反封建主题,因此在五四运动期间被改编成话剧,与易卜生的《傀儡家庭》等剧目一起在各地演出,风行一时。② 以戏剧方式传播的林译小说,在宣传反帝、反封建及爱国精神方面的力量不可小觑。相对于报刊、书籍等媒体,戏剧这种声形并茂、感染力强的媒体与观众有很强的互动性,更能吸引观众的注意,对林译小说的传播起到不可估量的作用。

---

① 包天笑:《钏影楼回忆录》,香港:大华出版社1971年版,第403页。
② 川岛:《五四杂忆》,见中国社会科学院近代史研究所编:《五四运动回忆录》,北京:中国社会科学出版社1979年版,第970页。

第三章 前期林译小说的传播

传播的最终目的是要收到一定的效果，林译小说也不例外。我们知道，林译小说在不同的阶段，传播效果也很不相同。所以研究林译小说的传播效果，必须与林译小说的分期相结合。关于林译小说的分期，学界一直有不同的看法。范烟桥在1927年所著的《中国小说史》中以小说类型为依据，认为"林氏译书于选择原本，可分为四时期：最初性格各殊，不宗一格，如《茶花女遗事》《战血余腥录》《伊索寓言》等；继而好译言情，如《迦茵小传》《橡湖仙影》等；再次易尚侠而涉神话者，如《鬼山狼侠传》等，历时最久，成书最多；最后则专重社会，如《滑稽外史》等，文字亦随而转变也"①。钱锺书在《林纾的翻译》一文中，以1913年为界，把林译小说分为前后两期："据我这次不很完备的浏览，他接近三十年的翻译生涯显明地分为两个时期。'癸丑三月'（民国二年）译完的《离恨天》算得前后两期之间的界标。在它以前，林译十之七八都很醒目；在它以后，译笔逐渐退步，色彩枯暗，劲头松懈，使读者厌倦。"半个世纪以来，学界一直比较认可这一观点，只有个别研究者提出了不同看法。《福建师范大学学报》1981年曾刊登了薛卓的论文《林纾前期译书思想管窥》，文中以辛亥革命为界，将林纾的译书生涯分为两个时期。1991年，张俊才认为，"1907年以前林纾的翻译比较明显地受到文学改良运动的倡导者如梁启超等人的影响，注重国民意识的启蒙、注重政治思想的灌注，不仅翻译的政治小说多、名著多，而且译笔精彩，译书也几乎是林纾教书之外唯一的文学事业。1907年至辛亥革

---

① 范烟桥：《中国小说史》，苏州：苏州秋叶社1927年版，第230~231页。

命爆发(1911年)期间,随着整个清末民初文学逐步由过分倚重政治向着贴近普通人生和文学自身的回归,林纾的翻译旨趣也开始出现某种转化,译品中自然仍有一些名著问世,如狄更斯的《块肉余生述》《贼史》《冰雪因缘》等,但政治小说逐渐被越来越多的言情小说、侦探小说代替,教书之余林纾也匀出一部分可贵的精力去从事古文的编选和著述去了。辛亥以后林纾一方面年迈力衰,另一方面思想和精神都越来越沮丧,因此他的翻译已成强弩之末,其中真正富有价值的译本虽未绝迹,如孟德斯鸠的《鱼雁抒微》,塞万提斯的《魔侠传》等,但确如凤毛麟角,为数甚少,而创作小说和古文已成为林纾最主要的文学事业。因此,准确说来,翻译之成为'畏庐之实业',至多只能就辛亥以前林纾的翻译而言"①。2009年,复旦大学郭杨在博士论文《林译小说研究》中,综合考虑林译小说与出版机构的关系、林纾的合作者及译书的数量,将林译小说分为四个时期:第一个时期是1898—1904年;第二个时期是1905—1909年,即林译小说的"黄金时期";第三个时期是1910—1915年,是林译小说的衰退期;第四个时期是1916—1924年,林译小说数量膨胀但质量低劣。2010年,福建师范大学杨玲在博士学位论文《林译小说及其影响研究》中,结合林纾的作品及其思想变化,将林纾的翻译以民国元年壬子(1912)为界来分期,认为1912年清帝退位后,林纾精神抑郁,也一直坚持维新改良思想,并退化为文化前进道路上的障碍者。

  本书主张还原历史真相、回到历史现场,因此主要从社会环境、林纾的思想、林译小说的内容及其传播效果出发,将林译小说以1913年为界,分为前后两期,理由如下。第一,1913年以前,林纾以翻译小说为实业,期望以此来激发国人反帝爱国的热情,并针砭时弊,提倡向西方学习。尽管他不赞成通过民族民主革命来改朝换代,却也清醒地认识到清政府统治下的中国"如沉瘵之夫,深晦其疾,阳欢诡笑以自

---

① 张俊才:《林纾评传》,北京:中华书局2007年版,第94页。

镇"①。辛亥革命推翻清王朝的统治后,林纾密切地关注时局的变化,经过痛苦的思想斗争后决定面对现实。他在给同乡兼五城学堂的同事吴敬宸的信中写道:"……共和之局已成铁案,万无更翻之理。而慕、涛(按:指皇室成员载慕、载涛)二卿图死灰复燃,合蒙古诸王咆勃于御前,以震慑孤儿寡妇(按:指宣统与太后),滋可悲也。项城(按:袁世凯)似有成算,重兵在握,已与孙中山密电往来。大抵亲贵群诺,共和立成;亲贵反对,共和亦成,不过在此数日中决定耳。仆生平弗仕,不算满州遗民。将来仍自食其力,扶杖为共和之劳民足矣。"②宣统逊位后,他又给吴敬宸写信道:"此间自逊位诏下,一带报馆各张白帜,大书'革命成功万岁',见者欢呼,此亦足见人心之向背矣。……闻新政府将立于南京,刻尚未有动静,大抵数日之内定有明文。弟四海为家,久不作首丘之想。……新正当易洋装,于衣服较便。"③在这一时期,林纾试图在新的政体下实现自己的救国主张。1912年,《平报》在北京创刊伊始,林纾就担任该报编纂,并不断地发表译著作品,品评时政,表达自己的反帝爱国思想。我们在前文中曾探讨过,传媒的归属能反映人的基本政治倾向。《平报》是一份旧派报纸,基本立场是支持袁世凯及其治下的民国政府。林纾选择为《平报》效力并发表政见,最起码能表明林纾在一定程度上接受了"新政"与"共和"。林纾曾认为"弊政已除,新政伊始。能兴实业则财源不匮,能振军政则外侮不生,能广教育则人才辈出。此三事者,为纾日夜祷天,所求其必遂者也"④,但混乱的时局使他渐渐绝望,于是他的立场又回归于辛亥革命之前的立宪派了,但清朝已不复存在,无法给他提供实现抱负的土壤,他越发地怀念心目中

---

① 林纾:《送高子益之官云南序》,见《畏庐续集》。
② 林纾:《寄吴敬宸(一)》,见李家骥等整理:《林纾诗文选》,北京:商务印书馆1993年版,第319页。
③ 林纾:《寄吴敬宸(二)》,见李家骥等整理:《林纾诗文选》,北京:商务印书馆1993年版,第320页。
④ 林纾:《寄吴敬宸(二)》,见李家骥等整理:《林纾诗文选》,北京:商务印书馆1993年版,第320页。

贤明的光绪皇帝了。1913年,林纾两次拜谒光绪陵墓,并从此每年一次前往光绪陵前叩拜,成为令人嫌弃的封建遗老。封建遗老的形象无疑不利于林译小说的传播。我们知道,影响传播效果的因素是多方面的,但其中居于最优先地位的正是作为传播主体的传播者的形象。一般来说,传播者的可信程度越高,其说服效果越好;可信程度越低,说服效果越差。辛亥革命之后,"民主""共和"的观念逐渐深入人心,而林纾封建遗老的形象确实显得不合时宜,与读者的心理期待之间产生了较大的失衡,容易引发读者的反感和厌恶情绪,林译小说的传播效果自然大打折扣。

第二,从林译小说的内容及质量而言,1913年译完《离恨天》以后,林纾开始如钱锺书所说的那样"老手颓唐":"一个困倦的老人机械地以疲乏的手指驱使着退了锋的秃笔,要达到'一时千言'的指标。他对所译的作品不再欣赏,也不甚感觉兴趣,除非是博取稿费的兴趣。换句话说,这种翻译只是林纾的'造币厂'承应的一项买卖;形式上是把外文作品转变为中文作品,而实质上等于把外国货色转变为中国货币。……他不像以前那样亲热、隆重地对待他所译的作品。他的整个态度显得随便,竟可以说是冷淡、漠不关心。"①钱锺书的这一评价是中肯的。从传播理念的层面来看,传播者都有一定的价值追求,并由此引发出不同的传播行为。传播者的理念主要有公益理念和商业理念。公益理念强调传播的社会效益,追求传播内容的完善和对社会的责任,商业理念则着重于经济效益。很显然,后期的林译小说以追求经济效益为主要目标,质量明显下降,而林纾也将精力逐步转移到文学创作方面。1913年,除了多次在《平报》发表诗作及时评外,林纾还出版了选评古文集《左孟庄骚精华录》、笔记集《技击余闻》、文论《春觉生论文》、笔记小说《践卓翁短篇小说》、长篇小说《剑腥录》并序及《践卓翁小说》(第一辑)。工作兴趣的转移,也说明林纾的思想在这一年发生了很大的变化,翻译小说已沦为他的赚钱工具,这些没有灵魂的作品自然不能对读者产生长久

---

① 钱锺书等:《林纾的翻译》,北京:商务印书馆1981年版,第35页。

第三章　前期林译小说的传播

的吸引力，林译小说的传播效果也大不如前。

一、前期林译小说的序跋与传播效果

序跋是一种常见的文体，常用于介绍作者情况、揭示写作意图、帮助读者理解与鉴赏作品，在引导阅读方面发挥了非常重要的作用。同为翻译家的鲁迅就认为："在一本书之前，有一篇序文，略述作者的生涯、思想、主张，或本书中所含的要义，一定于读者便益得多。"[1]林纾翻译《巴黎茶花女遗事》时，"小说乃小道"的观念依然流行，因此他署名"冷红生"，仅以寥寥数语作了"小引"，介绍了翻译此书的经过。但接下来在第二本林译小说《黑奴吁天录》中，林纾不仅署了本名，还分别撰写了例言与跋，详细介绍了该书的内容、中心思想、文法、作者等情况，可见此时林纾已经意识到序跋在小说传播中的推动作用，并乐此不疲地运用这一方法。林纾前期的译本绝大多数有序跋，其中包括小引、达旨、例言、译余剩语、短评等，有自己和旁人所作的诗、词，译文中还时有按语和评语。这些文字或阐发原作的意义，或点评原作的艺术特色，或借机抒发个人的情感，"尽管讲的话不免迂腐和幼稚，流露的态度是郑重的、热情的。他和他翻译的东西关系亲密，甚至感情冲动得暂停那支落纸如飞的笔，腾出工夫来擦眼泪"[2]，而后期译本里"这些点缀品或附属品大大地减削。题诗和题词完全绝迹；卷头语例如《孝友镜》的《译余小识》，评语例如《烟火马》第二章里一连串的'可笑！''可笑极矣！''令人绝倒！'等等，也极少出现；甚至像《金台春梦录》，以北京为背景，涉及中国风土和掌故，也不能刺激他发表感想"[3]。序跋从一个侧面反映了林纾翻译小说时的态度，也在一定程度上影响着林译小说的传播。

---

[1]　鲁迅：《文艺与批评》"译者附记"，见《鲁迅全集》第十卷，北京：人民文学出版社2005年版，第328页。
[2]　钱锺书等：《林纾的翻译》，北京：商务印书馆1981年版，第35~36页。
[3]　钱锺书等：《林纾的翻译》，北京：商务印书馆1981年版，第36页。

一、前期林译小说的序跋与传播效果

"由于义和团和八国联军造成的前所未有的危局,使得'开民智'的主张一下子变成知识分子的新论域,'开民智'三个字也一下子变成清末十年间最流行的口头禅……一般'有识之士'或所谓的'志士',深感于'无知愚民'几乎招致亡国的惨剧,纷纷筹谋对策"①,林纾的对策就是以译书为实业,宣传反帝爱国思想,为了让这种思想更好地被读者理解与接受,林纾非常重视小说序跋的广告作用。传播学的"使用与满足"理论告诉我们,读者基于特定的需求动机来接触各种媒介,从而满足自己的需求,因此能够满足读者的需求就成为衡量传播效果的基本标准。文学以其对美的追求、建构和表现满足了人类的审美需求,丰富着人类的精神世界及文化生活,并因此确立了自身存在的意义和价值。林译小说诞生于近代社会大变革中,读者接触林译小说,除了审美需要外,更主要的是为了开阔视野、了解新知。林纾深谙读者的心理,充分利用序跋的导购功能,使读者阅读序跋后进而对正文产生兴趣。因此序跋成为前期林译小说的重要组成部分,在林译小说的传播中发挥了巨大作用。

(一)序跋的情感表达与前期林译小说的传播

林译小说的序跋具有鲜明的特点,最突出的就是采用感情诱导法,善于以情动人。我们知道,如果在传播过程中能巧妙地触动读者的感情敏感区,并占领其情感领域,往往会使读者产生共鸣,获得较好的传播效果。林纾的女婿李家骥评价他"性格刚直不阿,性情耿直,感情丰富,崇尚气节,忠悫之诚,发于之性,勇于赴义,见不平恒愤起,故其文多为血性之作。他在青年时代,在里堂中就有狂生之称"。张僖为《畏庐文集》作序,称赞林纾"忠孝人也,为文出之血性"②。高梦旦为《畏庐三集》作序,颂扬林纾:"叙悲之作,音吐凄梗,令人不忍卒读;

---

① 李孝悌:《清末的下层社会启蒙运动:1900—1911》,石家庄:河北教育出版社2001年版,第15~16页。
② 张僖:《〈畏庐文集〉序》,见薛绥之、张俊才编:《林纾研究资料》,北京:知识产权出版社2010年版,第121页。

盖以血性为文章，不尽关学问也。"①陈敬之称"此则洵为相知至深和置评至当之论"。钱基博亦称其文："若《先妣事略》，若《周养庵簪灯纱织图记》，若《苍霞精舍后轩记》，若《先母陈太宜人玉环铭》，每于闲漫细琐之处，追叙其母，音吐凄梗，令人不忍卒读。盖文章通于性情，不尽关功力也。"②寒光说："我们如果读他文集里之关于家国和朋友的文章，便会看出这些都是一团血诚，可说字字都是从肺腑里溢出来的，并不是那些专门讲究浮夸和粉饰的腐化文字所可以比拟而相提并论的，无怪陈小蝶称赞他是'性情中之至人'！"③可见，林纾正是一个极富个性的性情中人。

林纾的这种至情至性，常常流露在他为译作所写的序跋里。他在《黑奴吁天录》的"序"中云："国蓄地产而不发，民生贫薄不可自聊，始以工食于美洲，岁致羡其家。彼中精计学者，患泻其银币，乃酷待华工以绝其来，因之黄人受虐，或加甚于黑人。而国力既弱，为侍者复馁慑，不敢与争。又无通人记载其事，余无从知之。而可据为前献者，独《黑奴吁天录》耳。……其中累述黑奴惨状，非巧于叙悲，亦就原书所著录者。触黄种之将亡，因而愈生其悲怀耳。方今嚣讼者已胶固不可喻譬，而倾心彼族者，又误信西人宽待其藩属，跃跃然欲趋而附之，则吾书之足以儆醒之者，宁云少哉？"他在该书的跋中继续陈说："余与魏君同译是书，非巧于叙悲以博阅者无端之眼泪，特为奴之势逼及吾种，不能不为大众一号。近年美洲厉禁华工……有书及'美国'二字，如犯国讳，捕逐驱斥，不遗余力。则谓吾华有国度耶？无国度耶？……国威之削，又何待言？今当变政之始，而吾书适成，人人归踯弃故纸，勤求新学，则吾书虽俚浅，亦足为振作志气，爱国保种之一助。"林纾的这些情感是基于所译小说的内容而产生的。《黑奴吁天录》讲述了美国黑奴汤姆和意里赛的故事。汤姆自幼被奴隶主阶级灌输宗教信仰，对主人忠

---

① 《民国丛书》第四编，第4094册1，上海：上海书店1992年版。
② 钱基博：《现代中国文学史》，武汉：华中师范大学出版社2011年版，第170页。
③ 参见寒光：《林琴南》。

贞、逆来顺受，最后却惨死于奴隶主的皮鞭下；女奴意里赛不甘于任人摆布的命运，奋起反抗，最终迎来自由。林纾的语言饱含着强烈的感情色彩，揭露了蓄奴制的残暴。这些投诸序跋及译文中的情感深深地感染了读者，灵石挟归并在灯下读《黑奴吁天录》，结果"涕泪汍澜，不可仰视"，虽然身体羸弱，但精神却为之振奋，他感受到林纾与魏易译书时"且泣且译，且译且泣"的情景，在《读〈黑奴吁天录〉》一文中写道："此书不独为黑人全种之代表，并可为全地球国之受制于异种人之代表也……我读《吁天录》，以我同胞之未至黑人之地位，我为同胞喜。我读《吁天录》，以我同胞国家思想淡薄，故恐终不免黑人之地位，我愈为同胞危。"①读者在看到《黑奴吁天录》中黑人的境遇时，往往会联想到我们黄种人，所以当他们为黑人而流泪时，心里想的正是黄种人的命运；他们为黑奴的不幸而痛哭，实际上抒发的是黄种人目前遭遇的痛苦。灵石因此希望国人每家都购置一部《黑奴吁天录》，希望读这本书的人，都能够体会其中的悲痛，为黑奴敢于抗争、不怕牺牲的壮举洒下热泪，希望以说书、演戏等为职业的人，用尽平生所长，竭力表现出这本书中所描绘的黑奴悲惨的命运、奴隶主残酷的手段，从而警醒我们的国民。孙宝瑄一直密切关注时局，早就感叹"中国既不能自平，欧洲列强必代平之，瓜分之局定矣。瓜分矣，则欧人必重抑吾民，重愚吾民，而黄种将为黑奴矣"②，他读《天演论》时，当看到外来物种入侵，导致旧种渐湮、新种迭盛，不禁掩卷而动色曰："诚如斯言，大地之上，我黄种及黑种、红种其危哉！"③这种强烈的危机感使他对《黑奴吁天录》一书感慨良多。光绪二十八年，孙宝瑄曾在日记中三次提到阅读《黑奴吁天录》："以美利坚极文明之邦，而黑奴之受苦惨酷至此，咄咄怪事！"④"此书写黑奴受虐情状，惨无天日，而黑奴中大有圣贤豪杰，其

---

① 灵石：《读〈黑奴吁天录〉》，见陈平原、夏晓虹编：《二十世纪中国小说理论资料》第一卷，北京：北京大学出版社1989年版，第117页。
② 孙宝瑄：《忘山庐日记》，上海：上海古籍出版社1983年版，第244页。
③ 孙宝瑄：《忘山庐日记》，上海：上海古籍出版社1983年版，第280页。
④ 孙宝瑄：《忘山庐日记》，上海：上海古籍出版社1983年版，第501页。

立志之坚，用心之平恕，如汤姆之为人，百世而下，闻风兴起矣。此书于愁惨悲苦之中，写出义夫、贞妇、孝子、仁人无涯际之情潮，时而悱恻缠绵，时而激昂壮厉，能令人悲，能令人喜。于是知此书之不可不读，而不忍卒读也。"①孙宝瑄出身仕宦之家，还能借这部小说而体察社会底层的悲惨生活，这正说明林译小说已引起了广泛的社会共鸣。

《黑奴吁天录》得以广泛传播，林纾在序跋中表达的强烈的"爱国保种"的思想感情起到了重要作用。这种情感也反映在其他林译作品的序跋中，如《伊索寓言》的"识语"中言："不入公法之国，以强国之威凌之，何施不可？此眼前见象也。但以檀香山之事观之，华人之怨，黑无天日，美为文明之国，行之不以为忤，列强坐观，不以为虐，彼殆以处禽兽者处华人耳。故无国度之惨，虽贤不录，虽富不齿，名曰贱种，践踏凌竞，公道不能稍伸，其哀甚于九幽之狱。吾同胞犹梦梦焉，吾死不瞑目矣！"《雾中人》的序中也强调了林纾的翻译动机："然而西班牙固不为强，尚幸而自立，我又如何者？美洲之失也，红人无慧，故受劫于白人。今黄人之慧，乃不后于白种，将甘为红人之逊于美洲乎？余老矣，无智无勇，而又无学，不能肆力复我国仇，日苞其爱国之泪，告之学生；又不已，则肆其日力以译小说，其于白人之蚕食斐洲，累累见之译笔。非好语野蛮也，须知白人可以并吞斐洲，即可并吞中亚……当知畏庐居士之翻此书……正欲吾中国严防行劫及灭种之盗也。"林纾认为，强国必须依靠学生，因此呼吁青年学生有志于国、以实业强国。他认为："事业之不讲，则所讲皆空言耳……畏庐，闽海一老学究也。少贱，不齿于人。今已老，无他长，但随吾友魏生易、曾生宗巩、陈生杜蘅、李生世中之后，听其朗诵西文，译为华语。畏庐则走笔记之。亦冀以诚告海内至宝至贵，亲如骨肉，尊如圣贤之青年学生读之，以振动爱国之志气。人谓此即畏庐实业也。……国能如称我之言，使海内挚爱之青年学生，人人归本于实业。则畏庐赤心为国之志，微微得伸，此或可谓实业耳。谨稽首顿首，望海内青年之学生，怜我老朽，哀而听

---

① 孙宝瑄：《忘山庐日记》，上海：上海古籍出版社1983年版，第502页。

之。……吾但有一日之命,即一日泣血以告天下之学生请治实业以自振。更能不死者,即强支此不死期内,多译有益之书以代弹词,为劝谕之助。"①翻译《不如归》时,林纾更在序中表示:"纾年已老,报国无日,故日为叫旦之鸡,冀吾同胞警醒,恒于小说序中抒其胸臆。非敢妄肆嗥吠,尚祈鉴我血诚!"②林纾不断地在译作的序跋中表达他的爱国情怀,这种反复正强调了这一信息的重要性,且增加了对读者的刺激强度,因此更容易引起读者的注意。连寒光都感叹道:"这些文字可以名为文字吗?其实每个字都是林氏的血泪凝成的!"③林纾的这一思想符合当时谋求救国方略的社会潮流,因此对林译小说的传播起到推波助澜的作用。

(二)序跋的求新求异与前期林译小说的传播

林译小说序跋的第二个特点是善于利用读者求新、求异的心理,积极传播西学,引进资本主义的物质文明与精神文明成果。自《巴黎茶花女遗事》问世起,林译小说就带上了明显的反封建的印记。该书中体现的西方个性解放、男女平等、人格独立的思想,令人耳目一新。林纾此时尚未意识到小说序跋的重要性,因此在该书的"小引"中只是简单地写道,"仲马父子文字,于巴黎最知名,《茶花女马克格尼尔遗事》尤为小仲马极笔"④。几年后,林纾在为《露漱格兰小传》作序时,回顾了当初翻译《茶花女》时多次掷笔而哭的情景:"以为天下女子性情,坚于士夫;而士夫中必若龙逄、比干之挚忠极义,百死不可挠折,方足与马克竞。"林纾给予妓女马克深切的同情及由衷的赞扬,正表明他具有民主

---

① 林纾:《爱国二童子传》"达旨",见薛绥之、张俊才编:《林纾研究资料》,北京:知识产权出版社2010年版,第101~102页。
② 林纾:《不如归》"序",见薛绥之、张俊才编:《林纾研究资料》,北京:知识产权出版社2010年版,第93页。
③ 寒光:《林琴南》,见薛绥之、张俊才编:《林纾研究资料》,北京:知识产权出版社2010年版,第177页。
④ 陈平原、夏晓虹编:《二十世纪中国小说理论资料》第一卷,北京:北京大学出版社1989年版,第24页。

与平等的思想。这种思想也引起了广大读者的共鸣。《巴黎茶花女遗事》在当时被称为外国的《红楼梦》,《国民日报》《春江花月报》等报纸多次刊登关于茶花女的诗文,也有不少私人日记、文集中都提到了这部书。近代出版家、教育家英敛之曾写道:"灯下阅《茶花女》事,有催魂撼魄之情,万念灰靡,不意西籍有如此之细腻。"①周瘦鹃认为,林译的《茶花女》"以美人碧血沁为词华"②,所以这成了他所创作的小说人物的案头必备之书。与林纾同时期的诗人、小说理论家邱炜蒉在《新小说品》中认为,此书"如初写《黄庭》,恰到好处"③,他还将该书与其他翻译小说作对比,并大加赞赏。他在《茶花女遗事》一文中写道:"余曩曾得见《时务报》译《滑震笔记》、《长生术》,皆冗沓无味;而《求是报》《菊花》小说有味矣,惜报中辍,小说未完。开卷惘惘,无以慰馋眼。年来忽获《茶花女遗事》。如饥得食,读之数反,泪莹然凝栏干。每于高楼独立,昂首四顾,觉情世界铸出情人,而天地无情,偏令好儿女以有情老,独令遗此情根,引起普天下各种情种,不如情生文耶?文生情耶?直如成连先生刺舟竟去时之善移我情矣。甚矣!言情小说之亦不易为也。"④茶花女的故事对国人的影响由此可见一斑。当时还有人模仿《茶花女》而写出了《新茶花》,引起了林纾的不满,其实这种模仿就从侧面印证了《巴黎茶花女遗事》的畅销。苏曼殊曾动过重译《巴黎茶花女遗事》的念头,因茶花女爱食摩尔登糖,所以这糖也成了他平时不离口的,"一次没有钱购买,便把所镶的金齿变了钱买若干瓶,自号糖僧"⑤,爱屋及乌到这个地步,恰好说明了这部书极富感染力。

《巴黎茶花女遗事》的成功使林纾意识到爱情小说在宣传新思想方

---

① 方豪编录:《英敛之先生日记遗稿》,见沈云龙编:《近代中国史料丛刊续编》(第三辑),台北:文海出版社 1974 年版,第 319 页。
② 周瘦鹃:《断肠日记》,转引自杨义:《中国现代小说史》第一卷,北京:人民文学出版社 1986 年版,第 42 页。
③ 载《新小说丛》1907 年第 1 期。
④ 参见陈平原、夏晓虹编:《二十世纪中国小说理论资料》第一卷,北京:北京大学出版社 1989 年版,第 30 页。
⑤ 郑逸梅:《南社丛谈》,上海:上海人民出版社 1981 年版,第 174 页。

面所发挥的作用,于是他又翻译了《迦茵小传》。林纾在为该书写的"小引"中介绍了翻译的起因:"余客杭州时,即得海上蟠溪子所译《迦茵小传》,译笔丽赡,雅有辞况。迨来京师,再购而读之,有天笑生一序,悲健做楚声……书佚其前半篇,至以为憾。甲辰岁译哈葛德所著《埃司兰情侠传》及《金塔剖尸记》二书,则《迦茵全传》赫然在《哈氏丛书》中也,即欲邮致蟠溪子,请足成之,顾莫审所在。……特哈书精美无伦,不忍听其沦没,遂以七旬之力译成,都十三万二千言;于蟠溪子原译,一字未敢轻犯,示不掠美也。佛头著粪,狗尾续貂。想二君都在英年,当不嗤老朽之妄诞也。"①林译《迦茵小传》掀起了轩然大波。原来蟠溪子故意省去有违封建礼教的迦茵未婚先孕的情节,而林译中却大胆地还原了事情的真相。寅半生在读了《迦茵小传》的两种译本之后,认为蟠溪子译本使迦茵身价倍增,而林纾的译本则败坏了迦茵的声誉。他愤然写道:"迦茵何不幸而复得林畏庐为之暴其行而贡其丑,而使读《迦茵小传》者,咸轻薄夫迦茵也。……吾辈未见原书,不知原书之何若,凡蟠溪子苦心孤诣而曲为迦茵讳者,又孰从而知之?得林氏足本,而后蟠溪子译本之佳处彰焉,而后蟠溪子译书之苦心见焉……"②鲁迅一针见血地指出,寅半生顾忌迦茵有私生子,所以故意不译下册,这件事就很能反映那时社会上对于婚姻的见解了。③ 林译小说在当时非常流行,郭沫若也很喜欢阅读,他最开始读的就是林纾翻译的《迦茵小传》,他还曾为女主人公迦茵流下了大量同情的眼泪。他说:"我很爱怜她,我也很羡慕她的爱人亨利。当我读到亨利上古塔去替她取鸭雏,从古塔的顶上坠下,她张着两手去接受他的时候,就好像我自己是从凌云山上的古塔顶坠下来了的一样。我想假使有那样爱我的美好的迦茵姑娘,我就从

---

① 陈平原、夏晓虹编:《二十世纪中国小说理论资料》第一卷,北京:北京大学出版社1989年版,第138页。

② 寅半生:《读〈迦茵小传〉两译本书后》,载《游戏世界》1907年第11期,参见陈平原、夏晓虹编:《二十世纪中国小说理论资料》第一卷,北京:北京大学出版社1989年版,第228~230页。

③ 参见鲁迅:《上海文艺之一瞥》,见《鲁迅全集》第4卷,北京:人民文学出版社1981年版,第294页。

凌云山的塔顶坠下,我就为她而死,也很甘心。"①从这段话不难看出,郭沫若是赞同林译中折射出来的现代情爱观念的。《迦茵小传》的"小引"也让读者明晓了林纾翻译的动机,知道林纾冒着被舆论指责的风险翻译此书,也在客观上激发了读者的兴趣。读者围绕两种《迦茵小传》产生的争议,恰恰在一定程度上提升了这本小说的知名度,收到了很好的传播效果。《茶花女》和《迦茵小传》都是以女性为中心,林纾歌颂纯洁、忠贞的爱情,赞美执着、专情的女性,他还在《红礁画桨录》的"序"中呼吁婚姻自由,他的这些见解冲破了一些传统道德观念的束缚,这些大胆的言论得到了陈子展的肯定,认为林纾"虽颇有几分头巾气,却肯翻译这种东西,还敢讪笑假道学。他说:'宋儒嗜两庑之冷肉,宁拘挛曲跼其身,尽日作礼容,虽心中私念美女,颜色亦不敢少动,则两庑之冷肉荡漾于前也。'(橡湖仙影·序)这是他比一般迂腐的老夫子究竟要高明的地方"②。林纾敢于挣脱封建桎梏的勇气,充分体现在他所翻译的小说和他为小说所写的序跋里,这也为林译小说增添了独特的魅力。

林纾在序跋中还大力抨击守旧态度,提倡西学,表现出锐意革新的思想。他在《斐洲烟水愁城录》的"序"中做了这样的对比:"欧人志在维新,非新不学,即区区小说之微,亦必从新世界中着想,斥去陈旧不言。若吾辈酸腐,嗜古如命,终身又安知有新理耶"③,在《英孝子火山报仇录》的"序"中担忧地谈道:"勋阀子弟有终身不近西学,宁钻求于故纸者。故勋阀子弟为仕至速,秉政亦至易。若秉政者斥西学,西学又乌能昌!"④他认为"不合群向学,彼西人将以一童子牧我矣"⑤。为排

---

① 郭沫若:《少年时代》,北京:人民文学出版社1979年版,第113页。
② 陈子展:《中国近代文学之变迁 最近三十年中国文学史》,上海:上海古籍出版社2000年版,第194~195页。
③ 陈平原、夏晓虹编:《二十世纪中国小说理论资料》第一卷,北京:北京大学出版社1989年版,第141页。
④ 陈平原、夏晓虹编:《二十世纪中国小说理论资料》第一卷,北京:北京大学出版社1989年版,第138页。
⑤ 《伊索寓言》"识语",见林薇:《百年浮沉:林纾研究综述》,天津:天津教育出版社1990年版,第176页。

一、前期林译小说的序跋与传播效果

除在守旧派中普遍存在的反对西学的思想，林纾翻译了《英孝子火山报仇录》。书名中的"孝子"二字似在宣扬封建孝道，实际上林纾却用"旧瓶装新酒"，借此在"序"中表达自己的观点。他首先解释了国人以为欧人无孝子的原因："宋儒严中外畛域，几秘惜伦理为儒者之私产。其貌为儒者，则曰：'欧人多无父，恒不孝于亲。辗转而讹，几以欧洲为不父之国。间有不率子弟，稍行其自由于父母教诲之下，冒言学自西人，乃益证实其事。于是，吾国父兄始疾首痛心于西学，谓吾弟子宁不学，不可令其不子"，并说明本书言英国孝子报仇的故事，进而感叹"须知孝子与叛子，实杂生于世界，不能右中而左外也。今西学流布中国，不复周遍，正以吾国父兄斥其人为无父，并以其学为不孝之学。……封一隅之见，沾沾以概五洲万国，则盲论者之言也"，最后亮明自己的写作意图："忠孝之道一也，知行孝而复母仇，则必知矢忠以报国耻。"①小说中的孝子汤麦司为亲人报了仇，林纾希望国人能像汤麦司那样有志气，奋起而为国雪耻。林纾的这篇序文从阐释普世的人性伦理方面入手，结合小说的情节进行论证，有力地扫除了西学传播过程中遭遇的思想障碍。他进而抨击专制政体，借墨西哥亡国之事抒发感慨："墨之亡，亡于君权尊，巫风盛，残民以逞，不恤附庸，恃祝宗以媚神，用人祭淫昏之鬼；又贵族用事，民愈贱而贵族愈贵。"②他还在《爱国二童子传》"达旨"中呼吁君主立宪："若立宪制政体，平民一有爱国之心，及能谋所以益国者，即可立达于议院。故郡县各举代表入为议员，正以此耳。若吾国者，但恃条陈。条陈者，大府所见而头疼者也。平心而论，所谓条陈，皆爱身图进之条陈，非爱国图强之条陈也。嗟夫！变法何年？立宪何年？上天果相吾华，河清尚有可待。"

---

① 陈平原、夏晓虹编：《二十世纪中国小说理论资料》第一卷，北京：北京大学出版社1989年版，第139页。
② 林纾：《英孝子火山报仇录》"译余余语"，转引自林薇：《百年浮沉：林纾研究综述》，天津：天津教育出版社1990年版，第182页。

(三)序跋的类比策略与前期林译小说的传播

林译小说序跋的第三个特点是善于运用类比的策略,对外国文学及文化知识进行审美体验及阐释。林纾同时代的老棣说,"自文明东渡,而吾国人亦知小说之重要,不可以等闲观也,乃易其浸淫'四书'、'五经'者,变而为购阅新小说……惜夫前著无多,今日尚多乞灵于译本耳"①。徐念慈曾总结,林译小说的读者"其百分之九十,出于旧学界而输入新学说者,其百分之九,出于普通之人物,其真受学校教育,而有思想、有才力、欢迎新小说者,未知满百分之一否也"②。王宏志也认为,广大读者群的形成是近代翻译小说繁荣的重要条件,"这些读者,包括旧知识分子、新知识分子和市民。旧知识分子中的相当一部分人,除了旧学以外,也开始接触新学,阅读翻译小说。学堂的设立,造就了一大批新知识分子(包括在校学生)。他们是翻译小说的忠实读者"③。林纾并非站在资产阶级启蒙主义者的立场,而是站在开明的士大夫文人的立场上来谈论近代现实主义文艺。由于读者具有较高的知识文化水平,他们阅读翻译小说就不仅仅是为了娱乐,更有了解外国文学与文化的目的。林纾掌握了读者求知的心理,用开放的、兼容并包的眼光,超越了国家的畛域,在所译小说的序跋中多次比较外国文学与中国文学的异同,积极向读者介绍外国作家,在跨文化传播方面做出了贡献。

据不完全统计,林纾所撰写的序跋中,引用的中国传统的文史著作颇多,除了《左传》《史记》《汉书》《南史》《北史》《资治通鉴》等,还有《嘉定屠城记》《扬州十日记》,以及《列子》《潜夫论》《洞冥记》《刘子新

---

① 老棣:《文风之变迁与小说将来之位置》,载《中外小说林》1901年第6期,载陈平原、夏晓虹编:《二十世纪中国小说理论资料》第一卷,北京:北京大学出版社1997年版,第206~207页。

② 陈平原、夏晓虹编:《二十世纪中国小说理论资料》第一卷,北京:北京大学出版社1997年版,第336页。

③ 王宏志:《翻译与创作——中国近代翻译小说论》,北京:北京大学出版社2000年版,第48~49页。

论》《谐谑录》《独异记》《谈笑录》《轩渠录》《拊掌录》《艾子杂说》《投辖录》《酉阳杂俎》《太平广记》《封神演义》《西游记》《水浒传》《聊斋志异》《石头记》《孽海花》《文明小史》《官场现形记》等，此外还引用过陶潜、杜甫等人的诗歌。这也从侧面表明林纾的比较是在一个较宽的视域下进行的，这样的规模足以吸引读者的注意。

首先，林纾比较了中外小说的内容、题材，提倡了一种"为下等社会写照"的文学观念。《贼史》的"序"中提到"迭更斯极力抉摘下等社会之积弊，作为小说，俾政府知而改之。……顾英之能强，能改革而从善也。吾华从而改之，亦正易易。所恨无迭更斯其人。能举社会中积弊，著为小说，用告当事或庶几也"①，1907年商务印书馆出版的《孝儿耐女传》的"序"中说，"天下文章，莫易于叙悲，其次则叙战，又次则宣述男女之情。等而上之，若忠臣、孝子、义夫、节妇，决脰溅血，生气凛然。苟以雄深雅健之笔施之，亦尚有其人。从未有刻画市井卑污龌龊之事，至于二三十万言之多。……则迭更斯盖以至清之灵府，叙至浊之社会，令我增无数阅历，生无穷感喟矣"②。林纾认为，《石头记》是中国小说创作的最高成就，布局精细而严密，笔触细腻，语言华丽，令人望而观止。《石头记》除了描述人间的富贵生活与人情盛衰，还穿插了对清客、村妪、小人与败子的描写。在林纾看来，《石头记》称得上是善于体物，但它的重心还是贵族阶级，而迭更司（狄更斯）"扫荡名士美人之局，专为下等社会写照，奸狯驵酷，至于人意所未尝置想之局，幻为空中楼阁，使观者或笑或怒，一时颠倒至于不能自已。则温馨之邃曲，宁可及耶？余尝谓古文中叙事，惟叙家常平淡之事为最难着笔。《史记·外戚传》述窦长君之自陈，谓'姊与我别逆旅中，丐沐沐我，饭我乃去'。其足生人惋怆者，亦只此数语。……以史公之书，亦不专为家常之事发也。今迭更司，则专意为家常之言，而又专写下等社会家常

---

① 陈平原、夏晓虹编：《二十世纪中国小说理论资料》第一卷，北京：北京大学出版社1997年版，第330页。

② 陈平原、夏晓虹编：《二十世纪中国小说理论资料》第一卷，北京：北京大学出版社1997年版，第272页。

之事，其用意着笔为尤难"①，他还认为，中国自李伯元后，只有孟朴及老残二君能像迭更司（狄更斯）那样为下等社会写照，效仿吴道子来描绘地狱变相。这些文字充分体现了林纾关注现实、重视底层人民的文学态度。我们知道，文学作品之所以能感染人，是因为文学乃"人学"，是以人为对象，表现人的思想感情、描绘人的现实生活、追寻人生的意蕴，而我国传统的文学观念都是庙堂文学，带有浓重的政治功利色彩，小说家们描写的都是高高在上的英雄人物或者名士美人，对社会底层人民的生活与情感不屑一顾。梁启超倡导小说界革命，主张以"新小说"来"新一国之民"，但功利性太强，并高估了政治小说的能量，以为政治小说这种媒介拥有不可抵抗的强大力量，他们所传递的信息在读者身上就像子弹击中躯体、药剂注入皮肤一样，可以起到直接速效的反应，认为它们能左右读者的意见和态度，甚至支配他们的行动。② 事实上，由于忽略了小说的文学性，梁启超推崇的小说缺乏艺术感染力，因此并未收到预期的效果。林纾不满于"吾国小说中人物，始由患难，终以得官为止境。乐一人之私利，无益于国家"③，将目光投向平民，他翻译与介绍的文学作品充满对普通人的关怀及对人自身价值的肯定，反而起到了思想启蒙的作用。

其次，林纾对中外作家、作品风格进行了对比与介绍。当时小说界有一种风气，即喜欢简单地用外国小说来附会中国小说，"所以译了《迦茵小传》，当泰西《非烟传》、《红楼梦》看；译了《鬼山狼侠传》，当泰西《虬髯传》、《七侠五义》看"④。林纾则不同，他对中外作家与作品进行了详细的解读，并指出他们的异同。他在《孝儿耐女传》的"序"中

---

① 陈平原、夏晓虹编：《二十世纪中国小说理论资料》第一卷，北京：北京大学出版社1989年版，第272页。

② 参见郭庆光：《传播学教程》，北京：中国人民大学出版社1999年版，第193页。

③ 《爱国二童子传》"达旨"，见薛绥之、张俊才编：《林纾研究资料》，北京：知识产权出版社2010年版，第102页。

④ 周作人：《再论黑幕》，转引自陈子展：《中国近代文学之变迁　最近三十年中国文学史》，上海：上海古籍出版社2000年版，第55页。

叙述:"予尝静处一室,可经月,户外家人足音颇能辨之了了,而余目顾未之接也。今我同志数君子,偶举西士之文字示余,余虽不审西文,然日闻其口译,亦能区别其文章之流派,如辨家人之足音。其间有高厉者,清虚者,绵婉者,雄伟者,悲哽者,淫冶者……"①他认为,迭更司(狄更斯)"俗中有雅,拙而能韵,令人挹之不尽。且前后关锁,起伏照应,涓滴不漏。言哀则读者哀,言喜则读者喜,至令译者啼笑间作,竟为著者作傀儡之丝矣"。林纾将施耐庵的《水浒传》与《块肉余生述》对比,认为施耐庵在人物形象刻画方面多有重复,叙家常琐事时恹恹生人睡魔,而迭更司(狄更斯)"能化腐为奇,撮散作整,收五虫万怪,融汇之以精神"②。他在翻译《拊掌录》时,对作者华盛顿·欧文的风格也有深刻的体会:"试观其词,若吐若茹,若诵若讽,而满腹牢骚,直载笔墨俱出"③"大凡严风雪散中,其中正蕴一番秾春之信,身当其境,但患隆冬,不知跬步所趋,已渐向阳春而去。一到了花明柳媚时,则春光尽泄,咀嚼转无余味……欧西今日之文明,正所谓花明柳媚时矣……长日为欢,而真意已漓。欧文华盛顿,有学人也,感时抚夕,故生此一番议论。须知天下守旧之谈,不尽出之顽固,而太初风味,有令人寻觅不尽者,如此类是也"④"欧文者,古之振奇人也,能以滑稽之语,发为伤心之言;乍读之,初不觉其伤心,但目以为谐妙,则欧文盖以文章自隐矣"⑤。翻译《伊索寓言》时林纾也不禁做了这样的对比:"伊索为书,不能盈寸,其中悉寓言。夫寓言之妙,莫吾蒙庄若也。特其书精深,于蒙学实未有裨。尝谓天下不易之理,即人心之公律。……伊索氏之书,阅历有得之书也,言多诡托草木禽兽之相酬答,味之弥有至理。……严君潜、伯玉兄弟,适同舍,审余独嗜西籍,遂出此书,日举数则,余即

---

① 陈平原、夏晓虹编:《二十世纪中国小说理论资料》第一卷,北京:北京大学出版社1989年版,第272页。
② 林纾:《块肉余生述》前编"序",见陈平原、夏晓虹编:《二十世纪中国小说理论资料》第一卷,北京:北京大学出版社1989年版,第326页。
③ 《记英伦风物》"跋语"。
④ 《耶苏圣节》"跋语"。
⑤ 《旅行述异》"序"。

笔之于牍，经月书成。有或病其书类《齐谐》小说者，余曰：小说克自成家者，无若刘纳言之《谐谑录》、徐恺之《谈笑录》、吕居仁之《轩渠录》、元怀之《拊掌录》、东坡之《艾子杂说》。然专尚风趣，适资以侑酒，任为发蒙，则莫逮也。余非黜华伸欧，盖欲求寓言之专作，能使童蒙闻而笑乐，渐悟乎人心之变幻、物理之歧出，实未有如伊索氏者也。"①可见，他认为中国唐宋小说在内容的科学性及社会价值方面还是有所欠缺的。林纾对中西小说风格的对比同样体现在《红礁画桨录》的"译余剩语"中："西人小说，即奇恣荒眇，其中非寓以哲理，即参以阅历，无苟然之作。西小说之荒眇无稽，至《葛利佛》极矣。然其言小人国、大人国之风土，亦必兼言其政治之得失，用讽其祖国。此得谓之无关系乎？若《封神传》、《西游记》者，则真谓之无关系矣。"②林纾认为，《封神演义》《西游记》之类的小说与现实没有关系，这一观点确实值得商榷，但他从中流露出的现实主义的创作态度，同样是不能被忽略的。林纾凭借艺术直觉，将多种风格的作家和作品介绍给了中国读者，为人们比较中西文学创造了便利的条件。

最后是对中外小说叙事模式及描写技巧进行对比。林译小说的序跋中，既有对西方作家叙事简洁的赞美："古人为书，能积至十二万言之多，则其日月必绵久，事实必繁夥，人物必层出；乃此篇为人不过十五，为日同之，而变幻离合，令读者若历十余稔之久，此一妙也"③，也有称赞小说细节刻画详细的："此书情节无多，寥寥百余语，可括东贝家事，而迭更司先生叙至二十五万言，谈谐间出，声泪俱下。言小人则曲尽其毒螫，叙孝女则直揭其天性。至描写东贝之骄，层出不穷，恐吴道子之画地狱变相不能复过，且状人间阘茸诡佞者无遁情矣。"④还有

---

① 《伊索寓言》"序"。
② 陈平原、夏晓虹编：《二十世纪中国小说理论资料》第一卷，北京：北京大学出版社1989年版，第166~167页。
③ 林纾：《撒克逊劫后英雄略》"序"，见陈平原、夏晓虹编：《二十世纪中国小说理论资料》第一卷，北京：北京大学出版社1989年版，第144页。
④ 林纾：《冰雪因缘》"序"，见陈平原、夏晓虹编：《二十世纪中国小说理论资料》第一卷，北京：北京大学出版社1989年版，第350页。

认为外国小说布局奇特、与《左传》相同的:"凡小说家立局,多前苦而后甘,此书反之。然叙述岛中天然之乐,一花一草皆涵无怀、葛天时之雨露,又两小无猜,往来游衍于其中,无一语涉及纤亵者,用心之细,用笔之洁,可断其为名家。中间着入一祖姑,即为文字反正之枢纽。余尝论《左传·楚文王伐随》,前半写一'张'字,后半落一'惧'字,张与惧反,万不能在咄嗟间撤去张字,转入惧字,幸中间插入'季梁在'三字,其下轻轻将张字洗净,落到'随侯惧而修改,楚不敢伐'。今此书写葳晴在岛之娱乐,其势万不能归法,忽插入祖姑一笔,则彼此之关窍已通,用意同于左氏,可知天下文人之脑力,虽欧亚之隔,亦未有不同者"。这些评论既指引读者领略了外国文学的妙处,也加深了对中国文学的认识。

林纾在《块肉余生述》前编序中谈到了"锁骨观音"的技巧,认为值得借鉴:"此书为狄更司生平第一著意之书,分前、后二篇,都二十余万言,思力至此,臻绝顶矣。古所谓锁骨观音者,以骨节钩联,皮肤腐化后,揭而举之,则全具锵然,无一屑落者。方之是书,则固赫然其为锁骨也。大抵文章开阖之法,全讲骨力气势,纵笔至于灏瀚,则往往遗落其细事繁节,无复检举,遂令观者得罅而攻。此固不为能文者之病,而精神终患弗周。迭更司他著,每到山穷水尽,辄发奇思,如孤峰突起,见者耸目。终不如此书伏脉至细,一语必喻微旨,一事必种远因。手写是间,而全局应有之人,逐处涌现,随地关合。虽偶尔一见,观者几复忘怀,而闲闲着笔间,已近拾即是,读之令人陡然记忆,循编逐节以索,又一一有是人之行踪,得是事之来源。综言之,如善弈之著子,偶然一下,不知后来咸得其用,此所以成为国手也。"①他对迭更司(狄更斯)的文学水平赞不绝口,认为"迭更司先生临文如善弈之着子,闲闲一置,殆千旋万绕,一至旧着之地,则此着实先敌人,盖于未胚胎之前已伏线矣。惟其伏线之微,故虽一小物、一小事,译者亦无敢弃掷而

---

① 林纾:《块肉余生述》前编"序",见陈平原、夏晓虹编:《二十世纪中国小说理论资料》第一卷,北京:北京大学出版社1989年版,第326页。

删节之,防后来之笔旋绕到此,无复叫应",还比较了迭更司(狄更斯)之文与《左传》《史记》的特点:"左氏之文,在重复中能不自复;马氏之文,在鸿篇巨制中,往往潜用抽换埋伏之笔而人不觉;迭更氏亦然。虽细碎芜蔓,若不可收拾,忽而井井胪列,将全章作一大收束,醒人眼目"①。林纾的观点也得到了与他同时代的翻译家周瘦鹃的认同:"却而斯迭更司先生,为英国小说家第一作手,其所著书,凡数十种,全世界之好其书者,殆一万万人,几欲登小说界之宝座,南面称皇帝矣……其书多鸿篇巨制,而以《块肉余生述》为第一得意之作。"②林纾所进行的比较,拓宽了读者的视野,对社会进步起到了积极作用。阿英曾评价林纾"使中国知识阶级接近了外国文学,从而认识了不少的第一流的作家,使他们从外国文学里学习,以促进本国文学的发展"③,这种说法是客观公允的。

二、前期林译小说的翻译策略与传播效果

林纾在《〈译林〉序》中说过:"译书之难,余知之最深。……光绪戊戌,余友郑叔恭,就巴黎代购得《拿破仑第一全传》二册,又法人所译《俾斯麦全传》一册。……问之吾友魏君、高君、王君,均谢非史才,不敢任译书,最后询之法人迈达君,亦逊让未遑。余究其难译之故,则云:外国史录,多引用古籍,又必兼宗各国语言文字而后得之。余乃请魏君、王君,撮二传之大略,编为大事记二册,存其轶事,以新吾亚之耳目。"④林纾这段话充分说明译书的艰难:如翻译《拿破仑第一全传》《俾斯麦全传》这样的书,译者不仅要精通法语,还要兼懂各国语言文

---

① 林纾:《冰雪因缘》"序",见陈平原、夏晓虹编:《二十世纪中国小说理论资料》第一卷,北京:北京大学出版社1989年版,第350页。
② 蒋瑞藻编:《小说考证·附续编拾遗》,北京:古典文学出版社1957年版,第451页。
③ 阿英:《晚清小说史》,北京:人民文学出版社1980年版,第182页。
④ 陈平原、夏晓虹:《二十世纪中国小说理论资料》第一卷,北京:北京大学出版社1989年版,第26页。

字，不仅要具备足够的语言能力，更要读得懂外国古籍，了解外国的历史与文学、文化。成功的小说翻译，必然在语言、文学、文化这三个层面都表现出了很高的水平。林译小说之所以得到广泛传播，就有赖于林纾使用浅近的文言、选择合适的题材、采取恰当的归化和异化手段等翻译策略。

(一) 文言策略与前期林译小说的传播

清朝末期，维新派提出"小说界革命"的口号，受到文学界有识之士的广泛欢迎，小说逐渐成为文学的重要组成部分。这种现象也多次引起那时文人的关注。正如钟骏文(寅半生)所指出的："十年前之世界为八股世界，近则忽变为小说世界，盖昔之肆力于八股者，今则斗心角智，无不以小说家自命。"① 黄人也曾说："昔之视小说也太轻，而今视小说又太重也。"② "新小说"理论包含两方面的内容：一是对"旧小说"诲淫诲盗的批判；二是对"新小说"觉世新民的赞赏，而这些实际上都源于传统观念中的小说关乎世道人心的古训，只不过因为有了欧美、东瀛借政治小说变革现实改良群治的参照，小说从不入流的小道一跃而为最上乘的文学，大批士大夫也成为小说的作者与读者。③ 这些士大夫有文化、有闲暇、有财力，一旦对小说产生兴趣，自然极大地开阔了小说的市场。我们知道，中国古代的白话小说和文言小说本是并行不悖的，各自拥有不同的作者圈和读者群，但随着清末外国小说及小说观念的输入，士大夫成为晚清小说的作者与读者，就不可避免地将这一阶层的价值观念、文化修养、语言特色等带入小说，使原本难登大雅之堂的小说在题材、语言、内容等方面呈现出一些"雅"的特点，这也促使士大夫们开始从新的角度来思考小说文体。

用文言文翻译是近代译界的惯常做法，因为"风气渐通，士知拿陋

---

① 寅半生：《小说闲评叙》，载《游戏世界》1906年第1期。
② 黄人：《小说林发刊词》，载《小说林》1907年第1期。
③ 此处引文参见陈平原：《小说史：理论与实践》，北京：北京大学出版社2010年版，第210页。

为耻；西学之事，问涂日多。然亦有一二巨子訑然谓彼之所精不外象数形下之末，彼之所务不越功利之间；逞臆为谈，不咨其实。讨论国闻，审敌自镜之道，又断断乎不如是也"①，为了让士大夫阶层看得起译本，只有用古文译书，这样做"正如前清官僚戴着红顶子演说，很能抬高译书的身价，故能使当日古文大家认为'骎骎与晚周诸子相上下'"②，译者最终选用文言文翻译文学作品也就不足为怪了。以拜伦的诗歌《哀希腊》为例，当时马君武用七言古诗体译，苏曼殊用五言古诗体译，而胡适用离骚体来译，这说明用古文翻译文学作品已经成了译者共同的选择。就翻译小说而言，立即改用白话文也还不太现实。中国文人长期接受文言文训练，以文言文为文坛正宗，并且关注文言小说独特的文学价值及审美功能。20世纪前后的读者几乎都习惯性地认为文言文学才是正统，而桐城派等以古文见长的学派影响力仍旧很大，《天演论》之所以深受读者推崇，与严复古雅的译文不无关系。这些都充分说明传统的以雅为美的诗学理念在清末的中国文坛还占据着主导地位。此外，用白话文来翻译确实存在不少困难，浅近的白话文还不足以用来表达深刻而复杂的现代思想，在表达情感方面也有一定的限制。提倡新小说的梁启超认为："文学之进化有一大关键，即由古语之文学变为俗语之文学是也。各国文学史之开展，靡不循此轨道。"③他也曾打算和罗普用文言翻译《十五小豪杰》，但译了几回便颇感不易，只好参用文言，收到了劳半功倍的效果，他由此感叹："语言、文字分离，为中国文学最不便之一端，而文届革命非易言也。"④可见，用白话译小说并非易事。再加上林纾又是古文大家，一直认为"吾中国百不如人，独文字一门，差足自

---

① 陈子展：《中国近代文学之变迁　最近三十年中国文学史》，上海：上海古籍出版社2000年版，第85页。
② 胡适评价严复用古文翻译《天演论》，参见寒光的《林琴南》。
③ 《小说丛话》，载《新小说》1903年第7号。
④ 《十五小豪杰》第四回末"译后语"，光绪二十八年三月十五日《新民丛报》第六号，转引自陈大康：《晚清小说与白话地位的提升》，载《文学评论》2011年第4期。

立"①,因此用文言文来翻译小说也就成了他必然的选择。

1908年,《小说林》的编辑主任徐念慈曾撰文指出当时文言小说比白话小说的销售量要多,并仔细分析了当时小说购买者的情况,认为"出于旧学界而输入新学说"的读者占绝大多数,并评价:"林琴南先生,今世小说之泰斗也,问何以崇拜者众?则以遣词缀句,胎息史汉,其笔墨古朴顽艳,足占文学界一席而无愧色。然试问此等知音,可责诸高等小学卒业者乎?遑论初等。可责诸章句帖括冬烘头脑者乎?遑论新学……"②苦海余生在《论小说》一文中曾提到:"琴南说部译者为多,然非尽人可读也……琴南之小说不止凌轹唐、宋,俯视元、明,抑且上追汉、魏。后生小子,甫能识丁,令其阅高古之文字,有不昏昏欲睡者乎?故曰琴南之小说非尽人可读。"③胡适也认为:"平心而论,林纾用古文做翻译小说的试验,总算是很有成绩的了。古文不曾做过长篇的小说,林纾居然用古文译了一百多种长篇的小说。古文里很少滑稽的风味,林纾居然用古文译了欧文与狄更斯的作品。古文不长于写情,林纾居然用古文译了《茶花女》与《迦茵小传》等书。古文的应用,自司马迁以来,从没有这么大的成绩。"④林纾用文言翻译小说的功劳也得到范烟桥的肯定。1927年,范烟桥在《中国小说史》中就谈道:"殆林琴南以古文曲书域外小说之精髓,而翻译小说遂占一时代大部分之势力。"⑤

以上论断都说明林纾使用古文来翻译。实际上,林纾在翻译小说时,使用的绝不是传统意义上的古文。古文历来追求语言的纯正与雅洁,桐城派的代表人物方苞曾有感于古文义法不讲久矣,强调古文中

---

① 《拊掌录》"跋"。
② 陈平原、夏晓虹:《二十世纪中国小说理论资料》第一卷,北京:北京大学出版社1989年版,第336页。
③ 陈锦谷:《林纾研究资料选编》,福州:福建文史研究馆2008年版,第26页。
④ 胡适:《最近五十年之文学史》。
⑤ 范烟桥:《中国小说史》,苏州:苏州秋叶社1927年版,第228页。

"不可入语录中语、魏晋六朝人藻俪俳语、汉赋中板重字法、诗歌中隽语、南北史佻巧语"①。仔细阅读林译小说，会发现其中有不少不雅洁的佻巧语、艳词，还有为数不少的白话口语和外来词，正如钱锺书所总结的"林纾是古文家，他的朋友们称他能用'古文'来译外国小说……后来的评论者也都那样说。这个问题似乎需要澄清。'古文'是中国文学史上的术语，自唐以来，尤其在明、清两代，有特殊而狭隘的涵义。并非一切文言都算'古文'。同时，在某种条件下，'古文'也不一定跟白话对立"②，"林纾译书所用文体是他心目中认为较通俗、较随便、富于弹性的文言，它虽然保留若干'古文'成分，但比'古文'自由得多。在词汇和句法上规矩不严密，收容量很宽大"③。林纾采用了较为通俗的文言小说和笔记体，且保留古文的部分成分，译笔既简洁又文雅，因此受到广大读者的称赞。周作人就认为，林译小说引他到西洋文学里去，并使他渐渐觉到文言的趣味，他"那时的国文时间实际上都用在看这些东西上面……从《茶花女》起，到《黑太子南征录》止，这其间所出的小说几乎没有一册不买来读过"④。曾朴在1928年写给胡适的信中也曾回忆："畏庐先生拿古文笔法来译欧美小说的古装新剧出幕了。我看见初出的几本英国司各脱的作品，都是数十万字的巨制，不到几个月，联翩的译成，非常的喜欢，以为从此吾道不孤，中国有系统的翻译实业定可在他身上实现了。每出一种，我总去买来看看。"⑤林译小说能在清末民初大行其道，正可以说明林纾翻译时使用的语言形式在最大程度上满足了当时绝大多数读者的阅读习惯、审美心理以及阅读期待。当然，也有读者不满于林纾使用文言翻译所有的文学作品，如《鲁滨孙飘流记》和《爱国二童子传》，"不用白话，而用文

---

① 钱锺书等：《林纾的翻译》，北京：商务印书馆1981年版，第37页。
② 钱锺书等：《林纾的翻译》，北京：商务印书馆1981年版，第36页。
③ 钱锺书等：《林纾的翻译》，北京：商务印书馆1981年版，第39页。
④ 周作人：《知堂文集·我学国文的经验》，转引自薛绥之、张俊才编：《林纾研究资料》，北京：知识产权出版社2010年版，第233页。
⑤ 《曾朴致胡适信》，见《胡适文存三集》，上海：亚东图书馆1930年版，第1133页。

二、前期林译小说的翻译策略与传播效果

言,其意在专饷儿童,而文则非儿童所能解,此译者之过也。吾闻《飘流记》一书……译者有三,一载《大陆报》(清光绪乙巳间丛报),二名《绝岛飘流记》,三林琴南译本。前二者文字不雅驯,殊非佳构;林译又嫌过深,失著此书者之本意"①,尽管如此,我们还是能从这段话中看出,当时是以"文字雅驯"为翻译的基本要求,而且林纾在翻译《鲁滨孙飘流记》和《爱国二童子传》时,并不是专以儿童为读者对象的,因此这样的评价未免有求全责备之嫌。

(二)文学策略与前期林译小说的传播

中国的旧式小说宣扬了状元宰相、才子佳人、江湖盗贼的思想,梁启超认为,这是中国群治失败的总根源,因此提倡小说界革命②。清末民初之际,大量外国小说被翻译进来,实际情况却是"译本仿佛是看活动影戏……看者只是要看点'情节奇离'的小说,而译者也只把那些小说译出来;所以柯南道尔、哈葛德、霍桑的侦探小说、神怪小说大批的翻译过来……我们只看民国二三年时的小说大都加上'奇情小说'、'言情小说'、'苦情小说'等等广告式的奇怪的标目,便可知那时看者的心理和译者的心理了"③。客观地说,林纾在翻译小说时也有几分迎合读者的意味,因此林译小说包含多种类型,有言情小说、侦探小说、探险小说、神怪小说、军事小说、政治小说、社会小说、历史小说等,但同时我们也应该看到林纾为了实现"以译书为实业",而在选择小说类型及内容时付出的努力。这些不同类型的小说在拓展读者思维空间的同时,也扩大了林译小说的影响,这也正是林纾在文学层面所采用的翻译策略。

林译中的军事题材小说,如《十字军英雄记》《撒克逊劫后英雄略》

---

① 蒋瑞藻编:《小说考证·附续编拾遗》,北京:古典文学出版社1957年版,第459页。
② 参见梁启超:《论小说与群治之关系》,载《新小说》1902年第1号。
③ 茅盾:《译文学书方法的讨论》,见罗新璋编:《翻译论集》,北京:商务印书馆1984年版,第342页。

第三章　前期林译小说的传播

等,以十字军东征为叙事对象,并穿插爱情故事,"《劫后英雄略》,则爱梵阿之以勇得妻也,身被重创,仍带甲长跽花侯膝下,恭受花圈,此礼为中国四千年之所无……《十字军英雄记》,则卧豹将军娶英王翁主,亦九死一生,仅而得之"①,使中国读者得以知晓世界战事历史,同时也被其中的浪漫情怀感染。周作人表达过他和鲁迅阅读之后的感受:"使得我们读了佩服的,其实还是那部司各得的《撒克逊劫后英雄略》,原本既是名著,译文相当用力,而且说撒克逊遗民和诺曼人对抗的情形,那时看了含有暗示的意味,所以特别的被看重了。"②凌昌言读后感叹:"我们可以看到挨梵阿和吕珮珈的情史而眉飞色舞。"③俞明震也读过林纾翻译的军事小说,他说:"军事小说,以林琴南先生所译《战血余腥记》为最早,亦最负盛名。因其写战争事实,殆非亲临战场者,难得写到如此淋漓尽致也。"④这么多人喜爱林译的军事小说,正说明了林译小说的价值。

神怪小说以林译哈葛德的《鬼山狼侠传》《蛮荒志异》《埃及金塔剖尸记》《三千年艳尸记》等为代表,钱锺书说:"我清楚记得这个例子。哈葛德《三千年艳尸记》第五章结尾刻意描写鳄鱼和狮子的搏斗;对小孩子说来,那是一个惊心动魄的场面,紧张得使他眼瞪口开,气也不敢透的。"周作人、鲁迅同读林译小说时,觉得"《埃及金塔剖尸记》的内容古怪,《鬼山狼侠传》则是新奇,也都很有趣味。……后者更是爱读,书里边的自称'老猎人'的土人写得很活现,我们后来闲谈中还时常提起,好像《水浒传》中的鲁智深和李逵"⑤。

林译哈葛德的《斐洲烟水愁城录》《雾中人》《钟乳髑髅》是探险小说。《斐洲烟水愁城录》"言穷斐洲之北,出火山穴底,得白种人部落,

---

① 陈平原、夏晓虹编:《二十世纪中国小说理论资料》第一卷,北京:北京大学出版社1989年版,第270页。
② 周作人:《鲁迅的青年时代·鲁迅与清末文坛》。
③ 凌昌言:《司各特逝世百年祭》,载《现代》1932年12月第2卷第2期。
④ 俞明震:《觚庵漫笔》,载《小说林》1907年第5期。
⑤ 周作人:《鲁迅与清末文坛》,见《鲁迅的青年时代》,北京:中国青年出版社1957年版。

其迹亦桃源类也。复盛写女王妒状,遂兆兵戈,语极诙谲"①;《雾中人》写白人在斐洲探险,犯瘴疠,绝沙漠,"跨千寻之峰,踏万年之雪,冒众矢之丛,犯数百年妖鳄之吻,临百仞之渊,九死一生,一无所悔"②;林纾还在《钟乳髑髅》"序"中评价这类探险小说"语近《齐谐》,然亦足以新人之耳目"③。林译中最受欢迎的探险小说是英国人达乎所著的《鲁滨孙飘流记》,该书虚构出主人公鲁滨孙在荒岛上运用智慧凭一己之力与大自然抗争的故事,情节曲折离奇,引人入胜。

　　林译小说是有别于传统小说的"新小说"。"'新小说'理论认准小说有益于改良群治,把小说作为政治革命的工具,那么最实用的小说类型自然是'借以吐露其所怀抱之政治思想'的政治小说;最有效的技法是把小说当论文写,引入大量科学、法律、军事、政治问题和术语;而最佳的效果是成为思想启蒙的'教科书'。这是一条顺理成章的思路,'新小说'理论家正是这么走过来的。可这种理想的'新小说'很快就面临读者趣味的严重挑战。书商说它'开口见喉咙',卖不出去;作家说它'议论多而事实少,不合小说体裁'。要求读者'读小说如读经史',立意不可谓不高,只是严重脱离一般读者的阅读趣味,把小说推上了危险的悬崖。"④梁启超译介的政治小说就遭遇了这样的尴尬。而林纾翻译的政治小说《黑奴吁天录》则不同,表现出了强烈的入世精神,文中反对种族压迫的内容激发了读者的共鸣,唤起了读者反帝爱国的热情。梁启超大力提倡译印政治小说,认为:"往往每一书出,而全国之议论为之一变。彼美、英、德、法、奥、意、日本各国政界之日进,则政治小说为功最高焉。"《黑奴吁天录》显然获得了这样的传播效果。

---

① 林纾:《斐洲烟水愁城录》"序",见陈平原、夏晓虹编:《二十世纪中国小说理论资料》第一卷,北京:北京大学出版社1989年版,141页。
② 林纾:《雾中人》"序",见林薇:《百年浮沉:林纾研究综述》,天津:天津教育出版社1990年版,第194页。
③ 参见林薇:《百年浮沉:林纾研究综述》,天津:天津教育出版社1990年版,第194页。
④ 陈平原:《小说史:理论与实践》,北京:北京大学出版社2010年版,第211页。

123

林译中的侦探小说《贝克侦探谈》《歇洛克奇案开场》《神枢鬼藏录》《藕孔避兵录》《天囚忏悔录》等，情节突兀，悬念迭起，表现手法新颖别致。这种为我所无的小说类型正是"新小说"理论家们想要积极引进的。至于言情小说这种类型，由于中国古代文学中不乏此类佳作，因此最初并没引起人们注意。林译《茶花女》问世后轰动一时，林纾也因此大受启发，又翻译了不少言情小说，如《迦茵小传》《红礁画桨录》《洪罕女郎传》《离恨天》《不如归》等，影响了一代文风，使言情小说成为翻译的热门类型，并直接影响创作界，催生出一批模仿之作，如钟心青著的《新茶花》、何诹仿林译笔调的《碎琴楼》等，苏曼殊甚至动过重译《茶花女》的念头，而他的文风也颇受林译影响。曹聚仁就曾评论："至于苏曼殊的《断鸿零雁记》、《绛纱记》、《焚剑记》、《碎簪记》那几种小说，属于言情的自叙传，多少也受了《茶花女》、《迦茵小传》一类翻译小说的影响，已经转向新小说的路上去了。"①

(三) 文化策略与前期林译小说的传播

翻译是一种创造性的叛逆，"没有创造性叛逆，也就没有文学的传播与接受。……一旦一部作品进入了跨越时代、跨越地理、跨越民族、跨越语言的传播时，其中的创造性叛逆就更是不言而喻了，不同的文化背景、不同的审美标准、不同的生活习俗，无不在这部作品上打上各自的印记"②。翻译者对文化和自身的理解方式往往影响着他对翻译方式的选择。林纾基于多种考虑，采用了归化和异化的翻译策略，对小说中的文化现象进行恰当的处理，并使用了多种翻译技巧，为林译小说增添了色彩。

翻译学中的归化指"恪守本族文化的语言传统，回归地道的本族语

---

① 曹聚仁：《文坛五十年》，上海：东方出版中心1997年版，第11页。
② 谢天振：《中国现代翻译文学史》，上海：上海外语教育出版社2004年版，第141页。

表达方式"①，林译小说整体上使用了归化的方式，降低了理解的难度，使本国读者阅读时能产生熟悉、亲近之感。

林译中的归化首先体现在书名上。林纾多采用"传""录""记"等为书名。"传""录""记"等是我国古代常见的文体。"传"是记载人物事迹的文字，大体分为两大类：一类是以记述翔实史事为主的史传或一般纪传文字，如《左传》；另一类属文学范围，以史实为根据，但不排斥某些想象性的描述，如《史传》。"录"是记载言行或事物的书册。"记"是可以记事、可以抒情、可以议论的散文文体。《鬼山狼侠传》《洪罕女郎传》《埃司兰情侠传》《孝女耐儿传》《英孝子火山报仇录》《斐洲烟水愁城录》《黑奴吁天录》《双雄义死录》《三千年艳尸记》《古鬼遗金记》《鲁滨孙飘流记》等作品，读者一见书名就很容易联想到中国文学中类似的文体，也能推测出小说的大概内容，从而产生阅读兴趣。宋代吕居仁的小说《轩渠录》中记载了大量令人捧腹之事，英国作家斯威夫特(Jonathan Swift, 1667—1745)所著的小说 Gulliver's Travels 内容荒眇无稽，与《轩渠录》相类，因此林纾将书名翻译为《海外轩渠录》，暗示了该小说的趣味性，而且"海外"二字也限定了故事发生的地点，让读者一目了然。林纾将 A Journey from This World to the Next 和 The Sketch Book of Geoffrey Crayon, Gent 分别翻译成《洞冥记》和《拊掌录》，更是直接借用了后汉郭宪的志怪小说《洞冥记》以及元代元怀《拊掌录》的书名，以此说明小说主题的相似性。

林译小说中不少原著本是直接用主人公的名字做书名的，由于中国传统文学中很少有用人名做书名的情况，林纾在翻译时充分考虑到读者的需要，结合小说内容对以人名作为书名的作品进行了归化处理。如 Robinson Crusoe 翻译为《鲁滨孙飘流记》、Ivanhoe 翻译为《撒克逊劫后英雄略》、Oliver Twist 译为《贼史》、Joan Haste 译为《迦茵小传》、Nicholas Nickleby 译为《滑稽外史》、Beatrice 译为《红礁画桨录》、Jess 译为《玑司刺虎记》、Benita 译为《古鬼遗金记》、Micah Clarke 译为《金风铁雨录》、

---

① 方梦之主编：《译学辞典》，上海：上海外国语大学出版社2004年版，第3页。

Cleopatra 译为《埃及金塔剖尸记》、Paul et Virginie 译为《离恨天》等。林纾将David Copperfield 译为《块肉余生述》也是基于这种考虑。"块肉"本指南宋末帝赵昺。南宋灭亡时,陆秀夫背着时年8岁的赵昺跳海而死。林纾用"块肉"指代小说的主人公——遗腹子 David Copperfield,熟谙中国文史的读者一看到这个标题,就会产生相应的联想,从而产生阅读的愿望。法国小说 La Dame aux Camelias 直译应为《茶花女》,林纾译作《巴黎茶花女遗事》,很容易使读者联想到《开元天宝遗事》《宣和遗事》等历史上的遗闻轶事,进而猜测到此书讲的是一位别号为茶花女的女子在巴黎的逸事,为读者提供了便利。对于一些无法从书名来判断内容的小说,林纾也相应地做了归化处理,使其变得易于理解,如 Windsor Castle 直译为《温莎城堡》,林译为《厉鬼犯跸记》;Dombey and Son 直译为《董贝父子》,林译为《冰雪因缘》;Montezuma's Daughter 直译为《蒙特祖玛的女儿》,林译为《英孝子火山报仇录》;Uncle Tom's Cabin 直译为《汤姆叔叔的小屋》,林译为《黑奴吁天录》等。

有一部分小说的书名原本比较平淡,林纾特意运用自己深厚的文学修养进行艺术加工,使之变得文采斐然。林纾的妙笔将 Chronicles of Martin Heweitt 译成了《神枢鬼藏录》。"神枢鬼藏"主要指构思奇妙,机轴巧转,能收到变幻莫测的效果。如果将书名直译为《马丁·海威特记事》,显然不如《神枢鬼藏录》更能体现这部侦探小说的精彩。用《薄幸郎》来翻译 The Changed Brides,显然也比《变心的新郎》更为凝练且富于文学色彩。Les Lettres Persanes 直译为《波斯人信札》,我国古代将书信称为鱼雁,因此林纾将书名译为《鱼雁抉微》,为此书平添了一份古典之美。Tales from Shakespeare 直译为《莎士比亚故事集》,林纾参照宋代词人李彭老的《木兰花慢》,将它翻译成《英国诗人吟边燕语》,使书名充满诗情画意的美感。

中国文化注重封建伦常,讲究长幼有序、尊卑有别,因此这种思想也反映在中文的各种称谓语上。称谓语既是语言现象,又是社会文化现象,肩负着重要的社交礼仪功能。相对而言,英文中的 you(你、你们;您、您们)、I/me(我)、he/him(他)、she/her(她)等的含义和用法就比较简单了。为了让小说更合中国人口味,林纾在翻译时有意对称谓语进行归化，使之更符合中国人的阅读习惯。林译小说中出现了大量的敬语，如"吾有时见吾女与尊阃同行"①"足下所列举之勋爵及夫人"②"吾有女兄亚萨巴"③"贫女何敢比女公子"④；林译小说中也有大量谦语，如"奴辈尽爱小主人"⑤"未亡人闻其尊名"⑥"老夫必不令其于诸公接席"⑦"老身专煮薯蓣足矣"⑧。这些称谓语的使用，拉近了小说与读者的距离，增强了小说的可读性。

林纾的归化策略也反映在宗教文化方面。林纾在《黑奴吁天录》的"例言"中曾说："是书言教门事孔多，悉经魏君节去其原文稍烦琐者。本以取便观者，幸勿以割裂为责。"《黑奴吁天录》中有关基督教的内容较多。表面看来，林纾、魏易合译时删除这些宗教内容是为了行文的简洁，实际上他们采取这种方式并非偶然，还有着深层次的原因。林纾以儒家文化为本位，因此删除了原作中可能会对中国读者产生不良影响的基督教的内容，希望借此削弱19世纪末期基督教对中国意识形态方面的影响。宋明以降，儒教、道教、佛教三家思想在中国相互影响，融会贯通，形成了"三教合流"的局面。林纾也时常在译文中用儒教、道教、佛教中的词汇来取代基督教文化中的词汇，如《英国诗人吟边燕语》中"遂逃入尼庵，哀老尼乞翳身所"，林纾特意加了注释予以说明"外国不名尼庵，今借用之"⑨；《撒克逊劫后英雄略》中的"尔教有寺观耶"⑩"微闻有诵经声"⑪，以及"般若""老僧入定""沙弥""正果"等词汇，正是林纾在归化策略指导下主动选用的。类似的例子还有《迦茵小传》中

---

① 林纾：《块肉余生述》，北京：商务印书馆1981年版，第66页。
② 林纾：《迦茵小传》，北京：商务印书馆1981年版，第32页。
③ 林纾：《英国诗人吟边燕语》，北京：商务印书馆1981年版，第45页。
④ 林纾：《撒克逊劫后英雄略》，北京：商务印书馆1981年版，第92页。
⑤ 林纾：《黑奴吁天录》，北京：商务印书馆1981年版，第140页。
⑥ 林纾：《块肉余生述》，北京：商务印书馆1981年版，第4页。
⑦ 林纾：《撒克逊劫后英雄略》，北京：商务印书馆1981年版，第25页。
⑧ 林纾：《块肉余生述》，北京：商务印书馆1981年版，第202页。
⑨ 林纾：《英国诗人吟边燕语》，北京：商务印书馆1981年版，第18页。
⑩ 林纾：《撒克逊劫后英雄略》，北京：商务印书馆1981年版，第231页。
⑪ 林纾：《撒克逊劫后英雄略》，北京：商务印书馆1981年版，第221页。

的"浮屠",《块肉余生述》中的"托钵""乘化归尽"等。宗教文化的归化体现了林纾在文化调适与传播中付出的努力。

在文学的审美方面,林纾也进行了一系列的尝试,希望通过归化的处理使所译的小说富于读者熟悉的东方韵味。林纾对外国女性相貌的描写就表现了他的这一翻译策略。在林纾笔下,迦茵"瞥见己之双波,如剪秋水;睫毛秀润,适当双蛾之下;樱口微绽,如乳婴浓睡弄笑状;匏犀微露,灿白如象牙;两颊微皱,如桃子新熟"①,而吕贝珈之美,"在英国中闺秀固第一……身段既佳,又衣东方之衣饰,髻上束以鹅黄之帕,愈衬其面容之娇嫩;双瞳剪水,修眉入鬓;准直颐丰,居中适称;齿如编贝,柔发做圆瓣,被之肩际;缟颈酥胸,灿然如玉"②。不难看出,林纾描绘的是典型的中国古典美人的形象。这样的文字虽然能使读者产生亲切感,但毕竟太失真了,因此也有过度归化之嫌。类似的例子还有一些,如将外国人在练字本上书写英文翻译成"临池习字"③,用"德言容工"来形容英国姑娘④,完全体现不出中西文化的差异,这就与林纾借翻译小说来传播外国文化知识的初衷背道而驰了。从传播心理学的角度而言,与读者生活经验相似的内容固然能吸引读者,但新鲜的、不同的文化同样能诱发读者的好奇心,并收到好的传播效果。林纾显然也注意到这一点,并适当地采取了异化的策略。

异化指"在翻译方法上迁就外来文化的语言特点,吸纳外语的表达方式"⑤。对小说中实在不方便归化的内容,林纾在翻译时保留了其异质文化的特点,并巧妙地使用翻译技巧予以说明。《巴黎茶花女遗事》中有这样一句:"此《漫郎摄实戈》也,价十佛朗。"林纾在这句话后面立即标注:"每佛朗,约合华银二钱八分,余仿此。"⑥"即一歇光而亦无

---

① 林纾:《迦茵小传》,北京:商务印书馆1981年版,第90页。
② 林纾:《撒克逊劫后英雄略》,北京:商务印书馆1981年版,第39页。
③ 林纾:《块肉余生述》,北京:商务印书馆1981年版,第476页。
④ 林纾:《块肉余生述》,北京:商务印书馆1981年版,第471页。
⑤ 方梦之主编:《译学辞典》,上海:上海外国语大学出版社2004年版,第3页。
⑥ 林纾:《巴黎茶花女遗事》,北京:商务印书馆1981年版,第6页。

之(犹太钱名)"①"泰门盖以五泰泠赎出之者(按《英类苑》,雅典银币一泰泠,核一千二百元,五泰泠核六千元)"②"门外有一拿撒肋人(犹太人称基督教人,犹乞丐之称)"③"吾师已落贝立爱而手中矣(贝利爱而者,圣经中所言巨盗也)"等句子,采用的也是异化的方法,这样有助于保持原文叙述的通畅性,同时能唤起读者的新鲜感与探索欲。林纾对东西方习俗、礼仪、文化的不同也很敏感,如"余闻其将幂面矣(西人入道者一经幂面,则终身不嫁,且不与人接言)"④;"言次,举皓腕,余即而亲之(此西俗男女相见之礼也)"⑤;"阿伯拉罕乎(此犹太始祖,犹太人动辄呼之者)"⑥;"尔直吾女(西人称媳亦曰女)""吾欲就律法上女汝也(西人称子妇为律法上之女)"⑦;"一既入,复戴面具(西人面具非同中国,中国以纸,西人以皮,戴之如生人,包探多用之)"⑧;"自是伐仑汀遂居绿林,为辂宾荷德也(辂宾荷德者,古之盗魁也)"⑨;"彼夫妇在蜜月期内,两情忻合无间(蜜月者,西人娶妇时,即挟其妇游历,经月而归)"⑩,林纾直接采用了西方婚俗中"蜜月"的说法,并立即以注文的方式来解释其内涵。这样的例子还有一些。如"为我弹暗威打赏哑拉坪卡一操"⑪这句令人费解的话,林纾即刻在句子后注明"犹华言款佳客意",至于"海咪海朵海发咪海(即华音之工尺上之四合声也)"⑫,林纾也是为了行文的方便,按照西洋乐谱直接译出,并在注释中与中国传统的工尺谱作对比,使读者更容易理解。"圣格来曰:'难哉!吾恩及儿也!'(恩及儿者,天女也,为女中最妍丽无匹之人,圣格来盖隐讽

---

① 林纾:《撒克逊劫后英雄略》,北京:商务印书馆1981年版,第28页。
② 林纾:《英国诗人吟边燕语》,北京:商务印书馆1981年版,第27页。
③ 林纾:《撒克逊劫后英雄略》,北京:商务印书馆1981年版,第54页。
④ 林纾:《英国诗人吟边燕语》,北京:商务印书馆1981年版,第45页。
⑤ 林纾:《巴黎茶花女遗事》,北京:商务印书馆1981年版,第20页。
⑥ 林纾:《英国诗人吟边燕语》,北京:商务印书馆1981年版,第4页。
⑦ 林纾:《英国诗人吟边燕语》,北京:商务印书馆1981年版,第41页。
⑧ 林纾:《英国诗人吟边燕语》,北京:商务印书馆1981年版,第48页。
⑨ 林纾:《英国诗人吟边燕语》,北京:商务印书馆1981年版,第111页。
⑩ 林纾:《黑奴吁天录》,北京:商务印书馆1981年版,第471页。
⑪ 林纾:《巴黎茶花女遗事》,北京:商务印书馆1981年版,第22页。
⑫ 林纾:《巴黎茶花女遗事》,北京:商务印书馆1981年版,第22页。

媚利为不可瞻仰之天人，实深恶之）"①在这句话中，林纾不仅按读音直接翻译 angel，还进一步指出这句话所蕴含的隐讽的意味。对于外国历史、文化中的一些常识，林纾也选择了音译其名称并加注释的异化策略。例如"弗谅司遁(弗谅司后果王英格兰，直至于雅各第一，始与英合，雅各犹在位也)"②"然女意相郎，尚德逸貌，虽寝勿惮，举国中少年均不当意，独注念于摩阿黑人(摩阿黑者，回部也，曾大胜西班牙，王其他国，后为逐去，居于斐洲之北)"③"加德，晨兴无恙耶(西人于至亲之人，相见者必缩其名为短音。加德者，加西林三字之缩声也)"④，这种翻译方式有助于读者加深对译文的理解。

对于一些难以在中文里找到对应表达方式的内容，林纾也采取了异化的策略，比如外国的人名、地名，林纾一般按照读音直接翻译出来，连顺序都不曾更改。对于当时汉语中并没有的一些称谓语，林纾也采取音译的办法，如"马丹"（madam）、"密昔司"（Mrs）、"密昔忒"（Mr）、"列底"（lady）等。这些翻译，最大限度地保持了小说的原貌，使读者感到自己阅读的正是原汁原味的外国小说，满足了读者的猎奇心理。

翻译是一种文化传播的过程，译者和读者必须属于相同的文化群体，传播才能收到应有的效果。因此归化的翻译策略旨在为译者和读者建立一个共通的意义空间⑤，消除由于文化屏障造成的差异。而异化策略则是为了改变思维与阅读的惯性与惰性，进行适度的"陌生化"。俄国形式主义学者什克洛夫斯基论及陌生化问题时曾强调，艺术之所以存在，就是为了使人恢复对生活的感觉，就是为了使人感受事物，使石头显出石头的质感。艺术的目的是要人感觉到事物，而不仅仅是知道事

---

① 林纾：《黑奴吁天录》，北京：商务印书馆1981年版，第83页。
② 林纾：《英国诗人吟边燕语》，北京：商务印书馆1981年版，第38页。
③ 林纾：《英国诗人吟边燕语》，北京：商务印书馆1981年版，第93页。
④ 林纾：《英国诗人吟边燕语》，北京：商务印书馆1981年版，第10页。
⑤ "共通的意义空间"是传播学术语，主要有两层含义：一是对传播中所使用的语言、文字等符号含义的共通的理解；二是大体一致或接近的生活经验和文化背景。共通的意义空间是传播能够顺利进行的基础。

物。艺术的技巧就是使对象陌生，使形式变得困难，增加感觉的难度和时间长度，必须设法延长感觉的过程，从而达到审美目的。适度的异化能使读者在阅读过程保持探索的欲望，也是一种很好的传播策略。林纾在翻译小说时以归化为主，辅之以异化的策略，使前期的林译小说收到了很好的传播效果。

综合考察林纾在翻译中采用的各种策略，不难发现主导他的还是意译的翻译思想。在翻译小说刚刚兴起时，人们对采用直译还是意译虽未形成统一的标准，但不少译者综合考虑了中国语言、文学的特点以及小说的社会功能后，认为意译更能满足时人的要求。"凡译书者，特使人深知其意"①，近代译介先驱严复在《天演论》里也提到："西文句中名物字，多随举随释，如中文之旁支，后乃遥接前文，足意成句，故西文句法，少者二三字，多者数十百言。假令仿此为译，则恐必不可通；而删削取径，又恐意义有漏，此在译者将全文神理、融会于心，则下笔抒词，自善互备……各国文字组织不同，语气、风味亦各有异，所以译书只有意译之一法。直译云云，简直是一个不通的名词！"当时鲁迅、周作人曾合作直译了《域外小说集》，"但周氏兄弟辛辛苦苦译的这本书，十年之中，只销了二十一册"②，因为"既没有林纾意译'一气到底'的文章，又有些'佶屈聱牙'，其得不到欢迎，是必然的"③。

那时的文人对林纾的意译多持肯定态度。范烟桥在《中国小说史》中指出，"近十年来，一般学者以为林氏意译，失却原著精神，然林氏介绍域外小说之功，不可没也"④，他进而为林纾辩白："先自译成，加以藻饰，为中国意译派之巨擘，因其笔能曲曲传出作者心意，虽外国文字，别有组织，林氏能运用自如，绝不见扞搁之迹。"⑤郑振铎曾评

---

① 梁启超：《论译书》，转引自罗新璋编：《翻译论集》，北京：商务印书馆1984年版，第130页。
② 胡适：《五十年来中国之文学》。
③ 阿英：《晚清小说史》，北京：人民文学出版社1980年版，第187页。
④ 范烟桥：《中国小说史》，苏州：苏州秋叶社1927年版，第231页。
⑤ 范烟桥：《中国小说史》，苏州：苏州秋叶社1927年版，第230页。

价:"我们虽然不能把他的译文与原文一个字一个字的对读而觉得一字不差,然而,如果一口气读了原文,再去读译文,则作者情调却可觉得丝毫未易。"①苦海余生则分析:"琴南说部,译者为多,然非尽人可读也。他人译说部,常为原本所泥;而琴南不拘拘于西文,去其赘而补其不足,是译书之第一要诀也。否则中西文字不同,直笔译之,谓能尽善尽美耶?琴南知此,故视其说部,一篇到底,有线索意境,直如为文,匪不尽心力而为之。欲其不享盛名,得乎?"②可见,意译为林译小说增添了魅力,林纾大获成功乃实至名归。

三、前期林译小说的传播与林纾的文学贡献

林译小说的广泛传播使林纾成为中国近代文学史上不可或缺的人物。林纾的弟子朱羲胄总结道:"邦人向漠于西方风土民性,或且骇疑其俗之多异,自先生传译众籍,于是士大夫始了然于欧美之有家庭伦理,犹吾也。其社会风土民性,皆与吾相近似,初非绝异也。自先生绍输名著无数,而后邦人始识欧美作家司各德、迭更司、欧文、仲马、哈葛德之名。自先生称司各德、迭更司之文,不下于太史公,然后乃知西方之有文学,由是而曩之鄙视稗官小说为小道者,及此乃亦自破其谬囿。属文之士,渐乃敢以小说家自命。而小说之体裁作风,因之日变,移译世界文学之风亦日炽,此皆先生倡导不朽之功,国人未之能忘者也。"③这段话印证了林译小说的价值。我们认为,林纾利用所译小说的影响力,在以下几个方面对文学做出了重要贡献。

第一,借用古文笔调,提升了小说和小说家的地位。曹聚仁说:"以翻译欧美小说起家的桐城派古文学家林琴南,他介绍了那么多的世

---

① 郑振铎:《林琴南先生》,载《小说月报》1924年第15卷第11号。
② 李定夷:《论小说》,见《文学常识》,上海:中华编译社1918年版。转引自林薇:《百年浮沉:林纾研究综述》,天津:天津教育出版社1990年版,第213页。
③ 朱羲胄编:《贞文先生学行记》卷一,上海:世界书局1949年版,第1页。

界文学名著，开国人的眼界，提高了小说的文学地位。"①毕树堂直接指出，林译小说取得成功的重要原因是用古文翻译："林琴南早年的学业是古文，中年以后是翻译，用古文做翻译是他的主要成绩，其失败处在此，其成功处亦正在此。古文到清末已走近绝运，他若只作古文辞类纂式的空空文字，到现在不免和吴挚甫、张廉卿等人同归灭亡。反之，他若摈弃古文，用白话作翻译，到后来能有多少成绩，也是问题，恐不免和包天笑、周瘦鹃等人同样平凡，或不如伍光健、陈贻先之略有成就也。"②陈子展在1928年和1929年分别出版了《中国近代文学之变迁》和《最近三十年中国文学史》，他在这两部书里也肯定了用古文译小说能提升小说的价值，认为林纾"肯拿下古文家的尊严（从前一般古文家自视确实尊严），动手去译欧西小说；他有鉴赏各国文学的兴趣；他开始了翻译世界各国文学的风气，也不是顽固守旧的老先生能够做的事业"③，"能用古文译书，把古文应用的范围推广，替古文开辟一个新世界，替古文争得最后的光荣"④。包天笑也说："白话小说，不甚为读者所欢迎，还是以文言为贵，这不免受了林译小说熏染。"⑤当时的文人之所以这么看重林纾用古文翻译小说的功绩，正因为"林氏译小说的时候，恰当中国人贱视小说习性还未铲除的时期，一班士大夫们方且以帖括和时文为经世的文章，至于小说这一物，不过视为茶余酒后一种排遣的谈助品。加以那时咬文嚼字的风气很盛，白话体的旧小说虽尽有描写风俗人情的妙文，流利忠实的文笔，无奈他们总认为下级社会的流品，而贱视为土腔白话的下流读物。林氏以古文名家而倾动公卿的资格，运用他的史、汉妙笔来做翻译文章，所以才大受欢迎，所以才引起

---

① 曹聚仁：《文坛五十年》，上海：东方出版中心1997年版，第63页。
② 毕树堂：《林琴南》，载《人世间》1935年6月第30期。
③ 陈子展：《中国近代文学之变迁 最近三十年中国文学史》，上海：上海古籍出版社2000年版，第86页。
④ 陈子展：《中国近代文学之变迁 最近三十年中国文学史》，上海：上海古籍出版社2000年版，第196页。
⑤ 包天笑：《钏影楼回忆录》，香港：大华出版社1971年版，第175页。

上中级社会读外洋小说的兴趣,并且因此而抬高小说的价值和小说家的身价。很显明的,倘使那时不是林氏而是别人用白话文来译《茶花女》等书,无论如何决不会收到如此的好结果,这道理不待识者当会明白的","中国人轻视小说及小说家的习俗和陋见,由林氏而革除;小说的价值和小说家的身价,由林氏而提高"①。

第二,林译小说体现了小说社会功能与审美功能的和谐统一。小说本是传统文人不屑一顾的"小道",林纾和王寿昌出于这种顾虑,在初译《巴黎茶花女遗事》时都不敢署真名,分别以"冷红生"和"晓斋主人"来替代。该书大获成功后,首先提高了小说这一文体的地位,既而把小说作为知识分子读物的级别也提高了。适逢1902年梁启超发表《论小说与群治之关系》,认为小说为文学之最上乘,具有不可思议之力支配人道,林纾也认同这一观点,着眼于小说改良社会、开启民智的作用。他有感于清政府丧权辱国,所以翻译了描写黑奴惨状的《黑奴吁天录》、宣扬复国雪耻的《埃司兰情侠传》、讴歌英雄人物的《十字军英雄记》与《撒克逊劫后英雄略》等。他的译作曾在社会上激起强烈的反响,鲁迅在日本仙台时都受到感染:"……任君克任寄至《黑奴吁天录》一部……乃大欢喜,穷日读之,竟毕。……曼思故国,来日方长,载悲黑奴前车如是,弥益感喟。"②林纾还在翻译小说时表达了振兴实业、兴办教育、提倡女权、反对专制的思想,连康有为都感叹林纾"百部虞初救世心"③。林译小说之所以取得良好的传播效果,也与它们带给读者的审美体验密切相关。由于林纾具有深厚的文学修养,林译小说往往具有较高的文学价值,能够吸引读者的目光。

林译小说富于趣味性。钱锺书曾回忆:"我自己就是读了他的翻译而增加学习外国语文的兴趣的。商务印书馆发行的那两小箱《林译小说

---

① 寒光:《林琴南》,见薛绥之、张俊才编:《林纾研究资料》,北京:知识产权出版社2010年版,第182页。
② 鲁迅:《致蒋抑卮》,见《鲁迅全集》第11卷,北京:人民文学出版社1981年版,第321页。
③ 康有为:《琴南先生写〈万木草堂图〉,题诗见赠,赋谢》。

丛书》是我十一二岁时的大发现,带领我进了一个新天地,一个在《水浒》、《西游》、《聊斋志异》以外另辟的世界。我事先也看过梁启超译的《十五小豪杰》、周桂笙译的侦探小说等等,都觉得沉闷乏味。接触了林译,我才知道西洋小说会那么迷人。"①沈禹锺认为:"林琴南先生为近代文章大师,其文坚实精纯,戛戛独造,士林莫不宗仰!生平所译之西洋小说,往往运化古文之笔以出之,有无微不达之妙!声价之重,无待赘述。余酷嗜林氏文,十年以来未尝释手;而于译本小说,亦涉猎殆遍。良以其妙趣环生,把之不尽,有非偶然者也。余尝谓人之读书,无异尚友,书必精义充实而后能使人爱读;友必才德兼备而后使人乐与。——若林氏文,光气烂然,凡稍具文学眼光之人,无不欣赏而折服之,固不独余一人之嗜痂而已也。"②

林译小说能够表现原著的神韵之美。在苏雪林看来,林译"与原文虽略有出入,却很能传出原文的精神。这好像中国的山水画,说是取法自然,其实能够超越自然。我们批评时也不可拘拘以迹象求,而以其神韵的流动和气韵的清高为贵"③。苏曼殊说:"《金塔剖尸记》、《鲁滨孙飘流记》二书,以少时曾读其元文,故售诵之,甚为佩伏。"④能得到读过原文的翻译家苏曼殊的肯定,充分说明林纾的翻译准确而传神。

林纾的文笔也受到多方赞美。"自林琴南的《茶花女遗事》问世以后,哄动一时。有人谓外国人亦有用情之专如此的吗?以为外国人都是薄情的,于是乃有人称之为《外国红楼梦》。也有人评之为茶花女只不过一妓女耳,也值得如此用情,究竟小说家言,不登大雅之堂。说虽如此说,但以琴南文笔之佳,仍传颂于士林中。"⑤可见,如果不是林纾出色的译笔,《巴黎茶花女遗事》可能就不会那么受关注了。侗生总览了

---

① 钱锺书等:《林纾的翻译》,北京:商务印书馆1981年版,第22页。
② 沈禹锺:《〈甲寅〉杂志"说林"之反响》,载《申报》1926年1月25、27日。
③ 苏雪林:《林琴南先生》,载《人世间》1934年10月第4期。
④ 陈子展:《中国近代文学之变迁 最近三十年中国文学史》,上海:上海古籍出版社2000年版,第169页。
⑤ 包天笑:《钏影楼回忆录》,香港:大华出版社1971年版,第171页。

林译的全部作品后认为:"总先生所译诸书,其笔墨可分为三类:《黑奴吁天录》为一类,《技击余闻》为一类,余书都为一类。一以清淡胜,一以老练胜,一以浓丽胜。一手成三种文字,皆臻极点,谓之小说界泰斗,谁曰不宜?"①钱基博认为"纾之文,工为叙事抒情,杂以诙诡,婉媚动人"②。寒光评价:"总括来说,他的文笔之雄深、古茂,自是早有定评,不仅所谓《史》、《汉》妙笔而已。"③苏雪林则说:"我终觉得琴南先生对于中国文学里的'阴柔'之美,似乎曾下过一番研究功夫,古文的造诣也有独到处。其译笔或哀感顽艳,沁人心脾;或质朴古健,逼似《史》、《汉》。"④

不难看出,林纾尊重小说自身的艺术规律,悉心探索小说的美学特征,林译小说正是由于具有独特的美学风貌,才能更好地发挥其社会功能,"使中国人明白,欧美的强盛发达不尽关于舰坚炮利和理化之学,根本原因实在文化的进展"⑤。

第三,林译小说拓展了读者对外国文学的认识。从文学史的角度而言,"传译欧美文学,以介绍于邦人士者,固先生为第一人,而欧美之社会与民性、风俗与伦理,其善恶是非,于是为之昭然以明,则先生岂止于文学有硕伟之功,而亦吾国近四十年国社中文学史上大事也"⑥,朱羲胄这段话可谓对林纾及林译小说在文学史上的准确定位。王哲甫在1933年指出,"中国的新文学尚在幼稚时期,没有雄宏伟大的作品,可资借镜,所以翻译外国的作品,成了新文学运动的一种重要工作"⑦,

---

① 侗生:《小说丛话》,载《小说月报》1911年第3期,见陈平原、夏晓虹编:《二十世纪中国小说理论资料》第一卷,北京:北京大学出版社1989年版,第26页。
② 钱基博:《现代中国文学史》,武汉:华中师范大学出版社2011年版,第114页。
③ 寒光:《林琴南》。
④ 苏雪林:《林琴南先生》,载《人世间》1934年10月第4期。
⑤ 寒光:《林琴南》。
⑥ 朱羲胄编:《春觉斋著述记》卷三,上海:世界书局1949年版,第3页。
⑦ 王哲甫:《中国新文学运动史》,上海:上海书店1986年版,第259页。

认为林纾"在这青黄不接的时候,能介绍大批的外国文学进中国来,这种伟大的功绩,直到今日尚没有人可以比得上的"①,从文学理论的角度而言,林纾也做了不少贡献。"小说界革命"从推介外国小说开始,对于如何理解、评价外国小说这一课题,一般人都认为阅读外国小说有助于考察异国风情、借鉴其政教得失,但这种说法实际上隐藏着一种偏见,即对外国小说艺术价值的怀疑。因为无法否认外国小说对中国读者的吸引力,于是理论家们选择性地忽视了小说的内在特点及发展规律,只是比较中西小说的表现特征,论证"吾国小说之价值真过于西洋万万也",或者干脆把西洋小说的价值局限于认识世界、教育民众的范围内;在这种情况下,林纾提出"西人文体,何乃甚类我史迁也","勿遽贬西书,谓其文境不如中国也",并从文学的角度再三肯定西洋小说的技巧,甚至在自己的创作实践和文论著作中模仿运用、引申发挥,这无疑是朝前迈进了一大步②。

林纾对中西文学进行比较观照,他赞赏西方近代批判现实主义小说面向社会现实的特点,点明中国古代小说与西方小说的不同之处。他将刘纳言之《谐谑录》、徐慥之《谈笑录》、吕居仁之《轩渠录》、元怀之《拊掌录》、东坡之《艾子杂说》与《伊索寓言》对比,指出《伊索寓言》的内容更具现实性。林纾将狄更斯的小说与《红楼梦》作比较,强调了"扫荡名士美人之局,专为下等社会写照"的观念;同《水浒传》比较,强调了记叙从英雄传奇到描述家常平淡之事的转变。他因此摒弃了非现实、非社会的题材,这种文学观念中表现出来的对世俗社会的关怀,在中国传统小说中是不多见的,我国传统的现实主义理论和创作也因此获得突破性的发展。

在外国小说的创作方法方面,林译小说也给读者以新鲜感。以《巴黎茶花女遗事》为例,张静庐在《中国小说史大纲》说道:"人情好奇,

---

① 王哲甫:《中国新文学运动史》,上海:上海书店1986年版,第260页。
② 参见陈平原:《小说史:理论与实践》,北京:北京大学出版社2010年版,第213页。

见异思迁,中国小说大半叙才子佳人,千篇一律,不足以餍其好奇之欲望,由是西洋小说便有乘时勃兴之机会。自林琴南译法人小仲马所著哀情小说《茶花女遗事》以后,辟小说未有之蹊径,打破才子佳人团圆式之结局,中国小说界大受其影响。"①由于这种独特的结构对中国读者造成的震撼,模仿林译言情小说的风格进行翻译与创作也成为一时之风尚。

---

① 《欧美小说入华史》第七章,泰东图书馆1920年6月版,转引自林薇:《百年浮沉:林纾研究综述》,天津:天津教育出版社1990年版,第208页。

第四章　后期林译小说的传播

后期林译小说传播效果不佳的直接原因是小说的内容与质量大不如前。《小说月报》主编恽铁樵1914年10月29日致信钱基博时曾说："近此公有《哀吹录》四篇，售予敝报。弟以其名足以镇俗，漫为登录。就中杜撰字不少：'翻筋斗'曰'翻滚斗'，'炊烟'曰'丝烟'。弟不自量，妄为篡易。以我见侯官文字，此为劣矣！"钱锺书在《林纾的翻译》中认为，这主要是由林纾思想的退化和翻译热情的消退造成的。韩洪举则认为，除了与林纾晚年消极的思想有直接的关系，亦应该与后期的合作者有一定关系："他们多为林纾的学生辈，陈家麟和林纾合译的作品最多，此外还有王庆骥、王庆通、李世中、陈器、林凯等。在他们中间，翻译水平惟王庆骥与林纾合作最好，堪称魏易第二，看东西他们合译的作品仅有两部。陈家麟与林纾合译的作品既有名家之作，数量又很多，但都不尽如意，显然与和译者的水平不高有着密切的关系。"①持相似观点的人也有不少。实际上，林译小说的质量固然与合译者有关，但林纾在合作时并非完全无自主权，他在挑选文本、选择表达方式等方面充分发挥了自己的影响力，前期林译小说的序跋中经常有林纾主动选择小说内容的文字，如"畏庐笔述书，将及十九种，言情者实居其半。行将摘取壮侠之传，足以振吾国民尚武精神者，更译之问世，但恨才力薄耳"②，"恨余无学，不能著书以勉我国人，则但有多译西产英雄之外传"③，"迭

---

① 韩洪举：《林译小说研究：兼论林纾自传小说与传奇》，北京：中国社会科学出版社2005年版，第90页。
② 《埃及金塔剖尸记》"译余剩语"，上海：商务印书馆1915年版。
③ 《剑底鸳鸯》"序"，见陈平原、夏晓虹编：《二十世纪中国小说理论资料》第一卷，北京：北京大学出版社1989年版，第270页。

更司书多不胜译,海内诸公请少俟之,余将继续以怆惶之人译怆荒之事,为诸公解醒醒睡可也"①。林纾后期虽然很少给所译小说作序跋,但偶一为之,仍会表达相关的思想,如1915年林纾为《劫外昙花》作的"序"中称:"余适观《赵勇略传》,心念勇略当日战绩烂然,乃为纳兰所遏,而蔡毓荣彰泰,又不直公,至于抑抑以卒,心颇怜之。遂拾取当时战局,纬以美人壮士,一以伸赵勇略之冤抑,一以写陈畹芬之知机。"②1916年林纾在《鹰梯小豪杰》的"序"中写道:"计自辛丑入都,至今十五年,所译稿已逾百种。然非正大光明之行,及彰善瘅恶之言,余未尝著笔也。"③因此,将后期林译小说质量下滑的主要责任都归于合译者,确实有失公允。实际上,除了林纾本人的思想因素、合译者的因素外,经济因素也导致林纾为追求物质利益而粗制滥造。

  林纾先祖历代为农,据《先大母陈太孺人事略》记载,他祖父"辍耕治艺于城中",他祖母及长姑"穷治针黹,日得百钱",家中早晚只吃两顿稀饭,而且还要先将稀饭里稠且厚的内容给太祖母及他刚刚会走路的父亲,其他人则吃他们剩下的。④林纾弟弟秉耀出生的第二天,他父亲又动身去台湾经商,"资尽,困不能归。岁大祲,澳门贼以铜艇阑入内港,聚江南桥下,谬言与南船竞铁锚,发炮互轰。纾适家横山,距江三里,飞弹嗤然,日夜从屋上过。比屋奔徙略尽,宜人以无食故,不得去。先大母方病,大姊稍省人事,键纾不令出,拥弟及妹环宜人而泣。宜人方缝旗,抚慰大姊,言'抵夜尽三旗,可得钱四百许。明日,大父母及尔兄弟当饱食矣。'纾时幼冲,不知母言之悲也"⑤。秉耀周岁时,

---

  ① 《孝女耐儿传》"序",见陈平原、夏晓虹编:《二十世纪中国小说理论资料》第一卷,北京:北京大学出版社1989年版,第273页。
  ② 《劫外昙花》"序",见陈平原、夏晓虹编:《二十世纪中国小说理论资料》第一卷,北京:北京大学出版社1989年版,第485页。
  ③ 《鹰梯小豪杰》"序",见陈平原、夏晓虹编:《二十世纪中国小说理论资料》第一卷,北京:北京大学出版社1989年版,第524页。
  ④ 参见林纾:《先大母陈太孺人事略》,见薛绥之、张俊才编:《林纾研究资料》,北京:知识产权出版社2010年版,第57页。
  ⑤ 林纾:《先妣事略》,见薛绥之、张俊才编:《林纾研究资料》,北京:知识产权出版社2010年版,第53页。

林纾的父亲还在台湾,"资尽不能归。一家九人,咸仰母孺人及长姐针黹以自给。一日再食,至不能举。纾方九岁,向午自塾归,母以四钱市馎饦,命食之。遣去,不言全家之未举火也。弟时盘旋地上,见炉中沸渰,问先大母曰:'糜乎?儿饥也。'大母泣,母孺人强笑呵之,而心愈悲"①。曾经的贫穷在他心里留下了深深的烙印,晚年的林纾在《七十自寿诗》中还曾感叹自己出身寒微,一生颠沛流离且疾病缠身。

从林纾的人生经历中不难看出,他因家境贫寒而深刻地了解生活的艰辛,对别人的贫苦与艰难也有发自内心的同情和理解。王灼三,字薇菴,与林纾交情甚笃。林纾36岁那年,王灼三病逝,他逝前曾向妻子潘氏交代:"若勿怖,余死彼林某者固能善处若子也!"②但潘氏终因感觉生活无望而闭门自缢,林纾破扉而入救出她,并说:"先生既不禄固,有纾在也!"③林纾不仅为潘氏筹措了四百金,还将他们16岁的遗子王元龙领回自己家中,当做自己儿子一样抚养了12年,直至王元龙成家。数年后,林纾另一好友林述庵亦病逝,林纾又将述庵的儿子阿狀带回家,抚养成人。林纾的有情有义在这两件事中体现得淋漓尽致。林纾50岁后以著文为生,稿费很高,时有寒士登门求助,他总是慷慨解囊。寒光评价林纾:"朋友如有危难的时候,他却不惜拼命为之奔走营救,他那句'说到交友一途,即使拼命无惜'的话,当然不是自己夸张的。而且他的帮助并不限定他的朋友,他是没遮栏的周人之急的……'他每年著作所得稿费,平均有一万元以上,但终散发济助人急,及辅助贫寒子弟的学费。'"④林纾在其《七十自寿诗》的诗注中写道:"四十年来,连为亲友鞠孤儿七八","十年来屡得乞米之帖,余皆应。以四

---

① 林纾:《母弟秉耀权厝铭》,见《畏庐文集》,商务印书馆1910年版。转引自张俊才:《林纾评传》,北京:中华书局2007年版,第6页。

② 林纾:《告王薇菴文》,见《畏庐文集》,《民国丛书》第四编,第4094册,上海:上海书店1992年版,第1页。

③ 林纾:《王灼三传》,见《畏庐三集》,上海:商务印书馆1924年版。

④ 寒光:《林琴南》,见薛绥之、张俊才编:《林纾研究资料》,北京:知识产权出版社2010年版,第175页。

十年计，余所糜者已万金矣"。① 他有感于这些经历，作诗云："等是天涯羁旅身，忍将陈乞蔑斯人？迁流此后知何极，怀刺频来似有因。倘有轻财疑任侠，却缘多难益怜贫。回头还咀穷滋味，六十年前甑屡尘。"②诗前还有这样一段小序："余居京廿年，其贫不能归者恒就余假资。始但乡人，今则楚鄂川滇，靡所不有。比月以来，至者益夥，竭我棉薄，几蹶而不起，作此自嘲。"从诗中不难看出，林纾对幼年的穷苦生活记忆深刻，他也推己及人，尽心尽力地去救助那些和他一样的寒士，这是一种多么伟大的品格！

正是由于林纾具有强烈的责任感及悲天悯人的情怀，他总是仗义疏财，因此林纾一生的经济压力是非常大的，他也为此勤奋地工作不辍。林纾以自食其力为基本操守，据他的弟子朱羲胄回忆，林纾晚年除卖文为生，"更鬻画自赡家计。虽友朋门生多显贵，而独以自食其力为甘，未尝屑纳不劳而获之金。越七十龄，而犹屹立画桌前，日可六七小时，劳作不少休"③。钱基博的《现代中国文学史》中也记载："（林纾）性勤事不少休，晚年卖文译书外，益肆力作画。自珂罗版书画盛行，虽家乏收藏，不难见古名人真迹。珂罗版者，西法用药水玻璃，照印字画，毫发不爽。纾用得饱临四王、墨井、南田上及宋、元诸大家杰作，骎骎擅能品！沽者麇至，幅直数十饼金，纸绢塞屋，益以版税版权，岁入巨万。版税者，著作稿书坊代印，每书分其价十之几；版权者，以著作稿售书坊，每千字价若千金；其丰歉壹视其人之声誉以为衡；而版税版权之所饶益，并世所睹记，盖无有及纾者也！纾有书室，广数筵；左右设两案，一案高将及胁，立而画；一案如常，就以作文；左案事暇，则就右案；右案如之；食饮外，少停晷也！作画译书，虽对客不辍；惟作文则辍。其友陈衍尝戏呼其室为造币厂，谓动辄得钱也！然纾颇疏财，遇

---

① 朱羲胄编：《林畏庐先生年谱》卷二，上海：世界书局1949年版，第47页。
② 林纾：《畏庐诗存》卷下，上海：商务印书馆1923年版。
③ 朱羲胄编：《贞文先生学行记》卷一，上海：世界书局1949年版，第2页。

人缓急,周之无吝色。"①郑振铎评价林纾:"他当七十岁的高龄时,还是一天站立在画桌前六七个小时,不停不息的作画。他实是一个最劳苦的自食其力的人。他的朋友及后辈,显贵者极多,但他却绝不去做什么不劳而获的事或去取什么不必做事而可得的金钱。在这一点上,他实在是最可令人佩服的清介之学者。这种人现在是极不容易见到的。"②中国传统文学对小说的影响主要体现在两个方面:一是视小说为弘扬"大道"的工具,将小说纳入封建伦理规范的轨道,以小说来代圣贤立言;二是视小说为"小道",仅为茶余饭后的谈资,以助娱乐消遣之用。这两方面看似互相矛盾,实际上却反映了不同的价值选择。前期的林译小说显然是赞同"文以载道"的,所以具有鲜明的批判现实主义特色,林纾主张"笔舌所及,情罪皆真;爰书既成,声影莫遁"③,他认为西方小说中反映了一种严肃执着的人生态度,也希望借翻译小说来阐发针砭时弊、疗救社会的愿望,但民国初年黑暗的政局及纷纭复杂的政治斗争让林纾感到失望,他对翻译小说不再有热情,翻译小说沦为他挣钱的工具,因此态度也就敷衍起来,只一味地追求快速,而此时小说的读者群也扩大到普通的市民,为了迎合市场,追逐经济效益,林纾翻译了一些格调不高的作品,并遭人诟病。可以这么说,林纾为了获得更高的经济利益而忽视了译作的质量,从而影响了林译小说的传播效果。除此之外,林纾在五四运动期间与新文化派的纠葛更是导致林译小说被冷落的决定性因素。

一、五四新文化派对后期林译小说传播的影响

我们知道,1894年甲午战争后崛起的维新派人士,在辛亥革命后大都不约而同地"落伍"了。林纾始终对文言文和孔孟儒学持肯定态度;

---

① 钱基博:《现代中国文学史》,武汉:华中师范大学出版社2011年版,第157页。
② 郑振铎:《林琴南先生》,载《小说月报》1924年第15卷第11号。
③ 林纾:《滑稽外史》"短评"。

康有为入民国后一直应邀担任孔教会会长,还参与了张勋拥立宣统复辟的闹剧;严复参与发起了北京的孔教公会,还列名参与了鼓吹袁世凯称帝的"筹安会"。像章炳麟、刘师培、黄侃、黄节等革命派人物更是在辛亥革命前就成立了国学保存会,出版《国粹学报》,并在五四新文化运动中成为传统语言、文化的维护者。鲁迅在《花边文学·趋时与复古》中如此评价章炳麟等:"原先是拉车前进的好身手,脚肚大,臂膊也粗。这回还是请他拉,然而是拉车屁股向后,这里只好用古文'呜呼哀哉,尚飨'了。"①然而在这些人中,偏偏是林纾成了新文化运动的首选对手,这背后到底有什么原因,而且对后期林译小说的传播效果产生了怎样的影响,这都是我们研究林译小说传播时不可回避的问题。

仔细考察林纾与新文化派论战的始末,可以发现林纾与章炳麟及其弟子的文派之争正是这场论战的诱因。章炳麟1910年时曾发表《与人论文书》,其中谈到林纾的古文时,将他与严复作比较,认为"下流所仰,乃在严复、林纾之徒,复辞虽饬,气体比于制举,若将所谓曳行作姿者也。纾视复又弥下,辞无涓选,精采杂污,而更浸润唐人小说之风。夫欲物其体势,视若蔽尘,笑若龋齿,行若曲肩,自以为妍,而只益其丑也。与蒲松龄相次,自饰其辞而衹敬之曰:'此真司马迁班固之言!'"②林纾则认为,章炳麟"好用奇字,袭取子书断句,以震炫愚昧之目。所传谬种,以《说文》入手,于意境义法,丝毫不懂。昔大学堂预科熊生,公然在讲堂与之抵抗"③。林纾还先后批评章炳麟式的古文:"以挦扯为能,以钉饾为富,补缀以古子之断句,涂垩以《说文》之奇字,意境义法,概置弗讲"④,"有志之士,间有鄙八家而不为者,则高言周秦汉魏,猎采古子字句,摹仿《典引》、《封禅书》及《剧秦美新》

---

① 鲁迅:《鲁迅全集》第5卷,北京:人民文学出版社1981年版,第536页。
② 章炳麟:《与人论文书》,转引自薛绥之、张俊才编:《林纾研究资料》,北京:知识产权出版社2010年版,第183页。
③ 见《文学讲义》第2期,上海中华编译社1918年10月印行。
④ 林纾:《与姚书节书》,见《畏庐续集》,北京:中国书店1985年版,第16页。

一、五四新文化派对后期林译小说传播的影响

之体。又用换字之法,避熟而用生字,舍俗书而用《说文》。一篇乍出,望着骇慄,以为文必如此,方成作手。不知此等问,直以健步与良车驷马斗力也"①。由于与章炳麟等不合,林纾与桐城派作家姚永概一同辞去北京大学的教职。然而事情并没有就此结束。林纾的言论引起辛亥革命后陆续就读北京大学并参与新文化运动的部分章氏弟子的不满,这也成为林纾后来与五四新文化派激战的诱因。

林纾对古文的极力维护,是他被新文化派攻击的主要原因之一。民国初年,教育部公布《普通教育暂行办法》,规定"小学读经科一律取消",林纾几个月后就在为北京大学文科毕业生送别时谈到对古文命运的担忧:"古文之敝久矣。大老之自信而不惑者,立格树表,俾学者望表赴格,而求合其度,往往病拘挛而痿于盛年。其尚恢富者,则又矜多务博,舍意境,废义法,其去古乃愈远。夫所贵撷经籍之腴,乃所以佐吾文,非专恃多书,即谓之入古,炫俗眼而噤读者之口也。而今之狂谬巨子,趣怪走奇,填砌传记,若缩板增土,务取其杳且夥者以为能,则宜乎讲意境、守义法者之益不见直也。欧风既东渐,然尚不为吾文之累。敝在俗士以古文为朽败,后生争袭其说,遂轻蔑左马韩欧之作,谓之陈秽,文始辗转日趣于敝,遂使中华数千年文字光气,一旦暗然而燨,斯则事之至可悲者也。今同学诸君子,皆彬彬能文者。乱余复得聚首,然人人皆悉心以古自励。意所谓中华数千年文字之光气,得不然而燨者,所恃其在诸君子乎?世变方滋,文字固无济于实用。苟天心厌乱,终有清平之一日。则诸君力延古文之一线,使不至于颠坠,未始非吾华之幸也。临别,郑重申之以文。余虽笃老,尚欲与诸君共勉之。"②在这段话中,林纾明确地表示"欧风既东渐,然尚不为吾文之累",但是他担忧"俗士以古文为朽败,后生争袭其说",导致"中华数千年文字光气,一旦暗然而燨",因此希望"力延古文之一线,使不至于颠坠",

---

① 朱羲胄编:《林畏庐先生年谱》卷二,上海:世界书局1949年版,第10页。

② 林纾:《送大学文科毕业诸学士序》,见《畏庐续集》,北京:中国书店1985年版,第20页。

这充分表现了林纾站在文化保守主义立场上对中国传统语言、文化的珍视，而新文化派提倡新文学、反对旧文学，主张从根本上催化传统文化，因此与林纾的主张起了冲突。

1915年9月15日，陈独秀在上海创办《青年杂志》①，并在创刊号上发表《敬告青年》一文，谈到"青年之于社会，犹新鲜活泼细胞之在人身"，"属望于新鲜活泼之青年，有以自觉而奋斗耳"。他还在这篇文章中指出，"绝不认他人之越俎，亦不应主我而奴他人……忠孝节义，奴隶之道德也""固有之伦理、法律、学术、礼俗，无一非封建制度之遗……吾宁忍过去国粹之消亡而不忍现在及将来之民族不适世界之生存而归削灭也""欧俗以横厉无前为上德，亚洲以闲逸恬淡为美风。东西民族强弱之原因，斯其一矣。此退隐主义之根本缺点也……人之生也，应战胜恶社会，而不可为恶社会所征服""万邦并立，动辄相关，无论其国若何富强，亦不能漠视外情、自为风气。各国之制度文物，形式虽不必尽同，但不思驱其国於危亡者，其遵循共同原则之精神……今之造车者不但闭户，且欲以'周礼'、'考工'之制，行之欧美康庄，其患将不止不合辙已也""今日之社会制度、人心思想，悉自周汉两代而来——周礼崇尚虚文，汉则罢黜百家而尊儒重道。名教之所昭垂，人心之所祈向，无一不与社会现实生活背道而驰……""若事之无利於个人或社会现实生活者，皆虚文也，诳人之事也。诳人之事，虽祖宗之所遗留圣贤之垂教，政府之所提唱，社会之崇尚，皆一文不值也""国人而欲脱蒙昧时代，羞为浅化之民也，则急起直追，当以科学与人权并重"。为此，陈独秀提出了六点希望：自主的而非奴隶的、进步的而非保守的、进取的而非退隐的、世界的而非锁国的、实利的而非虚文的、科学的而非想象的。陈独秀的主张显示了他对西方科学与文化的追崇，在当时无疑具有进步意义，《新青年》因此拥有巨大的号召力，成为新文化运动的堡垒。

1917年1月1日，《新青年》第2卷第5号上刊登了胡适的《文学改

---

① 该杂志自1916年9月1日第2卷第1号起改名为《新青年》。

一、五四新文化派对后期林译小说传播的影响

良刍议》，这是倡导文学革命的第一篇文章。文中谈到文学改良，须从八事入手：须言之有物、不摹仿古人、须讲求文法、不作无病之呻吟、务去滥调套语、不用典、不讲对仗、不避俗字俗语。胡适判断："今日之文学，其足与世界'第一流'文学比较而无愧色者，独有白话小说……惟实写今日社会之情状，故能成真正文学。其他学这个，学那个之诗古文家，皆无文学之价值也……以今世历史进化的眼光观之，则白话文学之为中国文学之正宗，又为将来文学必用之利器，可断言也"，并主张"今日作文作诗，宜采用俗语俗字。与其用三千年前之死字（如'于铄国会，遵晦时休'之类），不如用二十世纪之活字。与其作不能行远不能普及之秦汉六朝文字，不如作家喻户晓之《水浒》、《西游》文字也"。林纾立即对这篇文章作出回应，同年2月1日，天津《大公报》登出了林纾的《论古文之不宜废》，其中谈到："凡所谓载道者皆空言，然而天下讲艺术者仍留'古文'一门，亦特如欧人之不废腊丁耳。知腊丁之不可废，则马班韩柳亦自有其不宜废者。吾识其理，乃不能道其所以然，此则嗜古者之痼也。民国新立，士皆剽窃新学，行文亦泽之以新名词。夫学不新，而唯词之新，匪特不得新，且举其故者而尽亡之，吾甚虞古系之绝也。向在杭州，日本斋藤少将谓余曰：'敝国非新，盖复古也。'时中国古籍如皕宋楼之藏书，日人则尽括而有之。呜呼！彼人求新而惟旧之宝，吾则不得新而先殒其旧。意者后此求文字之师，将以厚币聘东人乎？夫马班韩柳之文虽不协于时用，固文字之祖也；嗜者学之，用其浅者以课人，转转相承，必有一二钜子出肩其统，则中国之元气尚有存者。若弃掷践唾而不之惜，吾恐国未亡而文字已先之，几何不为东人之所笑也。"从这段话不难看出，林纾是从学理角度与胡适辩论的。林纾承认"凡所谓载道者皆空言"，但也担忧"若弃掷践唾而不之惜，吾恐国未亡而文字已先之"，主张理性地看待古文。

就在同一天，陈独秀在《新青年》第2卷第6号发表《文学革命论》："孔教问题，方喧呶于国中，此伦理道德革命之先声也。文学革命之气运，酝酿已非一日，其首举义旗之急先锋，则为吾友胡适。余甘冒全国学究之敌，高张'文学革命军'大旗，以为吾友之声援。旗上大书特书

吾革命军三大主义：曰，推倒雕琢的、阿谀的贵族文学，建设平易的、抒情的国民文学；曰，推倒陈腐的、铺张的古典文学，建设新鲜的、立诚的写实文学；曰，推倒迂晦的、艰涩的山林文学，建设明了的、通俗的社会文学。"钱玄同在这一期《新青年》的"通信"栏发表致陈独秀信，声援胡适的文学改良观点，他说："具此识力，而言改良文艺，其结果必佳良无疑。唯选学妖孽，桐城谬种，见此又不知若何咒骂。虽然，得此辈多咒骂一声，便是价值增加一分也。"1917年3月1日，钱玄同又在《新青年》第3卷第1号上"通信"栏发表致陈独秀信，特意批评林纾："又如某氏与人对译欧西小说，专用《聊斋志异》文笔，一面又欲引韩柳以自重；此其价值，又在桐城派之下，然世固以'大文豪'目之矣。"这一论调完全与前文中提到的章炳麟的《与人论文书》相一致。钱玄同是章炳麟弟子，钱氏攻击林纾，显然并不完全源于两人新旧文化立场的不同。新文化派并没有就此罢休。两个月后，刘半农在5月1日出版的《新青年》第3卷第3号上发表《我之文学改良观》，讽刺林纾："近人某氏译西文小说，有'其女珠，其母下之'之句。以'珠'字代'胞珠'，转作'孕'字解。以'下'字作'堕胎'解。吾恐无论何人，必不能不观上下文而能明白其用意。是此种不同之字，较诸'附骥'、'续貂'、'借箸'、'越俎'等通用之典，尤为费解。"①这一期《新青年》上还有胡适与陈独秀的通信。信中语及林纾："顷见林琴南先生新著《论古文之不当废》一文，喜而读之，以为定足供吾辈攻击古文者之研究，不意乃大失所望。……古文家作文，全由熟读他人之文，得其声调口吻，读之烂熟，久之亦能仿效，却实不明其'所以然'。此如留声机器，何尝不能全像留声之人之口吻声调？然终是一副机器，终不能'道其所以然'也。今试举一例以证之。林先生曰：'呜呼！有清往矣！论文者独数方、

---

① 实际上，刘半农此处引用有误。林译原文为"女接所欢，嫡，而其母下之，遂病"。钱锺书在《林纾的翻译》一文中曾对此作出解释，"司马迁还肯用'有身'或'孕'"，"林纾却从《说文》所引《尚书·梓材》挑选了一个斑驳陆离的古字'嫡'"，"班固还肯说'饮药伤堕'（《外戚传》下），林纾却仿《史记·扁鹊仓公列传》，只用了一个'下'字"。

姚，而攻掊之者麻起，而方、姚卒不之踣.'此中'而方、姚卒不之踣'一句，不合文法，可谓不通。所以者何？古文凡否定动词之止词，若系代名词，皆位于'不'字与动词之间。如'不我与'，'不吾知也'，'未之有也'，'未之前闻也'，皆是其例。然'踣'字乃是内动词，其下不当有止词，故可言'而方、姚卒不踣'，亦可言'方、姚卒不因之而踣'，却不可言'方、姚卒不之踣'也。林先生知'不之知'、'未之有'之文法，而不知'不之踣'之不通，此则学古文而不知古文之'所以然'之弊也。林先生为古文大家，而其论'古文之不当废'，'乃不能道其所以然'，则古文之当废也，不亦既明且显耶？"胡适同时表示："吾辈已张革命之旗，虽不容退缩，然亦决不敢以吾辈所主张为必是，而不容他人之匡正也。"而陈独秀在回信中态度鲜明地说："鄙意容纳异议，自由讨论，固为学术发达之原则，独至改良中国文学当以白话为正宗之说，其是非甚明，必不容反对者有讨论之余地；必以吾辈所主张者为绝对之是，而不容他人之匡正也。"①

胡适的《文学改良刍议》和陈独秀的《文学革命论》被视为现代白话文运动的开端。他们揭起了文学革命的大旗，然而社会反响并不算强烈，《新青年》也陷于停顿。传播学中的议程设置理论认为，媒介往往不能决定人们对某一事件或意见的看法，但可以通过提供信息和安排相关的议题来改变人们对某些事件和意见的关注程度。一般而言，受众对这些议题的经验越是间接，受媒介的影响就会越大；对媒介信息的接触量越大，受媒介的影响越大。林纾是当时的旧文学阵营中首屈一指的人物，被目为中国传统文化的最后一面旗帜，最具社会影响力，因此新文化派决定向林纾发难，以在文坛制造轰动效应。1918年3月15日，钱玄同、刘半农策划了著名的"双簧信"：他们在《新青年》第4卷第3号发表了两封信，一封由钱玄同化名王敬轩写给《新青年》，通篇不加一

---

① 1933年，胡适在《逼上梁山》一文中回忆陈独秀这番言论，认为"这样武断的态度，真是一个老革命党的口气。我们一年多的文学讨论的结果，得着了这样一个坚强的革命家做宣传者，做推行者，不久就成为一个有力的大运动了"。

个标点，用文言写成，信中既罗织《新青年》及新文学运动的罪状，又极力维护旧派文学，还特别推崇林纾和严复。另一封是刘半农以《新青年》记者名义写的《复王敬轩书》，对王敬轩的来信逐段驳斥，更有力地揭露了守旧派的顽固与无知，同时说明了文学革命的必要性和迫切性。他们期望以这种方式同时亮出新旧两个阵营的观点，达到引起全社会关注文学革命之目的。郑振铎也曾分析过炮制"双簧信"的缘由："在《新青年》的四卷三号上同时刊出了王敬轩的给编者的一封信，和刘复的'复王敬轩书'。王敬轩原是亡是公、乌有先生一流人物。托为王敬轩写的那一封信乃是《新青年》社的同人钱玄同的手笔。……为什么他俩要演这一出'苦肉计'呢？……从他们打起了'文学革命'的大旗以来，始终不曾遇到过一个有力的敌人们。他们'目桐城为谬种，选学为妖孽'。而所谓'桐城，选学'也者却始终置之不理。因之，有许多见解他们便不能发挥尽致。旧文人们的反抗言论既然竟是寂寂无闻，他们便好像是尽在空中挥拳，不能不有寂寞之感。……所谓王敬轩的那一封信，便是要把旧文人们的许多见解归纳在一起，而给以痛痛快快的致命的一击。"①

《王敬轩君来信》中说："林先生为当代文豪，善能以唐代小说之神韵，移译外洋小说。所取者皆西人之事也。而用笔措词，全是国文风度，使阅者几忘其为西事。是岂寻常文人所能企及……林先生所译小说，无虑百种，不特译笔健雅，即所定书名，亦往往斟酌尽善尽美。如云吟边燕语，云香钩情眼，此可谓有句皆香，无字不艳。"刘半农在《复王敬轩书》中则说："林先生所译的小说，若以看'闲书'的眼光去看他，亦尚在不必攻击之列；因为他所译的'哈氏丛书'之类，比到《眉语莺花杂志》总还'差胜一筹'，我们何必苦苦的'凿他背皮'。若要用文学的眼光去评论他，那就要说句老实话：便是林先生的著作，由'无虑百种'进而为'无虑千种'，还是半点儿文学的意味也没有！……若《吟边燕

---

① 郑振铎：《文学论争集》"导言"，见《中国新文学大系》，上海：上海良友图书公司1935年版。

语》本来是部英国的戏考,林先生于'诗'、'戏'两项,尚未辨明,其知识实比'不辨菽麦'高了许多。……况且外国女人并不缠脚,'钩'于何有?而这'钩'之香与不香,尤非林先生所能知道;难道林先生之于书中人,竟实行了沈佩贞大闹醒春居的故事么?"该文还列举了林译小说的三大缺陷:第一,"原稿选译得不精,往往把外国极没有价值的著作,也译了出来。真正的好著作,却未尝——或者没有程度——过问";第二,"谬误太多:把译本和原本对照,删的删,改的改,'精神全失,面目全非'";第三,"译书的文笔,只能把木国文字去凑外国文,决不能把外国文字的意义神韵硬改了来凑就本国文"。文中流露出来的挑衅的姿态,以及他们这种违背学术道德的做法,体现了新文化派激烈的批判态度及全盘否定的思想方法。

"双簧信"推出不久,胡适在1918年4月15日《新青年》第4卷第4号上发表了《建设的文学革命论》,文中也再次取笑林纾:"用古文译书,必失原文的好处。如林琴南的'其女珠,其母下之',早成笑柄,且不必论。"①面对新文化派的不断挑衅,林纾依然保持沉默,但新文化派对林纾的指责,仍然通过《新青年》传播开来。传播学研究认为,在信息传播过程中存在"二级传播"的现象,承担这种"二级传播"使命的是意见领袖。意见领袖影响信息的中继和过滤环节,对大众传播效果产生重要的影响。意见通常从广播和印刷媒介流向意见领袖,再从意见领袖流向人群中不太活跃的部分。这一理论的关键词是意见领袖。意见领袖就是人群中比较活跃的那部分,因为他们拥有更多的主观兴趣,因此,他们比一般的人更多地接触媒介,比一般的人知道更多的媒介内容。他们把他们所知的东西,"流"向"人群中不太活跃的部分",以致

---

① 对于胡适的这种看法,钱锺书在修订后的《林纾的翻译》一文中解释:"林纾原句虽然不是好翻译,还不失为雅炼的古文。'嫡'字古色烂斑,不易认识,勿怪胡适错引为'其女珠,其母下之',轻蔑地说'早成笑柄,且不必论'。大约他以为'珠'字是'珠胎暗结'的简省,错了一个字,句子的确就此不通;他又硬生生地在'女'字前添了个'其'字,于是,紧跟'其女'的'其母'变成了祖母或外祖母,那个私门子竟是三世同堂。胡适似乎没意识到他抓住林纾的'笑柄',自己着实赔本,付出了很高的代价。"

第四章 后期林译小说的传播

对这些"不太活跃者"产生决策上的影响。不难看出,在林纾与新文化派的论辩中,陈独秀、胡适、刘半农、钱玄同等人成了意见领袖。他们将自己挑选的西方理论通过《新青年》等媒介资源传播给读者,通过"双簧信",新文化派获得了压倒性的辉煌胜利,一些原来还在犹豫的人也在其影响下开始倾向新文化。而新文化派对林纾及林译小说的指责,也在一定程度上影响了林译小说的地位及传播效果。

1919年1月15日,陈独秀在《新青年》第6卷第1号上发表《本志罪案之答辩书》,谈到:"反对《新青年》的人,无非是因为我们破坏孔教,破坏礼法,破坏国粹,破坏贞节,破坏旧伦理,破坏旧艺术,破坏旧宗教,破坏旧文学,破坏旧政治……但是只因为拥护那德莫克拉西(Democracy)和赛因斯(Science)两位先生,才犯了这几条滔天的大罪。要拥护那德先生,便不得不反对孔教,礼法,贞节,旧伦理,旧政治。要拥护那赛先生,便不得不反对旧艺术,旧宗教。要拥护德先生,又要拥护赛先生,便不得不反对国粹和旧文学。西洋人因为拥护德、赛两先生,闹了多少事,流了多少血,德、赛两先生才渐渐从黑暗中把他们救出,引到光明世界。我们现在认定只有这两位先生,可以救治中国政治上道德学术上思想上一切的黑暗。若因为拥护这两位先生,一切政府的迫压,社会的攻击笑骂,就是断头流血,我们都不推辞。"性格木强多怒的林纾终于忍不住了,1919年2月17—18日,他在上海《新申报》的特辟专栏"蠡叟丛谈"中发表《荆生》,影射了主张"去孔子灭伦常""废文字以白话行之"的陈独秀、钱玄同和胡适,荆生怒斥并痛打三人,三人抱头鼠窜而去。北洋政府的喉舌——《公言报》于1919年3月18日发表长篇评论《请看北京学界思潮变迁之近况》,批评陈独秀等人"绝对的废弃旧道德、毁斥伦常、诋诽孔孟","祸之及与人群,直无异于洪水猛兽"。次日,林纾又在《新申报》发表小说《妖梦》,对蔡元培、陈独秀和胡适进行指责。1919年3月26日,傅增湘在徐世昌指令下给蔡元培写信,要求他约束双簧戏之后日益激进的北大师生,信中还将矛头直接指向陈独秀。1919年4月10日,蔡元培主持北大教授会议,正式废除学长制,解除陈独秀的文科学长之职。林纾的反抗激怒了新文化派,而且他被误认为与弹劾教育总长及北京大学校长有关,因此新文化派以《每周评论》为阵地,对林纾展开了围剿。1919年3月9日,《每周评论》第12号"杂录"栏目全文转载《荆生》并进行批判,还添加了"按语"《想用强权压到公理的表示》:"甚至于有人想借武人政治的威权来禁压这种鼓吹(指'用国语著作文学'的主张)。前几天上海《新申报》上登出一篇古文家林纾的梦想小说,就是代表这种无理压制的政策的。……那荆生自然是那《技击余闻》的著作者自己了。"3月16日,只眼(陈独秀)在《每周评论》第13号上发表了《关于北京大学的谣言》,指名道姓地批评了林纾。3月30日,陈独秀在《每周评论》第15号"随感录"专栏发表了《林纾的留声器》,给林纾罗织了一项罪名——运动国会议员制造弹劾案。4月6日,陈独秀在《每周评论》第16号"随感录"专栏发表了《婢学夫人》,讽刺林纾的《腐解》一文:"林琴南排斥新思想,乃是想学孟轲辟杨墨、韩愈辟佛老……孟轲、韩愈的价值,正因为辟杨墨佛老减色不少,况且学问文章不及孟韩的人,更不必婢学夫人了。"4月13日,《每周评论》第17号增加四版,以《对于新旧思潮的舆论》为题,转载了原刊于《晨报》《国民公报》《北京新报》《顺天时报》《民治日报》《民福报》《北京益世报》《民国日报》《时事新报》上的12篇声援新文化派的文章①。这一期的《每周评论》上还有陈独秀的文章《林琴南很可佩服》,其中谈道:"林琴南写信给各报馆,承认他自己骂人的错处,像这样勇于改过,倒很可佩服。但是他那热心卫道、宗圣明伦和拥护古文的理由,必须要解释得十分详细明白,大家才能够相信咧!"4月27日,《每周评论》第19号再次增加四个版面,继续以《对于新旧思潮的舆论》为题,转载了原刊于《国民公报》《顺天时报》《北京新报》《北京益世报》《中华新报》《民国日报》《川报》上的11篇声援文章,继续对林纾施加舆论压力。

---

① 张俊才、王勇:《顽固非尽守旧也:晚年林纾的困惑与坚守》,太原:山西人民出版社2012年版,第40页。

第四章 后期林译小说的传播

媒介对所传播的信息具有强化的效果。美国学者李普曼在《公众舆论》①一书中认为，在大众传播发达的社会，人们的行为与三种意义上的"现实"发生着密切的联系：一是实际存在着的不以人的意志为转移的"客观现实"；二是传播媒介经过有选择地加工后提示的"象征性现实"（即拟态环境）；三是存在于人们意识中的"关于外部世界的图像"，即"主观现实"。人们的"主观现实"是在他们对客观现实的认识的基础上形成的，而这种认识在很大程度上需要经过媒体搭建的"象征性现实"的中介。经过这种中介后形成的"主观现实"，已经不可能是对客观现实"镜子式"的反映，而是产生了一定的偏移，成为了一种"拟态"的现实。拟态环境的一个重要观点是：大众传播形成的信息环境（拟态环境）不仅制约人的认知和行为，而且通过制约人的认知和行为来对客观的现实环境产生影响。新文化派以各路媒体为阵地，在全社会范围内营造了一种学习新文化的氛围，甚至以他们的思维模式为标准，不容他人辩驳。林纾起初还有心争辩，他在1919年3月19日完成的短篇小说《演归氏二孝子》的跋尾中说："昨日寓书敦劝老友蔡鹤卿，嘱其向此辈道意，能听与否，则不敢知。至于将来受一场毒骂，在我意中。我老廉颇顽皮憨力，尚能挽五石之功，不汝惧也，来来来！"在慢慢感受到社会思潮变化带来的压力后，林纾在1919年4月23日的《公言报》上发表了《劝孝白话道情》，说道："报界纷纷骂老林，说他泥古不通今。谁知劝孝歌儿出，能尽人间孝子心。咳！倒霉一个蠢叟，替孔子声明，却像翻了十恶大罪；又替伦常辩护，有似定下不赦死刑。我想报界诸公未必不明白到此，只是不骂骂咧咧，报阑中却没有材料。要是枝枝节节答应，我倒没有工夫。今定下老主意，拼着一副厚脸皮，两个聋耳朵，以半年工夫，听汝讨战，只挑上免战牌，汝总有没趣时候。"这段话形象地说明了林纾在社会舆论面前的无可奈何，他只有选择沉默，渐渐不发表意见。

德国学者伊丽莎白·内尔·诺依曼曾提出"沉默的螺旋"的理论。

---

① [美]沃尔特·李普曼著，阎克文、江红译：《公众舆论》，上海：上海人民出版社2006年版。

这一理论的主要观点是：为了防止因孤立而受到社会惩罚，个人在表明自己的观点之前要对周围的意见环境进行观察，当发现自己属于"多数"或者"优势"意见时，倾向于积极大胆地表明自己的观点；当发现自己属于"少数"或"劣势"意见时，一般人会由于环境压力而转向"沉默"或者附和。经过媒体强调提示的意见由于具有公开性或者传播的广泛性，容易被当作"多数"或者"优势"意见被认知。在"劣势意见的沉默"和"优势意见的大声疾呼"的螺旋式扩展过程中，"沉默的螺旋"形成了。麦奎尔认为："'沉默的螺旋'理论所关注的主要因素有以下四点：传播媒介、人际传播、社会关于个人意见表达、个人对自己所处社会环境的固定意见气候的洞察力。传播媒介向人们提供外部世界大部分的信息活动，并通过多种渠道每日每时地报道几乎相同的内容，这种情况不能不对人们的意见乃至舆论产生重大影响。人际传播的目的在于获取信息。传播媒介所提供的信息实际是制造了一种镜式知觉（glass-looking perception）。在实际社会生活中，没有哪个个体可以完全掌握其他个体的信息。个体主要考虑的也就是其他个体的反应，并根据他们的反应做出自己的决策。此外能给予他们归属感或者孤立感的也主要是这些小型的社会群体。在某一特定的时期，传播媒体所宣传和倡导的观点、意见在社会上占主导地位，会对每个人的意见表达造成一种压力。在传播媒介的压力下，随着时间的推移，持非主流观点和态度的人会越来越少。个人的观点和态度要受到周围的影响，大多数人一般都要避免因固执己见和与众不同而受到孤立，因此，就不断对自己的行为做出调整以适应变化。当发现自己的意见与固定的意见气候相左时，就会表达占支配地位的意见或者不表达意见。"①林纾在与新文化派的论战中逐渐沉默，在读者看来就是林纾败下阵来，林纾本人和林译小说也受到冷落。实际上，在随后五四运动中，新文化派确实取得了最后的胜利。而"沉默的螺旋"还在继续发挥作用。1924年，在林纾病逝一个月后，《小说月报》发

---

① 周鸿铎主编：《应用传播学教程》，北京：中国书籍出版社2010年版，第69~70页。

表了郑振铎的《林琴南先生》一文，简短而又中肯地评价了林纾的生平、个性、文学创作，尤其是林译小说的历史价值。这标志着人们开始以客观的、历史的眼光看待林纾的文学成就。此后，胡适、范烟桥、陈子展、钱基博等在相关的作品中也对林译小说有过客观的评价。1935年，寒光发表专著《林琴南》，此书以七章的篇幅介绍了林纾的略历、思想与热忱、文学界的论评、翻译、创作、文学价值与功绩。不同于以往一鳞半爪的随感和即兴的评论，寒光推动了林纾研究向系统化和纵深化发展。但是，由于五四话语强调全盘西化，对林纾依然持否定态度，部分学者也不敢坚定地为林纾"平反"。1924年末，周作人在《林琴南与罗振玉》中表达了林纾"在中国文学上的功绩是不可泯灭的"①这一观点，刘半农也表示"真叫我们后悔当初之过于唐突前辈"②，钱玄同立即激烈地予以反驳："有谁'过于唐突'他呢？至于他那种议论，若说唐突我辈，倒还罢了，若说教训我辈，哼！他也配！！！"③郑振铎原本最先提出要公允地评价林纾，可在1935年为编选的《中国新文学大系》相关分册撰写"导言"时，为了迁就新文化派的观点，还是按照五四话语来记叙林纾。郑振铎的岳父是高梦旦，高氏三兄弟皆为林纾挚友，郑振铎与林纾有这层私人关系，仍然不敢对相关史实进行修正，正可说明五四时期营造的舆论氛围影响巨大。在这种社会环境下，林译小说的价值几乎被全盘否定，林纾还因此被扣上"封建遗老"的帽子，成为反面典型，被误解了近一个世纪。林译小说渐渐少人问津了。

二、五四新文化派对林纾的误读及林译小说的价值

五四运动具有毫不妥协的反封建精神，新文化派不遗余力地攻击文

---

① 开明(周作人)：《林琴南与罗振玉》，载《语丝》周刊1924年12月1日第3期。
② 刘复(半农)：《自巴黎致启明的信》，载《语丝》周刊1925年3月30日第20期。
③ 钱玄同：《写在半农给启明的信底后面》，载《语丝》周刊1925年3月30日第20期。

二、五四新文化派对林纾的误读及林译小说的价值

化保守主义思潮,林纾也因此"被落伍"。我们有必要还原林纾的本来面目,因为这不仅是林纾研究中的重要课题,而且对中国近现代文学史、思想史、文化史的研究来说,也是不可或缺的重要资料。对于五四期间林纾与新文化派的冲突,目前已经有研究者得出一些重要结论:林纾之所以攻击新文化运动,"与新文化人对他的过分贬斥嘲笑造成的刺激也有很大的关系"①,"如果说陈独秀、胡适他们有意断章取义、故意利用一些事实、放弃一些事实是因为他们要讲述自己的理论来完成历史赋予他们的使命的话,那么在今天,我们也完全应该重新发现一些事实来完成我们应做的工作"②。杨联芬是这样认为的:"这场冲突,五四新青年显然是论战的操纵者。他们出于确立新文化的现代性策略,选择了'痛骂'而使对手无力辩解的方式。五四的方式,确出乎林纾的'常识';而五四少年的解构姿态,倒也激发了林纾作为小说家的'酒神精神',遂写小说对骂。……五四与林纾的论战,就五四一方来说,是典型的为求'实质正义'而牺牲程序正义的实例,整个论证过程缺乏学理的讨论与辩难,完全是态度的表决。在此,我们不得不注意五四新文化阵营的某些分歧——胡适曾对钱刘双簧戏的策略大为不满,认为超越了游戏规则。但胡的这个态度,在后来往往被作为保守看待。以五四激进主义为视角的文学史,由于'省略'了一些事件和细节,一方面使得这个过程被简化,另一方面这场带有很强策略表演的论战,在历史主义的梳理下,带上某种虚假的崇高色彩;在这种色彩中,林纾的形象是扭曲的。……历史,并不全由'是'与'非'清晰地排列而成。历史的偶然性与非理性,使它在慷慨悲壮的崇高之中,也常常有一些令人无奈和哭笑不得的细节。梳理这些历史细节,不是要对'正义'的结论进行否定,而是尽可能在解读历史进程的某种偶然性或非理性时,对历史有一点更

---

① 洪峻峰:《林纾晚年评价的两个问题》,载《齐鲁学刊》1995年第1期,第26页。

② 刘克敌:《晚年林纾与新文学运动》,载《中国现代文学研究丛刊》1997年第1期。

丰富和博大的理解。"①

新文化派将林纾视为白话文运动的反对者，林纾的古文水平及他维护古文的态度也为新文化派所诟病。实际上，林纾是最早用白话写诗的，他的白话诗集《闽中新乐府》于 1897 年出版，比胡适的《尝试集》还要早 20 年。② 1901 年，林纾倡导开办《杭州白话报》。1913 年 2 月 24 日，林纾在《平报》"社说"栏发表《论中国丝茶之业》，该文倡导创办白话报以宣传养蚕知识。林译小说中也有不少白话口语，如"尔爸爸何往"③"夜娃直呼曰：'妈妈！'"④"即斥之曰：'畜生！'"⑤"彼又思及老伴矣"⑥等，可见林纾翻译时并不排斥白话。事实上，林纾是近代白话的最早践行者之一，他在新文化运动中也并没有真正地反对白话文，除了在《论古文之不宜废》中强调新学始昌时天下讲艺术者仍留"古文"一门，他还在《致蔡鹤卿书》认为"覆孔孟，铲伦常"不妥，因为"外国不知孔孟，然崇仁，仗义，矢信，尚智，守礼，五常之道，未尝悖也，而又济之以勇。弟不解西文，积十九年之笔述，成译著一百二十三种，都一千二百万言，实未见中有违忤五常之语，何时贤乃由此叛亲灭伦之论，此其得诸西人乎？抑别有所授耶""若云死文字有碍生学术，则科学不用古文，古文亦无碍科学""非读破万卷，不能为古文，亦并不能为白话"⑦。可见，在林纾看来，古文是白话的基础，古文与白话并非截然对立、不能共存，他所反对的是把文言文全盘否定的态度。他在《论古文白话之消长》一文中也强调了从发展态势看古文实已走向消亡的观点，并再次表达了"所谓古文者，白话之根柢，无古文安有白话"的态

---

① 杨联芬：《晚清至五四：中国文学现代性的发生》，北京：北京大学出版社 2003 年版，第 125~126 页。
② 《尝试集》是中国现代文学史上第一部白话诗集，是新文化运动期间由胡适以白话写成并在《新青年》杂志上发表的诗集，于 1920 年出版。
③ 《黑奴吁天录》，北京：商务印书馆 1981 年版，第 73 页。
④ 《黑奴吁天录》，北京：商务印书馆 1981 年版，第 74 页。
⑤ 《块肉余生述》，北京：商务印书馆 1981 年版，第 12 页。
⑥ 《块肉余生述》，北京：商务印书馆 1981 年版，第 83 页。
⑦ 林纾：《致蔡鹤卿书》，载《公言报》1919 年 3 月 18 日，见薛绥之、张俊才编：《林纾研究资料》，北京：知识产权出版社 2010 年版，第 74~75 页。

二、五四新文化派对林纾的误读及林译小说的价值

度,还认为古文"似无关政治,然有时国家之险夷系彼一言,如陆宣公之制诰是也;无涉于伦纪,然有时足以动人忠孝之思,如李密之《陈情》、武侯之《出师表》是也"①,这句话充分体现了林纾对古文价值的重视和对中国传统文化前景的担忧,这也正是他爱国情怀的表现。进入民国后,林纾虽然对政局不满,但爱国之心却始终没变。1915年当袁世凯正在紧锣密鼓地准备"称帝"时,林纾曾应邀到北京某青年会演讲,他演讲的题目是《青年宜尊重国家》。他说:"吾人但有'生'字、'死'字,并无所谓'老'、'病'者。'生'即少年,'死'即少年之收局。惟中间却有一个轴关,是'国家'两字。有了国家思想,替国家出力,即到八十、九十,还算少年。无国家思想,步步为己,事事徇私,即年力极强,官阶荣显,总算是无用而夭死。"②林纾年近七旬还在为保存古文而摇旗呐喊,他对祖国的赤子之心可见一斑。然而,由于新文化派坚定不移地、彻底地反对古文,林纾也被视为新文化运动的拦路虎而备受攻击,连林译小说的价值也一再被否定。如何客观、历史地评价林译小说,也是林纾研究中的重要任务。

新文化派认为林纾翻译时喜欢删改原文,以致精神全失、面目全非。实际上,林纾的译文基本上是忠于原著的,他也不敢随意删改原文:"惟其伏线之微,虽一小物、一小事,译者亦无敢弃掷而删节之,防后来之笔旋绕到此,无复叫应。"③在《鲁滨孙飘流记》的序中,林纾谈到:"译书非著书比也。著作之家,可以抒吾所见,乘虚逐微,靡所不可;若译书,则述其已成之事迹,焉能参以己见?"④林纾的翻译态度也是认真的。他在《利俾瑟战血余腥记》的"叙"中记载:"前此所译《茶

---

① 林纾:《论古文白话之消长》,载《文艺丛报》第1期,普通图书馆1919年4月发行。
② 林纾:《青年宜尊重国家》,见柯定璜编《孔教十年大事》卷五,陕西宗圣社1923年印行。
③ 林纾:《冰雪因缘》序,见陈平原、夏晓虹编:《二十世纪中国小说理论资料》第一卷,北京:北京大学出版社1989年版,第350页。
④ 钱谷融主编,吴俊标校:《林琴南书话》,杭州:浙江人民出版社1999年版,第115页。

花女遗事》、《黑奴吁天录》、《伊索寓言》，颇风行海内，又固因逐字逐句，口译而出，请余述之，凡八万余言。"逐字逐句地口述、笔录，说明二者在翻译时是很慎重的。1915年，林纾在为中华书局版《中华大字典》作序时提出统一译名的问题："仆常谓外国之字典，有括一事为一字者，犹电报中暗码，但摘一字，而包含无尽之言，其下加以界说，审其界说，用字不烦，而无所不统。中国则一字但有一义，非联合之不能成文，顾翻译西文，往往词费。由无一定之名词，故与西文左也。……今日由东文输入者，前清之诏敕，民国之命令，亦往往采用，旧学者读之，又瞠目不能解，索之字典，决不可得，则不能不舍其旧而新是谋矣。"①林纾从事翻译的时代，译界依然盛行随意删改外国作品的风气。当时颇负盛名的翻译家周桂笙"翻译的东西，每不注明来处，或甚至不注明作者的名字，即有标明作者的，亦为译音，今已不可考知。还有他喜欢增删原文……"②事实上，在当时的翻译界，除了私人译书以外，书店往往还聘请译手和润文的人。先请译手将流行的书译成中文，再交由润文的人去润色，然后再出书，几经改动，成书时已经面目全非了。郑振铎也曾指出中国以前的译者多喜删节原文，林纾的翻译也存在这样的现象，他在《林琴南先生》一文中认为，"其过恐怕还在口译者的身上；如九十三，大约是口译者不见全文，误取了书坊改编供儿童用的删节本来译给林先生听了。至于说是林先生故意删节，则恐吾此事。好在林先生这种的翻译还不多"，并指出相对于大部分不信实的译者，林纾还算是忠实于原著的，并没有像别人那样，翻译作品时不注作者的姓名或将他人作品标为己出，像林纾这样的译者非常少见。我们要评价林纾的翻译态度，就应该结合当时的环境，历史地进行考察，像新文化派这样有意忽视前提条件而对林纾进行批判，明显地失之偏颇。

新文化派认为，以唐代小说神韵来移译小说是林纾最大的病根，主

---

① 钱谷融主编，吴俊标校：《林琴南书话》，杭州：浙江人民出版社1999年版，第173页。

② 杨世骥：《文苑谈往》，转引自林薇：《百年浮沉：林纾研究综述》，天津：天津教育出版社1990年版，第168页。

张应以本国文字去凑外国文。实际上,林纾在翻译《茶花女》时,如果不采取中国文字式的意译,"中国读者会望望然而去吧?所以林译给与读者的好处,就在打开书本而一目了然,完全没有格格不相入或诘曲聱牙的毛病!苦海余生说得好,'中、西文体不同,直笔译之,谓能尽善尽美耶?琴南知此,故视其说部一篇到底,有线索、意境,直如为文,匪不尽心力而为之。——欲其不享盛名得乎?'……谭正璧的话所谓'他能运用中国原有的语调,不失原义的文言照译,正是很好的译法;我以为如用白话译外国文学,也不妨学他的成法。'"①对于当时的直译与意译之争,汤元吉在《春醒》的"译序"里做过解释:"据我看来,直译至低限度也要做到信、达两个字;那么这和意译究竟有什么分别呢?举一个浅近的例来说:如果现在有一位西洋人翻译中国的'原璧奉赵'这句话,他不老老实实的译作奉还两个字,偏要照着原文译为'原璧奉赵'然后再加上许多的注解,这种直译的方法,岂不是世间第一等笨伯做的事吗?"②林译小说的读者中,绝大多数是不通外文的,因此意译更符合他们的阅读习惯,而且那时译书的目的是宣传外国的新思想。到了新文化运动时期,由于大批青年学生接受了现代教育,已经具备了阅读外文的能力,他们自然不满于意译的方法了。但是,新文化派据此而否定林译小说的成绩,这种做法也是不可取的。

至于新文化派嘲讽林纾将《吟边燕语》等戏剧译成小说,日本学者樽本照雄经过审慎的考辨,撰写了《林纾冤罪事件簿》,还林纾以清白:"林译小说的缺陷中最大的一个,就是把戏曲翻译成小说这件事。这个事实被广泛、长期地流传。所以这是个共通的认识,也就是定论。把莎士比亚和易卜生的作品翻译成小说,台词被大量删除,好好的剧本就这样被糟蹋了。林纾被嘲笑、指责为愚昧到连戏曲跟小说的区别都不懂。有些研究者认为把戏曲小说化是林译小说滑稽的代表。没有哪个研究家否认林纾的戏曲小说化,研究林纾的专家也不例外。不过,这里先

---

① 郑振铎:《林琴南先生》,载《小说月报》1924年第15卷第11号。
② 郑振铎:《林琴南先生》,载《小说月报》1924年第15卷第11号。

把结论写在前头。被作为批判依据的小说戏剧化的事实并不存在。林纾以及他的合作者,没有把原著的戏曲随便小说化。戏曲小说化是没有事实依据的。从来对林纾以及林译小说的批判,是建立在误解的基础上的。"①

还需要指出的是,尽管新文化派对林纾进行了激烈的学术批判与人身攻击,林纾愤而应战时也说了一些责骂的话,但总的来说,林纾在这起事件中还算是保持了大家风度。1919年4月5日,林纾在《新申报》发表《林琴南先生致包世杰君书》,向曾经批评自己的包世杰致歉:"仆今自承过激之斥,后此永永改过,想不为暗然。敝国伦常及孔子之道,争必力争,当敬听尊谕,以和平出之,不复嫚骂。"这一时期,林纾虽然在报刊上与新文化派激烈论战,但在课堂上却从未批评过陈独秀、胡适等人,其气度可见一斑。

三、林译小说的传播对新文化运动的贡献

尽管后期林译小说的质量大不如前,也不再像前期那样受读者欢迎,尽管林纾被新文化派视为头号对手,林译小说的价值也被断然否定,但我们必须承认林译小说对中国翻译事业做出的贡献,尤其要承认林译小说对五四新文化运动的积极影响。周作人1921年所作的《中国新文学源流》这样评价林纾的译述工作:"一方面打破了中国人的西洋无学问的旧见,一方面也可打破了桐城派的'古文之体忌小说'的主张,而其根本思想却仍是和新文学不相同的。"②周作人一面肯定林译小说的成绩,一面否认新文学与它的渊源,然而这一论断并不客观。与他同时期的郭箴一在《中国小说史》中谈到,"自严复、林纾翻译西洋文艺思想书后,中国人才注意到西洋的文学思想,这对于民国六年的新文学革命

---

① 转引自郭杨:《林译小说研究》,上海:复旦大学博士论文,2009年,第14页。
② 周作人:《中国新文学的源流》,上海:华东师范大学出版社1995年版,第49页。

三、林译小说的传播对新文化运动的贡献

运动,也有莫大的帮助"①,这样的描述相对而言是符合事实的。

谈到林译小说的传播对新文化运动的贡献,首先必须承认的是,五四时期树立的思想旗帜"德先生"和"赛先生"以及提出的"反帝反封建"的口号,与林译小说倡导的思想启蒙一脉相承。早在译书之初,林纾就曾谈过他翻译的目的:"吾谓欲开民智,必立学堂;学堂功缓,不如立会演说;演说又不易举,终之唯有译书……大涧垂枯,而泉眼未涸,吾不敢不导之;燎原垂灭,而星火犹爝,吾不能不燃之。"②林纾想表达的启蒙思想,也确实随着林译小说的传播而在社会上产生了影响,比如1901年《黑奴吁天录》出版以后,就引起了巨大的思想震动。孙宝瑄读了此书后,由感叹黑奴的遭遇进而同情中国社会中地位低下的女性:"我国蓄奴有禁,故男子罹是苦者鲜,惟女子或鬻身为婢,或堕于勾栏中,其苦不减于美国之黑奴。"③南社创始人之一陈去病曾以"醒狮"为笔名写诗道:"专制新雄压万夫,自由平等理全无。依微黄种前途事,岂独伤心在黑奴?"④陈去病早年参加同盟会,他的诗多抒发爱国激情,从这首诗中也不难看出《黑奴吁天录》进一步唤起了他对自由、平等的追求,他勇于实践自己的理想,在推翻封建帝制的辛亥革命和讨伐袁世凯的运动中,都做出过重要贡献。《撒克逊劫后英雄略》"包本王裔之于拿破仑,漆身吞炭,百死无恤,又日为秦廷之哭;英俄怜之,挟以普奥之怒,因得复辟。虽为祚弗修,其复仇念国之心,可取也。今书中叙撒克逊王孙,乃嗜炙慕色,形如土偶,遂令垂老亡国之英雄,激发其哀厉之音,愚智互形,妍媸对待,令人悲笑交作"⑤,《十字军英雄记》"叙英王李却,与土耳基搏战事,其中英雄儿女,事迹变幻陆离,伟为辞杰"⑥,这些书

---

① 郭箴一:《中国小说史》,上海:上海书店1984年版,第586页。
② 林纾:《译林叙》,载《译林》1901年第1期。
③ 孙宝瑄:《忘山庐日记》,上海:上海古籍出版社1983年版,第502页。
④ 醒狮:《题〈黑奴吁天录〉后》,载《新民丛报》1903年5月20日第31号。
⑤ 林纾:《撒克逊劫后英雄略》"序",见陈平原、夏晓虹编:《二十世纪中国小说理论资料》第一卷,北京:北京大学出版社1989年版,第144页。
⑥ 林纾:《十字军英雄记》"序",上海:商务印书馆1933年版,第1页。

中反映的反抗侵略与强权的精神、扣人心弦的战争场面、缠绵悱恻的爱情故事，也打动过鲁迅、周作人等读者。林译小说中还批判过君主专制："墨之亡，亡于君权尊，巫风盛，残民以逞，恃祝宗以媚神，用人祭淫昏之鬼；又贵族用事，民逾贱而贵族逾贵。"①这虽然是就墨西哥亡国一事而发表的评论，但正表达了对封建专制的不满。林纾翻译的不少言情小说也明显地表现了反封建意识。尽管当时社会上普遍看重小说的社会功能，译者纷纷利用小说来发表政见，对言情小说并没有给予足够的关注，林纾仍然翻译了不少赞扬坚贞的爱情、宣传个性解放的言情小说，如《巴黎茶花女遗事》《迦茵小传》《不如归》《剑底鸳鸯》《红礁画桨录》等。这些小说主张女性权利、倡导婚姻自由，带有鲜明的资产阶级启蒙文化的印记，在当时具有进步意义。林纾在《剑底鸳鸯》的"序"中说："余译此书，亦几得罪于名教矣。……此在吾儒，必力攻以为不可。然中外异俗，……不必踵其事，但存其文可也。"②从这段话中不难看出，林纾是有意识这么做的。由于林纾的历史局限性，他所做的努力都是着眼于思想变革、政治改良，不像新文化运动那样具有彻底的革命性，但林纾这一代学人在启蒙、维新方面的努力，为新文化运动奠定了思想基础。

以林译小说为代表的近代翻译小说，是五四小说的起点，促进了五四小说的现代转型。在1898年戊戌变法之前，小说一直难登大雅之堂，康熙皇帝还曾下过查禁小说的谕旨："朕惟治天下，以人心风俗为本。欲正人心，厚风俗，必崇尚经学，而严绝非圣之书，此不易之理也。近见坊间多卖小说淫词，荒唐俚鄙，殊非正理；不但诱惑愚民，即缙绅士子，未免游目而蛊惑焉。所关于风俗者非细。应即通行严禁。"③晚清时

---

① 林纾：《英孝子火山报仇录》"译余剩语"。
② 薛绥之、张俊才编：《林纾研究资料》，北京：知识产权出版社2010年版，第270页。
③ 《大清圣祖仁皇帝实录》卷二五八，转引自陈平原：《中国小说叙述模式的转变》，北京：北京大学出版社2010年版，第15页。

期，虽然也有少量外国小说被译介到中国①，但中国文坛还是相当封闭的，并未因此而有些微改变。自梁启超认识到小说有助于社会改良而倡导小说界革命后，林译小说以其独特的风貌出现在文坛，为中国文学向外国文学学习打开了一个窗口，才使近代小说在形式方面出现了新的气象。周作人曾说："新小说与旧小说的区别，思想固然重要，形式也甚重要。"②正是林译小说的大量出现，赋予了小说新的面貌。章回体是我国传统长篇小说的基本形态，针对当时这种毫无创新的写作形式，胡适曾批评道："如今的章回小说，人都犯了这个没有结构，没有布局的懒病。"③林纾则不然。因受他所译的外国小说的影响，林纾在近代创作的五部长篇小说都没有采用章回体格式，郑振铎称赞他："中国的'章回小说'的传统的题材，实从他而始打破。"④中国传统小说习惯采用连贯叙述的方法，林纾则大胆地推介了"倒叙"的手法，在介绍《歇洛克奇案开场》一书时，林纾指出："文先言杀人者之败露，下卷始叙其由，令读者骇其前而必绎其后，而书中故为停顿蓄积，待结穴处，始一一点清其发觉之故，令读者恍然。此顾虎头所谓传神阿堵也。"⑤林译小说中也提到"预叙"的笔法，并加以阐释，如《块肉余生述》第五章中："外国文法往往抽后来之事预言，故令观者突兀惊怪，此其用笔之不同者也。余所译书，微将前后移易，以便观者。若此节则原书所有，万不能易，故仍其文。"《哀吹录》中还提到"补叙"的叙事方法："以下别提一段，是记者补叙前半之事，不关庙中人口述。"⑥林纾忠实于原著，采用多种叙

---

① 如1872年刊登于《申报》的《谈瀛小录》《一睡七十年》，1873—1875年连载于《瀛寰琐记》的《昕夕闲谈》，1882年图画新报馆译印的《安乐家》，1888年天津时报馆印的《海国妙谕》等。
② 周作人：《日本近三十年小说之发达》，载《新青年》1918年第5卷第1号。
③ 胡适：《建设的文学革命论》，见北京大学等院校中文系编：《文学运动史料选》第一册，上海：上海教育出版社1979年版，第77页。
④ 郑振铎：《林琴南先生》，载《小说月报》1924年第15卷第11号。
⑤ 林纾：《歇洛克奇案开场》"序"，上海：商务印书馆1908年版，第1页。
⑥ 林纾、陈家麟译：《哀吹录》，上海：商务印书馆1915年版，第10～11页。

第四章　后期林译小说的传播

事方法，这在当时也是不多见的，而紧随其后的五四小说中对各种叙事方法的使用已经十分常见，显然是受到了林译小说的影响。从叙事角度而言，《巴黎茶花女遗事》采用第一人称，有别于中国传统小说中的全知视角，而且小说的末尾还附有茶花女病逝前的数页日记，这种写法对五四小说也产生了影响，如我国第一部现代白话文小说《狂人日记》就是以第一人称的日记体书写的。

五四时期的一些重要作家也受到过林译小说的影响。鲁迅以《狂人日记》奠定了新文化运动的基石，是新文化运动的主将，而青年时代的鲁迅正是林译小说的忠实读者。鲁迅读过《巴黎茶花女遗事》《利俾瑟战血余腥记》《滑铁卢战血余腥记》《撒克逊劫后英雄略》《黑太子南征录》等50余种林译小说，并推荐给周作人看。据周作人回忆，林纾对鲁迅有过很大的影响，"我们对于林译小说有那么的热心，只要他印出一部，来到东京，便一定跑到神田的中国书林，去把它买来，看过之后鲁迅还把它拿到订书店去，改装硬纸板书面，背脊用的是青灰洋布"①。周作人的文学之路也颇受林译小说影响，"由最早的《茶花女》到后来的《十字军英雄记》和《黑太子南征录》，我就没有不读过的"②，"《埃及金塔剖尸记》……引导我们去译哈葛得，挑了一本《世界的欲望》，是把古希腊埃及的传说杂拌而成的，改名为《红星佚史》"③。他在辑译的"近代名家短篇小说"《点滴》的序言中直接说："我从前翻译小说，很受林琴南先生的影响。"④林纾逝世以后，他回忆了与林纾及林译小说的渊源，并承认："我们几乎都因了林译才知道外国有小说，引起一点对于外国文学的兴味，我个人还曾经很模仿过他的译文。"⑤尽管周氏兄弟后

---

① 周作人：《鲁迅与清末文坛》，见《鲁迅的青年时代》，北京：中国青年出版社1957年版。
② 周作人：《中国新文学的源流》，上海：华东师范大学出版社1995年版，第58页。
③ 周作人：《鲁迅与清末文坛》，见《鲁迅的青年时代》，北京：中国青年出版社1957年版。
④ 周作人辑译：《点滴》，北京：北京大学出版社1920年"序言"。
⑤ 开明（周作人）：《林琴南与罗振玉》，载《语丝》1924年12月1日第3期。

来受到章太炎的影响,用直译的方法翻译了《域外小说集》,但林译小说对二人在文学翻译上的引导作用不可抹杀。周作人甚至这样说:"到吴汝纶、严复、林纾诸人起来,一方面介绍西洋文学,一方面介绍科学思想,于是经曾国藩放大后的桐城派,慢慢便与新要兴起的文学接近起来了。后来参加新文学运动的,如胡适之、陈独秀、梁任公诸人,都受过他们的影响很大,所以我们可以说,今次文学运动的开端,实际还是被桐城派中的人物引起的。"①苏雪林在民国初年开始阅读《茶花女遗事》《迦茵小传》《橡湖仙影》《红礁画桨录》等林译小说,并学着用文言写作,还能模拟林译的笔调,由读林纾的译本而产生了读他创作的热望,因此在文字上对林纾的了解很深,认为是她幼年时最佩服的文士,视林纾为最初的国文导师。② 苏雪林后来走上文学道路,与林译小说的影响不无关系。凌昌言读了《撒克逊劫后英雄略》后说:"司各特给予我们新的刺激,直接或间接地催促我们走向文学革命的路上去;司各特是直接或间接地奠定了我国欧化文学的基础了。"③郭沫若的文章充满想象力,富有浪漫主义的色彩,据他所说,是林纾翻译的《撒克逊劫后英雄略》对他的文学倾向产生了决定性的影响,他在《我的童年》里写道:"Scott 的 *Ivanhoe*,他译成《撒克逊劫后英雄略》……那种浪漫主义的精神他是具象地提示给我了。我受 Scott 的影响很深,这差不多是我的一个秘密。我的朋友似乎还没有人注意到这一点。我读 Scott 的著作也并不多,实际上怕只有 *Ivanhoe* 一种,我对于他并没有深刻的研究,然而在幼时映入脑中的铭感,就好像车辙的古道一般,很不容易磨灭。"④此外,冰心、庐隐、叶圣陶、朱自清、沈从文等人都曾阅读过林译小说,并且不同程度地受到林译小说的影响。

---

① 周作人:《中国新文学的源流》,上海:华东师范大学出版社1995年版,第48页。
② 参见苏雪林:《林琴南先生》,载《人世间》1934年10月第14期。
③ 凌昌言:《司各特逝世百年祭》,载《现代》1932年12月第2卷第2期。
④ 郭沫若:《我的童年》,见《少年时代》,北京:人民文学出版社1979年版,第113页。

由于林译小说的传播对五四新文化运动做出了贡献，蒋锡金先生在仔细考察了林译小说的内容与形式后，称林纾的翻译是五四新文学的"不祧之祖"①，张俊才先生也在《林纾评传》《顽固非尽守旧也：晚年林纾的困惑与坚守》等相关著作中对此说法表示认同，认为这是真正的具有史学家眼光的评断。我们不能否认林纾的翻译事业在中国文学革新中的作用，但是也必须看到，五四这一代的作家，在知识结构等方面与林纾这一代作家具有巨大的差别。五四作家普遍具有较高的外语水平，使得他们可以直接阅读原著，直接从原著中汲取营养，因此对西方小说的创作方法体会更深；由于具备现代的人文科学知识，五四作家翻译或创作的小说更具现代特征；由于自我意识的苏醒，五四作家的作品更多地体现了个性解放的思想，这些正是林纾这一代作家所无法比拟的。同时，林纾在翻译方面的功劳是有目共睹的，但梁启超、吴趼人、李伯元、刘鹗、曾朴等人在小说方面的成就与贡献也不容忽视，正是这一代人的共同努力，中国小说才开始从传统走向现代。因此，与其说林译小说是五四新文学的"不祧之祖"，不如说是"领路人"更为合适。

---

① 参见蒋锡金：《关于林琴南》，载《江城》1983年第6期。

结　语

　　林译小说产生时正值梁启超等维新派文学家倡导"小说界革命"，林纾视翻译小说为救国实业，他不懂外文，全靠与口译者合作来完成翻译工作，但他天赋的文学鉴赏能力和高雅的古文笔法为翻译小说增色不少，也为国人认识和了解世界提供了新的视角。林译小说是林纾翻译小说的总称，是中国近代小说史和中国文学翻译史上的一个独特而显著的存在，代表了林纾最高的文学成就。在时代的风云际会中，林纾及林译小说毁誉参半，经历了大起大落。

　　文学的传播研究是一个新兴的领域，我们应将文学传播活动放在人类生产和交往活动的社会大系统中考察。林译小说在清末民初的传播也是一种独特的文学现象。林译小说产生于19世纪末20世纪初，此时中国社会刚刚开始工业化和都市化。印刷从手工作坊式的手工业变为机器印刷大工业，晚清各类书局、报刊的大量产生为文学作品大量排印问世创造了可能性，都市化过程中产生了大量具有一定文化程度的市民，使小说拥有了众多的读者和较大的社会需求。林译小说的传播与社会环境的变化密不可分。中国人办报的第一个高潮出现在维新变法时期，其中资产阶级维新派及与他们有联系的社会力量创办的报刊数量最多、范围最广、影响最大。中国资产阶级知识分子之所以具有前所未有的社会影响力和号召力，正是因为他们掌握了最有力的武器——大众传媒，因此拥有了主导社会思潮的公共话语权力。前期的林译小说之所以能得到大范围的传播，正因为林纾站在维新派的立场上，有效地利用了传媒这一先进工具。林纾借所翻译的小说来宣传资产阶级维新思想，契合那个时代主流媒体的政治主张，而林纾的合作者大都与他具有相同或相近的政

结 语

治立场，在选择原著、翻译的准确性及翻译速度等诸多方面发挥着重要作用，为林译小说的形成和发展奠定了良好的基础。考查林纾的合译者在传播环节中的具体功能，有助于我们从新的角度探究林译小说在清末民初风行的原因。

近代传媒的发展带来了翻译文学的发展。维新运动期间，随着进步知识分子对西方认识的深化，随着向广大民众进行思想启蒙任务的日益紧迫，翻译文学理所当然地成为传播西方文化、唤醒中国民众的有力武器。"说部之兴，其入人之深，行世之远，几几出于经史上，而天下之人心风俗，遂不免为说部之所持……且闻欧美、东瀛，其开化之时，往往得小说之助"①，林纾借助传媒的力量，通过翻译小说来传播西学。他与商务印书馆的合作可谓明智之举。商务印书馆以印刷业务起家，拥有先进的设备与完善的发行系统；商务印书馆大规模的机器生产拓展了文化传播的空间，为林译小说的广泛传播奠定了坚实的物质基础和读者基础；商务印书馆有完备的发行系统，并在当时交通便利、商业繁荣的城市采取邮政局寄递的方式，在交通不便、未设邮政局之处发行时则主要依赖民信局。强大的流通渠道正是商务版文学作品得以广泛流通的基础，林译小说也因此拥有了较高的知名度。林纾前期的译本绝大多数有序跋，这些文字或阐发原作的意义，或点评原作的艺术特色，或借机抒发个人的情感，从一个侧面反映了林纾翻译小说时的态度，也在一定程度上左右了林译小说的传播。同时，林纾使用浅近的文言、选择合适的题材、采取恰当的归化和异化手段等翻译策略也对林译小说传播产生了影响。林译小说的广泛传播提升了小说和小说家的地位，体现了小说社会功能与审美功能的和谐统一，拓展了读者对外国文学的认识，也使林纾成为中国近代文学史上不可或缺的人物。

但是近代传媒的发展也对雅文学和文言的表达方式产生了巨大的冲击。近代传媒带来了一系列的文学革命运动，促进了以白话为表达方式

---

① 严复、夏曾佑：《本馆附印说部缘起》，见陈平原、夏晓虹编：《二十世纪中国小说理论资料》第一卷，北京：北京大学出版社1989年版，第12页。

的通俗文学的发展。近代至五四新文化运动，是中国文化发展史上空前剧烈震荡的时期，是三千年来未有之大变局。在这场大变局中，新文化派获得了对传媒的控制权，而林纾却逐步丧失了公共话语权。林纾是当时的旧文学阵营中首屈一指的人物，被目为中国传统文化的最后一面旗帜，因此新文化派决定向林纾发难，以在文坛制造轰动效应。结果新文化派获得了压倒性的胜利，而新文化派对林纾及林译小说的指责，也在一定程度上影响了林译小说的地位及传播效果，林纾本人和林译小说也受到冷落。五四时期营造的舆论氛围影响巨大，林译小说的价值几乎被全盘否定，林纾还因此被扣上"封建遗老"的帽子，成为反面典型，被误解了近一个世纪，林译小说也渐渐少人问津了。

五四运动具有毫不妥协的反封建精神，因此表现出了非学理性的一面。新文化派不遗余力地攻击文化保守主义思潮，林纾也因此"被落伍"。我们必须承认林译小说对中国翻译事业做出的贡献，尤其要承认林译小说对五四新文化运动的积极影响。五四新文化运动提倡的"民主""科学"思想与林译小说倡导的思想启蒙一脉相承，五四小说的现代转型也深受林译小说影响，众多五四作家也在林译小说的影响下走上写作道路。

本书从传播学的视角切入，正是希望能采用新的方法，拓展林译小说的研究领域。在写作过程中，笔者注意到：近代在翻译外国小说时，常常会出现重译，即同一本小说由不同的人先后翻译出版，"竞尚译本，各不相侔，以致一册数译，彼此互见"①。林译小说也常常遭遇这样的境况，如《迦茵小传》就有林译本和包天笑译本；在林纾根据《莎氏乐府》翻译《英国诗人吟边燕语》之前，就有人据原著翻译出了《海外奇谭》；《神枢鬼藏录》即《马丁休脱》。这样的例子还有不少。有趣的是，林译本往往名气更大、流传更广，甚至掩盖了其他译本的光芒。林纾翻译的《不如归》也是一种特殊的重译现象。《侗生丛话》中有这样的评价："……《不如归》一书，余因其系日人原著，意未必佳，最后始阅及

---

① 觉我：《余之小说观》，载《小说林》1908年第9期。

结　语

之。既终卷，觉其佳为诸书冠，恨开卷晚也。友人言，是书在日本，无人不读，书中之浪子，确有其人，武男片冈，至今尚在。又曰：林先生译是书，元属英文，故无日文习气，视原著尤佳。"[1]但苏曼殊的评价恰恰相反："余如《吟边燕语》、《不如归》，均译自第二人之手，不谙英文，可谓译自第三人之手，所以不及万一。甚矣译事之难也！"[2]包天笑也很喜欢将日本人翻译的西洋小说再译成中文，民国初年，他常到上海虹口的日本书店选取日本人翻译的西洋小说，"不过那时候，日本的翻译小说，不像以前的容易翻译，因为他们的汉文都差了。最可厌的，有一种翻译小说，他把里面的人名、地名、制度、风俗等等，都改了日本式的，当然，连他们的对话、道白，也成为日本风了。所以往往购买五六本的日文翻译小说，也只有一二种可以重译，甚至全盘不可着笔的"[3]。针对重译这种现象，当时有人十分不满，认为这是"一种滑头办法"[4]，也有人表示认可。近代还曾有这样的风气："遇见外国——大抵是日本——有一部书出版，想来当为中国人所要看的，便往往有人在报上登出广告来，说'已在开译，请万勿重译为幸'。他看得译书好像订婚，自己首先套上约婚戒指了，别人便莫作非分之想。自然，译本是未必一定出版的，倒是暗中解约的居多；不过别人却也因此不敢译，新妇就在闺中老掉。"[5]鲁迅认为，胡乱动笔的译本会使翻译失去一般读者的信用，"即使已有好译本，复译也还是必要的……取旧译的长处，再加上自己的新心得，这才会成功一种近于完全的定本。但因言语跟着时代的变化，将来还可以有新的复译本的，七八次何足为奇，何况中国

---

[1] 蒋瑞藻：《小说考证·附续编拾遗》，北京：古典文学出版社1957年版，第465页。
[2] 陈子展：《中国近代文学之变迁　最近三十年中国文学史》，上海：上海古籍出版社2000年版，第169页。
[3] 包天笑：《钏影楼回忆录》，香港：大华出版社1971年版，第174页。
[4] 参见鲁迅：《论重译》，《翻译通讯》编辑部编：《翻译研究论文集（1894—1948）》，北京：外语教学与研究出版社1984年版，第238页。
[5] 鲁迅：《非有复译不可》，见罗新璋编：《翻译论集》，北京：商务印书馆1984年版，第297~298页。

其实也并没有译过七八次的作品"①。林译小说中的重译现象屡见不鲜，林译本为何能在激烈的市场竞争中取胜，得到广泛的传播，这也是值得研究的论题。这种研究要以版本比勘为基础，对研究者也提出了很高的要求：必须有丰富的理论储备，掌握较全面的资料，还要具备通晓几门外国语的能力，但目前能胜任这项工作的人并不多见，因此一时难以取得突破性成果。这也是今后进行林译小说研究的方向之一。

---

① 鲁迅：《非有复译不可》，见罗新璋编：《翻译论集》，北京：商务印书馆1984年版，第298页。

附录一　商务印书馆出版林纾译著年表

光绪二十九年(1903年)

《伊索寓言》(翻译寓言)：一卷一册，希腊伊索著，林纾、严培南、严璩译，5月商务印书馆印行第4版。本书有林纾序文一篇，作于壬寅(1902年)花朝。

光绪三十年(1904年)

《英国诗人吟边燕语》(翻译小说)：一卷一册，英国兰姆著，林纾、魏易译，10月商务印书馆出版。(按：原作者林译误为莎士比亚)本书有林纾序文一篇，作于本年5月。

光绪三十一年(1905年)

《迦茵小传》(翻译小说)：二卷二册，英国哈葛德著，林纾、魏易译，2月13日由商务印书馆出版。本书有林纾序文和《调寄买陂并序》各一篇。

《埃及金塔剖尸记》(翻译小说)：三卷三册，英国哈葛德著，林纾、曾宗巩译，3月商务印书馆出版。本书有林纾"译余剩语"一篇，作于本年元夕。

《英孝子火山报仇录》(翻译小说)：二卷二册，英国哈葛德著，林纾、魏易译，6月商务印书馆出版。本书有林纾作序文一篇、"译余剩语"五则。

《鬼山狼侠传》(翻译小说)：二卷二册，英国哈葛德著，林纾、曾宗巩译，7月商务印书馆出版。本书有林纾序文一篇。

《撒克逊劫后英雄略》(翻译小说)：二卷二册，英国司各德著，林纾、魏易译，10月商务印书馆出版。本书有林纾序文一篇，作于本年七月六夕。

《美洲童子万里寻亲记》(翻译小说)：一卷一册，美国阿丁著，林纾、曾宗巩译，10月商务印书馆出版。(按：原译本误阿丁/亚丁为英国人)本书有林纾序文一篇，作于光绪三十年七月既望。

《斐洲烟水愁城录》(翻译小说)：二卷二册，英国哈葛德著，林纾、曾宗巩译，10月商务印书馆出版。本书有林纾序文一篇，作于本年七月六夕。

《玉雪留痕》(翻译小说)：一卷一册，英国哈葛德著，林纾、魏易译，12月商务印书馆出版。本书有林纾序文一篇，作于本年9月。又有《调寄齐天乐》一首。

《鲁滨逊飘流记》(翻译小说)：二卷二册，英国达孚著，林纾、曾宗巩译，12月商务印书馆出版。本书有林纾序文一篇，作于本年10月。

光绪三十二年(1906年)

《洪罕女郎传》(翻译小说)：二卷二册，英国哈葛德著，林纾、魏易译，正月商务印书馆出版。本书有林纾序文一篇，作于光绪三十一年十一月十五日。

《蛮荒志异》(翻译小说)：二卷一册，英国哈葛德著，林纾、曾宗巩译，2月商务印书馆出版。本书有林纾跋文一篇，作于光绪三十一年十二月二十七日。

《海外轩渠录》(翻译小说)：一卷一册，英国斯威佛特著，林纾、曾宗巩译，4月商务印书馆出版。(按：此书卷首注口译者曾宗巩，版权页云系魏易)

《红礁画桨录》(翻译小说)：二卷二册，英国哈葛德著，林纾、魏易译，4月商务印书馆出版。本书有林纾作"译余剩语"四则，《烛影摇红》《解语花》题词各一首。

《鲁滨逊飘流续记》(翻译小说)：二卷二册，英国达孚著，林纾、曾宗巩译，本年商务印书馆出版。

《橡湖仙影》(翻译小说)：三卷三册，英国哈葛德著，林纾、魏易译，10月商务印书馆出版。本书有林纾序文一篇，《调寄摸鱼儿·咏安杰拉》一首，《调寄小重山·咏佳而夫人》二首。

《雾中人》（翻译小说）：三卷三册，英国哈葛德著，林纾、曾宗巩译，11月商务印书馆出版。本书有林纾序文一篇，作于1906年6月6日。

光绪三十三年（1907年）

《拊掌录》（翻译小说）：一卷一册，美国华盛顿·欧文著，林纾、魏易译，2月19日商务印书馆出版。本书有林纾评语十则。

《十字军英雄记》（翻译小说）：二卷二册，英国司各德著，林纾、魏易译，3月21日商务印书馆出版。

《神枢鬼藏录》（翻译小说）：二卷一册，英国阿瑟毛利森著，林纾、魏易译，5月商务印书馆出版。本书有林纾序文一篇，作于光绪三十二年长至后五日。

《金风铁雨录》（翻译小说）：三卷三册，英国柯南达利原著，林纾、曾宗巩译，6月4日商务印书馆出版。（按：此书卷首注口译者曾宗巩，版权页云系魏易）本书有林纾序文一篇，作于光绪三十二年嘉平月。

《大食故宫余载》（翻译小说）：一卷一册，美国华盛顿·欧文著，林纾、魏易译，6月10日商务印书馆出版。本书有林纾序文一篇。

《旅行述异》（翻译小说）：二卷二册，美国华盛顿·欧文著，林纾、魏易译，6月12日商务印书馆出版。本书有林纾序文一篇，作于光绪三十二年十月既望。

《滑稽外史》（翻译小说）：六卷六册，英国却而司迭更斯著，林纾、魏易译，7月7日商务印书馆印行。本书有林纾评语十则。

《花因》（翻译小说）：一卷一册，美国几拉德著，林纾、魏易译，7月中外日报馆发行。本书有林纾序文一篇。

《小儿语述义》（伦理著作）：二卷一册，林纾著，9月商务印书馆出版。

《双孝子喋血酬恩记》（翻译小说）：二卷二册，英国大隈克力司蒂穆雷著，林纾、魏易译，9月商务印书馆出版。本书有林纾作评语六则。

《爱国二童子传》(翻译小说)：二卷二册，法国沛那著，林纾、李世中译，9月商务印书馆出版。本书有林纾"达旨"一篇，作于本年6月19日。

《剑底鸳鸯》(翻译小说)：英国司各德著，林纾、魏易译，11月4日商务印书馆出版。本书有林纾序文一篇，作于本年8月20日。

《孝女耐儿传》(翻译小说)：三卷三册，英国却而司迭更斯著，林纾、魏易译，12月3日商务印书馆出版。本书有林纾序文一篇，作于本年8月12日。

光绪三十四年(1908年)

《块肉余生述》前编(翻译小说)：二卷二册，英国却而司迭更斯著，林纾、魏易译，2月2日商务印书馆出版。本书有林纾序文一篇。

《块肉余生述》后编(翻译小说)：二卷二册，英国却而司迭更斯著，林纾、魏易译，3月商务印书馆出版。本书有林纾跋语一篇。

《歇洛克奇案开场》(翻译小说)：一卷一册，英国柯南达利著，林纾、魏易译，3月商务印书馆出版。本书有林纾序文一篇，作于丁未长至节。

《中学国文读本》第一、二卷(选评古文集)：每卷一册，4月商务印书馆出版，选评者林纾。

《髯刺客传》(翻译小说)：一卷一册，英国柯南达利著，林纾、魏易译，5月3日商务印书馆出版。本书有林纾序文一篇，作于本年花朝。

《恨绮愁罗记》(翻译小说)：二卷二册，英国柯南达利著，林纾、魏易译，5月4日商务印书馆出版。本书有林纾序文一篇，作于本年花朝。

《贼史》(翻译小说)：二卷二册，英国却而司迭更斯著，林纾、魏易译，5月19日商务印书馆出版。本书有林纾序文一篇，作于本年4月清和节。

《新天方夜谭》(翻译小说)：二卷一册，英国路易司地文、佛尼司地文著，林纾、曾宗巩译，6月商务印书馆出版。

《荒唐言》（翻译小说）：一卷一册，英国伊门斯宾塞尔原著，麦里郝斯编辑，林纾、曾宗巩译，本书有林纾跋文一篇，发表于7~9月《东方杂志》第5卷第7—9期。（初版时间不可考，民国三年以前商务印书馆印行）

《电影楼台》（翻译小说）：一卷一册，英国柯南达利著，林纾、魏易译，8月16日商务印书馆出版。本书有序文一篇，作于本年五月中澣。

《西利亚郡主别传》（翻译小说）：二卷二册，英国马支孟德著，林纾、魏易译，8月24四日商务印书馆出版。本书有林纾序语一篇。

《英国大侠红蘩露传》（翻译小说）：二卷二册，法国阿克西著，林纾、魏易译，9月7日商务印书馆出版。（按：原本误阿克西为英国人）本书有林纾序文一篇，作于本年6月天贶节。

《钟乳骷髅》（翻译小说）：二卷一册，英国哈葛德著，口译者曾宗巩，自署林纾，9月13日商务印书馆出版。本书有林纾跋文一篇，作于本年8月10日。

《天囚忏悔录》（翻译小说）：一卷一册，英国约翰沃克森罕著，林纾、魏易译，9月14日商务印书馆出版。

《蛇女士传》（翻译小说）：一卷一册，英国柯南达利著，林纾、魏易译，9月23日商务印书馆出版。本书有林纾序文一篇，作于本年五月中澣。

《不如归》（翻译小说）：二卷一册，日本德富健次郎著，盐谷荣英译，林纾、魏易译，10月6日商务印书馆出版。本书有林纾序文一篇，作于本年6月10日。

《玉楼花劫》前编（翻译小说）：三卷二册，法国大仲马原著，林纾、李世中译，10月12日商务印书馆出版。本书有林纾序文一篇，作于本年2月。

宣统元年（1909年）

《慧星夺婿录》（翻译小说）：一卷一册，英国却洛得倭康、诺埃克尔司著，林纾、魏易译，正月初七日商务印书馆出版。本书有林纾序文一篇，作于宣统元年8月3日。

《冰雪因缘》(翻译小说)：六卷六册，英国却尔司迭更斯著，林纾、魏易译，2月14日商务印书馆出版。本书有林纾序文一篇，作于光绪三十四年十一月十九日。

《玉楼花劫》后编(翻译小说)：二卷二册，法国大仲马著，林纾、李世中译，2月18日商务印书馆出版。

《玑司刺虎记》(翻译小说)：二卷二册，英国哈葛德著，林纾、陈家麟译，4月17日商务印书馆出版。本书有林纾序文一篇，作于光绪三十四年十二月十日。

《黑太子南征录》(翻译小说)：二卷二册，英国柯南达利著，林纾、魏易译，4月17日商务印书馆出版。本书有林纾序文一篇。

《中学国文读本》第三、四、五卷(选评古文集)：每卷一册，4月商务印书馆出版，选评者林纾。第三卷有林纾"元明文序"，第四卷有林纾"宋文序"。

《藕孔避兵录》(翻译小说)：一卷一册，英国蜚立伯倭本翰著，林纾、魏易译，5月18日商务印书馆出版。

《西奴林娜小传》(翻译小说)：一卷一册，英国安东尼贺迫著，林纾、魏易译，7月商务印书馆出版。

《中学国文读本》第六、七卷(选评古文集)：每卷一册，9月商务印书馆出版。选评者林纾。第六卷有林纾"唐文序"，作于本年6月6日。

《脂粉议员》(翻译小说)：英国司丢阿忒著，林纾、魏易译，10月3日商务印书馆出版。本书有林纾序文一篇，作于本年六月中澣。

《芦花余孽》(翻译小说)：一卷一册，英国色东麦里曼著，林纾、魏易译，10月28日商务印书馆出版。

《贝克侦探谈》初编、续编(每编各一册)：英国马克丹诺保德庆著，林纾、陈家麟译，本年商务印书馆出版。

宣统二年(1910年)

《中学国文读本》第八卷(选评古文集)：一册，正月商务印书馆出版，选评者林纾。本卷有林纾"六朝文序"，作于宣统一年十月大雪节。

《畏庐文集》(古文集)：一卷一册，4月商务印书馆出版，署林纾。

《评选船山史论》(选评古文集)：二卷二册，8月12日商务印书馆出版，选评者署林纾。本书有林纾序文一篇，作于本年3月22日。

《三千年艳尸记》(翻译小说)：二卷二册，英国哈葛德著，林纾、曾宗巩译，9月22日商务印书馆出版。本书有林纾跋语一篇。

《中学国文读本》第九、十卷(选评集)：每卷一册，11月商务印书馆出版，选评者林纾。第九卷有林纾"周秦汉魏文序"，作于本年8月。

民国二年(1913年)

《左孟庄骚精华录》(选评古文集)：二卷二册，4月商务印书馆出版，选评者林纾。

《技击余闻》(笔记集)：一卷一册，5月商务印书馆出版，自署林纾。(据朱羲胄《春觉斋著述记》，此书在宣统初年已有铅印本行世，但此印本今已不存，故出版情况不详)

《离恨天》(翻译小说)：一卷一册，法国森彼得著，林纾、王庆骥译，6月9日商务印书馆出版。本书有林纾"译余剩语"一篇，作于本年阴历三月三日。

民国三年(1914年)

《金陵秋》(长篇小说)：一卷一册，4月商务印书馆出版，署名冷红生。

《黑楼情孽》(翻译小说)：一卷一册，英国马尺芒忒著，林纾、陈家麟译，11月商务印书馆出版。

《残蝉曳声录》(翻译小说)：一卷一册，英国测次希洛著，林纾、陈家麟译，商务印书馆出版。本书有林纾序文一篇，写于民国元年阴历七月朔。(原发表于《小说月报》第3卷第7~11期)

《韩柳文研究法》(文论)：二卷一册，10月商务印书馆出版，自署林纾。

民国四年(1915年)

《罗刹雌风》(翻译小说),一卷一册,英国希洛著,林纾、力树萱译,1月9日商务印书馆出版。本书有林纾序文一篇。(原发表于《小说月报》第4卷第1~4号)

《义黑》(翻译小说):一卷一册,法国德罗尼著,林纾、廖琇琨译,1月10日商务印书馆出版。(原发表于《小说月报》第4卷第5~6号)

《蟹莲郡主传》(翻译小说):二卷二册,法国大仲马著,林纾、王庆通译,2月9日商务印书馆出版。

《哀吹录》(翻译小说):一卷一册,法国巴鲁萨著,林纾、陈家麟译,5月6日商务印书馆出版。(原发表于《小说月报》第5卷第7~10号)

《薄幸郎》(翻译小说):二卷二册,美国锁司倭司著,林纾、陈家麟译,(按:林纾误锁司倭司为英国人)7月2日商务印书馆又以成书出版。(原发表于《小说月报》第2卷1~12期)

《罗刹因果录》(翻译小说):一卷一册,俄国托尔斯泰著,林纾、陈家麟译,5月12日商务印书馆出版。

《双雄较剑录》(翻译小说):二卷二册,英国哈葛德著,林纾、陈家麟译,民国四年(1915年)6月25日商务印书馆出版。(原发表于《小说月报》第1卷第1~5号)

《鱼海泪波》(翻译小说):一卷一册,法国辟厄略坻著,林纾、王庆通译,8月商务印书馆出版。

《溷中花》(翻译小说):二册,法国爽梭阿过伯原著,林纾、王庆通译,10月2日商务印书馆出版。

民国五年(1916年)

《践卓翁小说》第二辑:一册,3月商务印书馆出版,自署践卓翁。

《秋灯谭屑》(翻译小说):一卷一册,美国包鲁乌因原著,林纾、陈家麟译,4月商务印书馆出版。

《畏庐续集》(古文集):一卷一册,署名林纾,4月商务印书馆出版。

《亨利第六遗事》(翻译小说)：一卷一册，英国莎士比亚原著，林纾、陈家麟译，4月商务印书馆出版。

《情窝》(翻译小说)：二卷二册，英国威力孙著，林纾、力树萱译，5月商务印书馆出版。

《香钩情眼》(翻译小说)：二卷一册，法国小仲马原著，口译者王庆通，自署林纾，5月商务印书馆出版。

《浅深递进国文读本》(选作古文集)：六卷六册，5月商务印书馆出版，署名林纾。本书有林纾序文、例言各一篇，均作于本年2月。

《鹰梯小豪杰》(翻译小说)：一卷一册，英国杨支著，林纾、陈家麟译，5月商务印书馆出版。本书有林纾序文一篇，作于乙卯(1915年)六月六日。

《冤海灵光》(长篇小说)：二卷一册，自署林纾，6月商务印书馆出版。(原发表于《小说月报》第6卷第10~12号)

《橄榄仙》(翻译小说)：二卷二册，美国巴苏谨著，林纾、陈家麟译，11月商务印书馆出版。

《云破月来缘》(翻译小说)：二卷二册，英国鹘则伟著，林纾、胡朝梁译，11月商务印书馆出版。本书有林纾序文一篇，作于甲寅(1914年)四月。(发表于《小说月报》第6卷第5~9号)

《诗人解颐语》(翻译笔记故事)：二卷二册，英国倩伯司著，林纾、陈家麟译，12月商务印书馆出版。

民国六年(1917年)

《蜀鹃啼传奇》(剧本)：一卷一册，署名林纾，2月商务印书馆出版。

《合浦珠传奇》(剧本)：一卷一册，署名林纾，2月商务印书馆出版。

《天妃庙传奇》(剧本)：一卷一册，署名林纾，别署畏庐老人。2月商务印书馆出版。

《天女离魂记》(翻译小说)：三卷三册，英国哈葛德著，林纾、陈家麟译，4月商务印书馆出版。

《烟火马》(翻译小说)：三卷三册，英国哈葛德著，林纾、陈家麟译，5月商务印书馆出版。

《社会声影录》(翻译小说)：一卷一册，俄国托尔斯泰著，林纾、陈家麟译，5月商务印书馆出版。

《女师引剑记》(翻译小说)：一卷一册，英国布司白原著，林纾、陈家麟译，7月商务印书馆出版。

《牝贼情丝记》(翻译小说)：二卷二册，英国陈施礼原著，林纾、陈家麟译，7月商务印书馆出版。

《桃大王因果录》(翻译小说)：二卷二册，英国参恩原著，林纾、陈家麟译，11月商务印书馆出版。

民国七年(1918年)

《恨缕情丝》(翻译小说)：二卷二册，俄国托尔斯泰原著，林纾、陈家麟译，4月商务印书馆出版。

《鹦鹉缘》前编、续编(翻译小说)：每编各二卷二册，法国小仲马著，林纾、王庆通译，2月商务印书馆出版。

《鹦鹉缘》第三编(翻译小说)：二卷二册，法国小仲马原著，林纾、王庆通译，5月商务印书馆出版。

《孝友镜》(翻译小说)：二卷二册，比利时恩海贡斯翁士著，林纾、王庆通译，8月商务印书馆出版，本书有林纾"译余小识"一篇，作于本年阴历二月二十日。

《金台春梦录》(翻译小说)：二卷二册，法国丹米安与俄国华伊尔原著，林纾、王庆通译，8月商务印书馆出版。

《痴郎幻影》(翻译小说)：三卷三册，英国赖其锃著，林纾、陈器译，10月商务印书馆出版。

《〈古文辞类纂〉选本》前五卷(选评古文集)：每卷一册，10月商务印书馆出版，选评者林纾。

《玫瑰花》前编(翻译小说)：二卷二册，英国巴克雷著，林纾、陈家麟译，11月商务印书馆出版。

《现身说法》(翻译小说)：三卷三册，俄国托尔斯泰著，林纾、陈家麟译，11月商务印书馆出版。

民国八年（1919年）

《鬼窟藏娇》（翻译小说）：二卷二册，英国武英尼著，林纾、陈家麟译，6月商务印书馆出版。

《西楼鬼语》（翻译小说）：二卷二册，英国约翰魁迭斯著，林纾、陈家麟译，6月商务印书馆出版。

《玫瑰花》续编（翻译小说）：一卷一册，英国巴克雷著，林纾、陈家麟译，7月商务印书馆出版。

《铁匣头颅》前编（翻译小说）：英国哈葛德著，林纾、陈家麟译，8月商务印书馆出版。

《莲心藕缕缘》（翻译小说）：二卷二册，英国卡扣登著，林纾、陈家麟译，8月商务印书馆出版。

《情天异彩录》（翻译小说）：一卷一册，法国周鲁倭著，林纾、陈家麟译，9月商务印书馆出版。

《铁匣头颅》续编（翻译小说）：二卷二册，英国哈葛德著，林纾、陈家麟译，10月商务印书馆出版。

民国九年（1920年）

《还珠艳史》（翻译小说）：二卷二册，美国堪伯路司著，林纾、陈家麟译，2月商务印书馆出版。

《赂史》（翻译小说）：一卷一册，英国亚波倭得著，林纾、陈家麟译，2月商务印书馆又以成书出版。

《欧战春闺梦》初编（翻译小说）：二卷二册，英国高桑斯著，林纾、陈家麟译，3月商务印书馆出版。

《金梭神女再生缘》（翻译小说）：英国哈葛德著，林纾、陈家麟译，3月商务印书馆出版。

《焦头乱额》（翻译小说）：二卷二册，美国尼可拉司著，林纾、陈家麟译，4月商务印书馆出版。（原发表于《小说月报》第10卷第1~10期）

《妄言妄听》（翻译小说）：一卷一册，英国美森原著，林纾、陈家

麟译，4月商务印书馆又以成书出版。(原发表于《小说月报》第10卷第3~12期)

《戎马书生》(翻译小说)：一卷一册，英国杨支著，林纾、陈家麟译，4月商务印书馆出版。

《欧战春闺梦》续篇(翻译小说)：二卷二册，英国高桑斯著，林纾、陈家麟译，5月商务印书馆出版。

《泰西古剧》(翻译小说)：三卷三册，英国达威生著，林纾、陈家麟译，5月商务印书馆出版。共31篇。(其中的15篇先发表于《小说月报》第10卷第1~12期)

《颤巢记》(翻译小说)：每编各二卷二册，瑞士鲁斗威司著，林纾、陈家麟译，6月商务印书馆分上下编以成书出版。

民国十年(1921年)

《〈古文辞类纂〉选本》后五卷(选评古文集)：每卷一册，1月商务印书馆出版，选评者林纾。

《左传撷华》(选评古文集)：二卷二册，3月商务印书馆出版，选评者林纾。

《炸鬼记》(翻译小说)：三卷三册，英国哈葛德著，林纾、陈家麟译，5月商务印书馆出版。

《俄宫秘史》(翻译小说)：二卷二册，俄国丹考夫著(原为德文，法国魁特译成英文)，林纾、陈家麟译，5月商务印书馆出版。

《厉鬼犯跸记》(翻译小说)：二卷二册，英国安司倭司著，林纾、毛文钟译，5月商务印书馆出版。

《僵桃记》(翻译小说)：一卷一册，美国克雷夫人著，林纾、毛文钟译，5月商务印书馆出版。

《洞冥记》(翻译小说)：一卷一册，英国斐鲁丁著，林纾、陈家麟译，5月商务印书馆出版。

《怪董》(翻译小说)：二卷二册，英国伯鲁夫因支著，林纾、陈家麟译，5月商务印书馆出版。本书有林纾跋语一篇。

《鬼悟》(翻译小说)：二卷二册，英国威尔司著，林纾、毛文钟译，

6月商务印书馆出版。

《马妒》（翻译小说）：一卷一册，英国高尔忒著，林纾、毛文钟译，7月商务印书馆出版。

《沧波淹谍记》（翻译小说）：一卷一册，英国卡文著，林纾、毛文钟译，10月商务印书馆出版。

《双雄义死录》（翻译小说）：一卷一册，法国预勾著，林纾、毛文钟译，10月商务印书馆出版。

《沙利沙女王小记》（翻译小说）：二卷一册，英国伯明翰著，林纾、毛文钟译，11月商务印书馆出版。

《情海疑波》（翻译小说）：二卷二册，英国道因著，林纾、林凯译，11月商务印书馆出版。

《埃及异闻录》（翻译小说）：一卷一册，英国路易著，林纾、毛文钟译，11月商务印书馆出版。

《梅孽》（翻译小说）：一卷一册，挪威伊卜森原著，林纾、毛文钟译，11月商务印书馆出版。本书有林纾序文一篇，作于本年阴历二月。

民国十一年（1922年）

《以德报怨》（翻译小说）：一卷一册，美国沙司卫甫夫人著，林纾、毛文钟译，1月商务印书馆出版。（据马泰来考证，沙司卫甫夫人即《薄幸郎》之著者锁司倭司）

《魔侠传》（翻译小说）：二卷二册，西班牙西万提司著，林纾、陈家麟译，2月商务印书馆出版。

《矑目英雄》（翻译小说）：二卷一册，英国泊恩著，林纾、毛文钟译，3月商务印书馆出版。

《情翳》（翻译小说）：一卷一册，美国鲁兰司著，林纾、毛文钟译，5月商务印书馆出版。

《德大将兴登堡欧战成败鉴》（翻译小说）：一卷一册，法国蒲哈德著，林纾、林骃译，9月商务印书馆出版。本书有林纾序文一篇，作于本年阴历正月初三。

《畏庐漫录》（笔记小说集）：四卷四册，10月商务印书馆出版，署名林纾。此书即《践卓翁小说》一、二、三辑的易名本。

民国十二年（1923年）

《庄子浅说》：署名林纾，6月商务印书馆出版。

《畏庐诗存》（诗集）：二卷一册，署名林纾，7月商务印书馆出版。本书有林纾序文一篇，作于壬戌（1922年）阴历十月。

《京华碧血录》（长篇小说）：一册，署名林纾，12月商务印书馆出版。

民国十二年（1924年）

《情天补恨录》（翻译小说）：二卷二册，美国克林登女士著，林纾、毛文钟译，5月商务印书馆又以成书出版。

《畏庐三集》（古文集）：一卷一册，署名林纾，7月商务印书馆出版。

《后山文集选》（评选古文集）：一卷一册，宋陈师道著文，选评者林纾，7月商务印书馆出版。本书有林纾序文一篇，作于辛酉（1921年）冬。

《嘉祐集选》（选评古文集）：一卷一册，宋苏洵著文，选评者林纾，7月商务印书馆出版。本书有林纾序文一篇，作于壬戌（1922年）长至日。

《元丰类稿选本》（选评古文集）：一卷一册，宋曾巩著文，选评者林纾，7月商务印书馆出版。本书有林纾序文一篇，作于壬戌（1922年）夏秋。

《虞道园集选》（选评古文集）：一卷一册，元虞集著文，选评者林纾，7月商务印书馆出版。本书有林纾序文一篇，作于壬戌（1922年）四月。

《唐荆川集选》（选评古文集）：一卷一册，清汪琬著文，选评者林纾，7月商务印书馆出版。本书有林纾序文一篇，作于癸亥（1923年）长至日。

《谯东父子集》（选评古文集）：一卷一册，魏曹操、曹丕著文，选评者林纾，7月商务印书馆出版。本书有林纾序文一篇，作于癸亥

(1923年)九月。

《震川集选》(选评古文集)：一卷一册，明归有光著文，选评者林纾，8月商务印书馆出版。本书有林纾序文一篇，作于辛酉(1921年)嘉平月。

《淮海集选》(选评古文集)：一卷一册，宋秦观著文，选评者林纾，8月商务印书馆出版。本书有林纾序文一篇，作于辛酉(1921年)嘉平月。

《欧孙集选》(选评古文集)：一卷一册，唐欧阳詹、孙樵分别著文，选评者林纾，8月商务印书馆出版。本书有林纾序文一篇，作于壬戌(1922年)四月。

《柳河东集选本》(选评古文集)：一卷一册，唐柳宗元著文，选评者林纾，8月商务印书馆出版。本书有林纾序文一篇，作于壬戌(1922年)九月一日。

《刘宾客集选》《选评古文集》：一卷一册，宋刘禹锡著文，选评者林纾，8月商务印书馆出版。本书有林纾序文一篇，作于癸亥(1923年)正月。

《蔡中郎集》(选评古文集)：一卷一册，汉蔡邕著文，选评者林纾，8月商务印书馆出版。本书有林纾序文一篇，作于癸亥(1923年)重阳节。

《刘子政集选》《刘子骏集选》(选评古文集)：一卷一册，以上两书合为一册，汉刘向、刘歆著文，选评者林纾，8月商务印书馆出版。本书有林纾序文一篇，作于癸亥(1923年)长至日。

民国十四年(1925年)

《畏庐遗迹》第一、第二集(画集)：12月商务印书馆出版。每集收林纾山水遗画各14帧。

附录二 《小说月报》刊载林纾译作年表

[1]1910年8月,《双雄较剑录》:英国哈葛德著,林纾、陈家麟译,发表于《小说月报》第1卷第1期"长篇"栏目,至第5期登完。

[2] 1911年2月,《薄幸郎》:美国锁司倭司著,林纾、陈家麟译,发表于《小说月报》第2卷1期"长篇"栏目,至第12期登完。

[3]1912年10月,《残蝉曳声录》:英国测次希洛著,林纾、陈家麟译,发表于《小说月报》第3卷第7期"长篇"栏目,至第11期登完。

[4]1913年4月,《罗刹雌风》:英国希洛著,林纾、力树萱译,发表于《小说月报》第4卷第1期"长篇"栏目,至第4期登完。林纾《罗刹雌风序》亦刊于第4卷第1期"文苑"栏目。

[5]1913年9月,《义黑》:法国德罗尼著,林纾、廖琇琨译,发表于《小说月报》第4卷第5期"长篇"栏目,至第6期登完。

[6]1914年4月,《黑楼情孽》:英国马尺芒忒著,林纾、陈家麟译,发表于《小说月报》第5卷第1期"长篇"栏目,至第4期登完。

[7] 1914年10月,《哀吹录·猎者斐里朴》:法国巴鲁萨著,林纾、陈家麟译,发表于《小说月报》第5卷第7期"短篇"栏目。

[8] 1914年11月,《哀吹录·耶稣显灵》:法国巴鲁萨著,林纾、陈家麟译,发表于《小说月报》第5卷第8期"短篇"栏目。

[9] 1914年12月,《哀吹录·红楼冤狱》(翻译小说):法国巴鲁萨著,林纾、陈家麟译,发表于10月《小说月报》第5卷第9期"短篇"栏目。

[10] 1914年12月,《哀吹录·上将夫人》:法国巴鲁萨著,林纾、陈家麟译,发表于《小说月报》第5卷第10期"短篇"栏目。

[11]1915年5月,《云破月来缘》:英国鹃则伟著,林纾、胡朝梁

译,发表于《小说月报》第6卷第5期"长篇"栏目,至第9期登完。

[12] 1916年1月,《织锦拒婚》：美国包鲁乌因著,林纾、陈家麟译,发表于《小说月报》第7卷第1期"短篇"栏目。

[13] 1916年1月,《雷差得纪》：英国莎士比亚著,林纾、陈家麟译,发表于《小说月报》第7卷第1期"琐言"栏目。

[14] 1916年2月,《木马灵蛇》：美国包鲁乌因著,林纾、陈家麟译,发表于《小说月报》第7卷第2期"琐言"栏目。

[15] 1916年2月,《亨利第四纪》：英国莎士比亚著,林纾、陈家麟译,发表于《小说月报》第7卷第2期"琐言"栏目,至第5期登完。

[16] 1916年3月,《林肯救国》：林纾、陈家麟译,发表于《小说月报》第7卷第3期"琐言"栏目。

[17] 1916年3月,《红篋记》：英国希登希路著,林纾、陈家麟译,发表于《小说月报》第7卷第3期"琐言"栏目,至第9期登完。

[18] 1916年4月,《少尉夏雷尺石忒》：英国希登希路著,林纾、陈家麟译,发表于《小说月报》第7卷第4期"琐言"栏目。

[19] 1916年5月,《无线电报》：英国希登希路著,林纾、陈家麟译,发表于《小说月报》第7卷第5期"琐言"栏目。

[20] 1916年5月,《凯撒遗事》：英国莎士比亚著,林纾、陈家麟译,发表于《小说月报》第7卷第5期"琐言"栏目,至第7期登完。

[21] 1916年6月,《法国鱼雷艇受擒》：林纾、陈家麟译,发表于《小说月报》第7卷第6期"琐言"栏目。

[22] 1916年7月,《马格梯气球》：林纾、陈家麟译,发表于《小说月报》第7卷第7期"琐言"栏目。

[23] 1916年8月,《三十九号鱼雷艇》：林纾、陈家麟译,发表于《小说月报》第7卷第8期"琐言"栏目。

[24] 1916年9月,《挖地道》：林纾、陈家麟译,发表于《小说月报》第7卷第9期"琐言"栏目。

[25] 1916年10月,《煤矿罢工》：林纾、陈家麟译,发表于《小说月报》第7卷第10期"琐言"栏目。

[26] 1916年12月,《鸡谈》《三少年遇死神》:林纾、陈家麟译,发表于《小说月报》第7卷第12期"琐言"栏目。

[27] 1917年1月,《探海灯》:林纾、陈家麟译,发表于《小说月报》第8卷第1期"寓言"栏目。

[28] 1917年1月,《柔乡述险》:林纾、陈家麟译,发表于《小说月报》第8卷第1~6期"寓言"栏目。

[29] 1917年2月,《格雷西达》:林纾、陈家麟译,发表于《小说月报》第8卷第2期"寓言"栏目。

[30] 1917年3月,《林妖》:英国曹西尔(即乔叟)著,林纾、陈家麟译,发表于《小说月报》第8卷第3期"寓言"栏目。

[31] 1917年4月,《悔过》:林纾、陈家麟译,发表于《小说月报》第8卷第4期"寓言"栏目。

[32] 1917年5月,《路西恩》:林纾、陈家麟译,发表于《小说月报》第8卷第5期"寓言"栏目。

[33] 1917年6月,《公主遇难》《死口能歌》:林纾、陈家麟译,发表于《小说月报》第8卷第6期"寓言"栏目。

[34] 1917年7月,《魂灵附体》:林纾、陈家麟译,发表于《小说月报》第8卷第7期"丛译"栏目。

[35] 1917年7月,《人鬼关头》:俄国托尔斯泰著,林纾、陈家麟译,发表于《小说月报》第8卷第7期"丛译"栏目,至第10期登完。

[36] 1917年10月,《决斗得妻》:林纾、陈家麟译,发表于《小说月报》第8卷第10期"丛译"栏目。

[37] 1917年11月,《白夫人感旧录》:法国海斯班著,林纾、陈家麟译,发表于《小说月报》第8卷第11期"丛译"栏目,至第12期登完。

[38] 1918年1月,《恨缕青丝》:俄国托尔斯泰著,林纾、陈家麟译,发表于《小说月报》第9卷第1期"丛译"栏目,至第11期登完。

[39] 1919年1月,《楱盗》:林纾、陈家麟译,发表于《小说月报》第10卷第1期"说丛"栏目。

[40] 1919年1月,《焦头烂额》：林纾、陈家麟译,发表于《小说月报》第10卷第1期"说丛"栏目。

[41] 1919年2月,《鹿缘》：林纾、陈家麟译,发表于《小说月报》第10卷第2期"说丛"栏目。

[42] 1919年3月,《狱圆》：林纾、陈家麟译,发表于《小说月报》第10卷第3期"说丛"栏目。

[43] 1919年3月,《妄言妄听·妒人曋目》《妄言妄听·屋顶取肉》：林纾、陈家麟译,发表于《小说月报》第10卷第3期"说丛"栏目。

[44] 1919年4月,《妄言妄听·野迷司野迷利交谊》：林纾、陈家麟译,发表于《小说月报》第10卷第4期"说丛"栏目。

[45] 1919年4月,《梦魇》《风婚》：林纾、陈家麟译,发表于《小说月报》第10卷第4期"说丛"栏刊登。

[46] 1919年5月,《妄言妄听·鸟语警富》：林纾、陈家麟译,发表于《小说月报》第10卷第5期"说丛"栏目。

[47] 1919年5月,《湖灯》：林纾、陈家麟译,发表于《小说月报》第10卷第5期"说丛"栏目。

[48] 1919年6月,《妄言妄听·康司登尚主》《妄言妄听·马衣劝孝》：林纾、陈家麟译,发表于《小说月报》第10卷第6期"说丛"栏目。

[49] 1919年6月,《刺蛊》：林纾、陈家麟译,发表于《小说月报》第10卷第6期"说丛"栏目。

[50] 1919年7月,《妄言妄听·落薄忒赌妻》：林纾、陈家麟译,发表于《小说月报》第10卷第7期"说丛"栏目。

[51] 1919年7月,《鸩儿》《危婚》：林纾、陈家麟译,发表于《小说月报》第10卷第7期"说丛"栏目。

[52] 1919年8月,《妄言妄听·落薄忒赌妻》：林纾、陈家麟译,发表于《小说月报》第10卷第8期"说丛"栏目。

[53] 1919年8月,《鬼弄》：林纾、陈家麟译,发表于《小说月报》第10卷第8期"说丛"栏目。

[54] 1919年9月,《妄言妄听·威廉爱马得妻》：林纾、陈家麟

译，发表于《小说月报》第 10 卷第 9 期"说丛"栏目。

［55］1919 年 9 月，《佣误》《情烹》：林纾、陈家麟译，发表于《小说月报》第 10 卷第 9 期"说丛"栏目。

［56］1919 年 10 月，《妄言妄听·亚生纳司改教嫁人》《妄言妄听·圣母灵迹》《妄言妄听·教士馋涎》：林纾、陈家麟译，发表于《小说月报》第 10 卷第 10 期"说丛"栏目。

［57］1919 年 10 月，《剧杀》：林纾、陈家麟译，发表于《小说月报》第 10 卷第 10 期"说丛"栏目。

［58］1919 年 11 月，《妄言妄听·神女度人》《妄言妄听·沙拉定释囚》《妄言妄听·艺人羽化》：林纾、陈家麟译，发表于《小说月报》第 10 卷第 11 期"说丛"栏目。

［59］1919 年 11 月，《星幻》：林纾、陈家麟译，发表于《小说月报》第 10 卷第 11 期"说丛"栏目。

［60］1919 年 11 月，《豪士述猎》：林纾、陈家麟译，发表于《小说月报》第 10 卷第 11 期"说丛"栏目。

［61］1919 年 12 月，《妄言妄听·阿卡西》：林纾、陈家麟译，发表于《小说月报》第 10 卷第 12 期"说丛"栏目。

［62］1919 年 12 月，《情哄》：林纾、陈家麟译，发表于《小说月报》第 10 卷第 12 期"说丛"栏目。

［63］1920 年 1 月，《伊罗埋心记》：法国小仲马著，林纾、王庆通译，发表于《小说月报》第 11 卷第 1 期"说丛"栏目，至第 2 期登完。

［64］1920 年 3 月，《球房纪事》：俄国托尔斯泰著，林纾、陈家麟译，发表于《小说月报》第 11 卷第 3 期"说丛"栏目。

［65］1920 年 4 月，《乐师雅路白弎遗事》：俄国托尔斯泰著，林纾、陈家麟译，发表于《小说月报》第 11 卷第 4 期"说丛"栏目。

［66］1920 年 5 月，《高加索之囚》：俄国托尔斯泰著，林纾、陈家麟译，发表于《小说月报》第 11 卷第 5 期"说丛"栏目。

［67］1920 年 9 月，《想夫怜》：林纾、毛文钟译，发表于《小说月报》第 11 卷第 9 期"说丛"栏目。

参 考 文 献

一、著作(以著者姓名音序排列)

[1]阿英:《阿英文集》,上海:上海三联书店1981年版。

[2]阿英:《晚清小说史》,北京:人民文学出版社1980年版。

[3]包礼祥:《近代文学与传播》,南昌:江西人民出版社2001年版。

[4]北京大学等院校中文系编:《文学运动史料选》第一册,上海:上海教育出版社1979年版。

[5]包天笑:《钏影楼回忆录》,香港:大华出版社1971年版。

[6]陈锦谷:《林纾研究资料选编》,福州:福建文史研究馆2008年版。

[7]陈平原:《二十世纪中国小说史》第一卷,北京:北京大学出版社1997年版。

[8]陈平原:《文学的周边》,北京:新世界出版社2004年版。

[9]陈平原:《中国小说叙事模式的转变》,北京:北京大学出版社2010年版。

[10]陈平原、夏晓虹编:《二十世纪中国小说理论资料》第一卷,北京:北京大学出版社1989年版。

[11]陈树萍:《北新书局与中国现代文学》,上海:上海三联书店2008年版。

[12]陈源:《西滢闲话》,上海:新月书店1931年版。

[13]陈子展：《中国近代文学之变迁　最近三十年中国文学史》，上海：上海古籍出版社2000年版。

[14]陈真、姚洛合编：《中国近代工业史资料》，北京：三联书店1957年版。

[15]《翻译通讯》编辑部编：《翻译研究论文集（1894—1948）》，北京：外语教学与研究出版社1984年版。

[16]范烟桥：《中国小说史》，苏州：苏州秋叶社1927年版。

[17]方梦之主编：《译学辞典》，上海：上海外国语大学出版社2004年版。

[18]戈公振：《中国报学史》，北京：中国新闻出版社1985年版。

[19]葛兆光：《中国思想史》第三编，上海：复旦大学出版社2001年版。

[20]郭沫若：《少年时代》，北京：人民文学出版社1979年版。

[21]郭庆光：《传播学教程》，北京：中国人民大学出版社1999年版。

[22]郭延礼：《中国文学的变革：由古典走向现代》，济南：齐鲁书社2011年版。

[23]郭箴一：《中国小说史》，上海：上海书店1984年版。

[24]韩洪举：《林译小说研究：兼论林纾自传小说与传奇》，北京：中国社会科学出版社2005年版。

[25]胡适：《胡适文集》第四卷，北京：人民文学出版社1998年版。

[26]黄濬：《花随人圣庵摭忆》，上海：上海古籍出版社1983年版。

[27]蒋瑞藻编：《小说考证·附续编拾遗》，北京：古典文学出版社1957年版。

[28]孔庆茂：《林纾传》，北京：团结出版社1998年版。

[29]李家骥等整理：《林纾诗文选》，北京：商务印书馆1993年版。

参 考 文 献

[30]李家驹：《商务印书馆与近代知识文化的传播》，北京：商务印书馆2005年版。

[31]李孝悌：《清末的下层社会启蒙运动：1900—1911》，石家庄：河北教育出版社2001年版。

[32]林纾：《畏庐文集》，上海：上海书店1992年版。

[33]林纾：《畏庐续集》，上海：上海书店1992年版。

[34]林纾：《畏庐三集》，上海：上海书店1992年版。

[35]林纾：《畏庐诗存》，上海：上海书店1992年版。

[36]林纾等译：《林译小说丛书》（十种），北京：商务印书馆1981年版。

[37]林薇：《百年浮沉：林纾研究综述》，天津：天津教育出版社1990年版。

[38]梁启超：《清代学术概论》，上海：上海古籍出版社1998年版。

[39]梁启超著，吴松等点校：《饮冰室文集点校》（第一集），昆明：云南教育出版社2001年版。

[40]鲁迅：《鲁迅全集》，北京：人民文学出版社2005年版。

[41]罗新璋编：《翻译论集》，北京：商务印书馆1984年版。

[42]马祖毅：《中国翻译简史——五四以前部分》，北京：中国对外翻译出版公司1984年版。

[43]欧阳予倩：《欧阳予倩全集》第二卷，上海：上海文艺出版社1990年版。

[44]欧阳予倩：《回忆春柳》，见《中国话剧运动五十年史料集》（一），北京：中国戏剧出版社1985年版。

[45]潘建国：《古代小说文献丛考》，北京：中华书局2006年版。

[46]钱谷融主编、吴俊标校：《林琴南书话》，杭州：浙江人民出版社1999年版。

[47]钱基博：《现代中国文学史》，武汉：华中师范大学出版社2011年版。

[48]钱锺书等：《林纾的翻译》，北京：商务印书馆1981年版。

[49]秦瘦鸥:《小说纵横谈》,广州:花城出版社1986年版。

[50]上海图书馆编:《汪康年师友书札》(二),上海:上海古籍出版社1986年版。

[51]上海图书馆编:《汪康年师友书札》(三),上海:上海古籍出版社1987年版。

[52]商务印书馆:《商务印书馆九十五年——我和商务印书馆》,北京:商务印书馆1992年版。

[53]商务印书馆:《1897—1987商务印书馆九十年——我和商务印书馆》,北京:商务印书馆1987年版。

[54]史春风:《商务印书馆与中国近代文化》,北京:北京大学出版社2006年版。

[55]施蛰存:《中国近代文学大系 翻译文学集》(一),上海:上海书店1990年版。

[56]孙宝瑄:《忘山庐日记》,上海:上海古籍出版社1983年版。

[57]沈云龙编:《近代中国史料丛刊续编》(第三辑),台北:文海出版社1974年版。

[58]王宏志:《翻译与创作——中国近代翻译小说论》,北京:北京大学出版社2000年版。

[59]王燕:《晚清小说期刊史论》,长春:吉林人民出版社2002年版。

[60]王哲甫:《中国新文学运动史》,上海:上海书店1986年版。

[61]解弢:《小说话》,上海:中华书局1919年版。

[62]谢天振:《中国现代翻译文学史》,上海:上海外语教育出版社2004年版。

[63]谢晓霞:《〈小说月报〉1910—1920:商业、文化与未完成的现代性》,上海:上海三联书店2006年版。

[64]熊月之:《西学东渐与晚清社会》,上海:上海人民出版社1995年版。

[65]薛绥之、张俊才编:《林纾研究资料》,北京:知识产权出版

社 2010 年版。

[66] 严复：《严复集(三)书信》，北京：中华书局 1986 年版。

[67] 阎折吾：《中国现代话剧教育史稿》，上海：华东师范大学出版社 1986 年版。

[68] 杨光辉：《中国近代报刊发展概况》，北京：新华出版社 1986 年版。

[69] 杨联芬：《晚清至五四：中国文学现代性的发生》，北京：北京大学出版社 2003 年版。

[70] 杨义：《中国现代小说史》第一卷，北京：人民文学出版社 1986 年版。

[71] 叶至善、俞润民、陈煦：《暮年上娱——叶圣陶、俞平伯通信集》，石家庄：花山文艺出版社 2002 年版。

[72] 朱羲胄编：《贞文先生年谱》，上海：世界书局 1949 年版。

[73] 朱羲胄编：《贞文先生学行记》，上海：世界书局 1949 年版。

[74] 朱羲胄编：《春觉斋著述记》，上海：世界书局 1949 年版。

[75] 朱羲胄编：《林氏弟子表》，上海：世界书局 1949 年版。

[76] 张静庐：《在出版界二十年》，上海：上海书店 1984 年版。

[77] 张俊才：《林纾评传》，北京：中华书局 2007 年版。

[78] 张俊才、王勇：《顽固非尽守旧也：晚年林纾的困惑与坚守》，太原：山西人民出版社 2012 年版。

[79] 张天星：《报刊与晚清文学现代化的发生》，南京：凤凰出版社 2011 年版。

[80] 张元济：《涉园序跋集录》，上海：古典文学出版社 1957 年版。

[81] 张元济、傅增湘：《张元济傅增湘论书尺牍》，北京：商务印书馆 1983 年版。

[82] 张元济著，张人凤整理：《张元济日记》上册，石家庄：河北教育出版社 2001 年版。

[83] 郑逸梅：《南社丛谈》，上海：上海人民出版社 1981 年版。

[84] 郑逸梅：《书报话旧》，上海：学林出版社 1983 年版。

[85]郑逸梅：《中国近代文学史论文集·小说卷》，北京：中国社会科学出版社1983年版。

[86]中国人民政治协商会议福建省委会、文史资料研究委员会：《福建文史资料选辑》第五辑，1981年版。

[87]中国社会科学院文学研究所《近代文学史料》编辑组编：《近代文学史料》，北京：中国社会科学出版社1985年版。

[88]中国社会科学院近代史研究所编：《五四运动回忆录》，北京：中国社会科学出版社1979年版。

[89]周鸿铎主编：《文化传播学通论》，北京：中国纺织出版社2005年版。

[90]周作人辑译：《点滴》，北京：北京大学出版社1920年版。

[91]周作人：《鲁迅的青年时代》，北京：中国青年出版社1957年版。

[92]周作人：《中国新文学源流》，上海：华东师范大学出版社1996年版。

[93][法]布迪厄著，刘晖译：《艺术的法则——文学场的生成和结构》，北京：中央编译出版社2001年版。

[94][美]哈罗德·拉斯韦尔著，何道宽译：《社会传播的结构与功能》，北京：中国传媒大学出版社2013年版。

[95][美]韩南著，徐侠译：《中国近代小说的兴起》，上海：上海教育出版社2004年版。

[96][美]沃尔特·李普曼著，阎克文、江红译：《公众舆论》，上海：上海人民出版社2006年版。

[97][日]樽本照雄：《新编增补清末民初小说目录》，济南：齐鲁书社2008年版。

二、学位论文（以著者姓名音序排列）

[1]Hu Ying. Making a Difference：Stories of the Translator at the Turn

of the Century. Princeton：Princeton University，1993.

［2］陈爱钗：《近代闽籍翻译家研究》，福州：福建师范大学博士论文，2007年。

［3］董智颖：《晚清通俗小说单行本研究》，上海：上海师范大学博士论文，2008年。

［4］郭杨：《林译小说研究》，上海：复旦大学博士论文，2009年。

［5］蒋晓丽：《中国近代大众传媒与中国近代文学》，成都：四川大学博士论文，2002年。

［6］刘宏照：《林纾小说翻译研究》，上海：华东师范大学博士论文，2010年。

［7］刘颖慧：《晚清小说广告研究》，上海：华东师范大学博士论文，2011年。

［8］刘永文：《晚清报刊小说研究》，上海：上海师范大学博士论文，2004年。

［9］杨凯：《中国近代报刊中的翻译小说研究(1872—1911)》，上海：华东师范大学博士论文，2006年。

［10］杨玲：《林译小说及其影响研究》，福州：福建师范大学博士论文，2010年。

三、期刊论文(以著者姓名音序排列)

［1］陈大康：《晚清小说与白话地位的提升》，载《文学评论》2011年第4期。

［2］高献红、白贵：《林译小说热的传播学分析——以"五四"前期为中心》，载《河北学刊》2007年第5期。

［3］蒋锡金：《关于林琴南》，载《江城》1983年第6期。

［4］阚文文：《晚清小说出版商的广告营销》，载《明清小说研究》2007年第4期。

［5］林怡、卓希惠：《处困还期得句工——近代著名翻译家王寿昌

及其〈晓斋遗稿〉》,载《中国韵文学刊》2005年第2期。

[6]凌昌言:《司各特逝世百年祭》,载《现代》1932年12月第2卷第2期。

[7]潘建国:《小说征文与晚清小说观念的演进》,载《文学评论》2001年第6期。

[8]苏桂宁:《林译小说与林纾的文化选择》,载《文学评论》2000年第5期。

[9]工玉琦:《清末民初文学传播中的稿酬制现象》,载《江西财经大学学报》2007年第5期。

[10]王兆鹏:《传播与接受:文学史研究的另两个维度》,载《江海学刊》1998年第3期。

[11]王兆鹏:《中国古代文学传播方式研究的思考》,载《文学遗产》2006年第2期。

[12]王兆鹏:《中国古代文学传播研究的六个层面》,载《江汉论坛》2006年第5期。

[13]杨联芬:《林纾与中国文学现代性的发生》,载《中国现代文学研究丛刊》2002年第4期。

[14]袁进:《试论晚清小说读者的变化》,载《明清小说研究》2001年第1期。

[15]曾宪辉:《林译小说的地位与影响》,载《福建师大学报(哲学社会科学版)》1982年第4期。

[16]张次第:《略论中国古代文学的传播目的与方式》,载《郑州大学学报(哲学社会科学版)》2004年第2期。

[17]张天星:《汪康年铅印林译〈茶花女〉考论》,载《济南大学学报(社会科学版)》2011年第4期。

[18]邹振环:《接受环境对翻译原本选择的影响——林译哈葛德小说的一个分析》,载《复旦学报(社会科学版)》1991年第3期。

后　　记

　　年华似水，匆匆一瞥；多少岁月，轻描淡写。这本小书从起心动念到最终付梓，经历了一个足够漫长的过程。漫长到每当我回顾过往都有恍惚之感，甚至觉得虚掷了不少时光。好在它终将以实体书的形式把这一人生片段呈现，也算是我对青葱岁月的一点总结。这一刻，心中百转千回，似乎理不出头绪，只能以最诚挚的心、最朴素的语言来感谢所有陪伴我走完这一程的人。

　　首先要感谢的是我的伴侣匡老师。我走上学术研究之路受匡老师影响很深。他一点点地启发我、带动我，帮我找到人生的志趣。很多时候，我都是以他为榜样的。从硕士到博士再到出国访学，我求学的每一步都得到了他深深的理解和不遗余力的支持，生活中也总能感受到他无微不至的照顾和爱护。他给了我无与伦比的温暖和感动。

　　还要感谢高华平先生、张三夕先生和王齐洲先生。能够成为他们的学生，我觉得非常幸运。我始终记得，高老师在授课或写文章时总会因陶醉而进入一种忘我的境界，他对学问的热爱常常感染着我，他的治学经历常常启发我：在学术研究的道路上若想取得一定的成就，必须要有厚实的根基、敏锐的悟性、开阔的视野和执着的精神。本书从构思到成形都离不开高老师的悉心指导。张老师不仅仅教导我如何做学问，更教育我如何做人、如何生活。张老师立的"张门门训"一直让我震撼："敬业乐群、守时守信、博而能一、厚积多发、严守学术规范、力创学术记录、刻苦磨炼办事的能力、迅速适应环境的变化、高度重视财富的积累、全面培育身心的健康、真诚维护家庭的和谐、充分享受生活的诗意"。这12条门训是张老师多年人生经验的总结，蕴含了张老师对学生所有的期望。"谦谦君子，温润如玉"，王老师身上总闪耀着传统知识分子的光辉，他常说的"不放弃、不拼命"业已成为我这些年的人生信条。每当我急躁或困顿的时候，都会想起王老师从容不迫的样子，他向我们示范了如何保持对事业和生命的热爱、如何以一颗平常心来面对生活，时时勉励我做一个内心笃定、不急功近利的人。

回顾我这些年的求学之路，不能忘记在华中师范大学出版社工作时那些一直关照我的老师们，以及华中师范大学语言研究所、文学院的诸位老师及好友，是你们的支持为我增添了追逐梦想的力量。

时常觉得我是幸运的。命运之手温柔地拂过我的脸，给我重重考验，也让我得到了那么多的关爱。父母的爱体现在一针一线、一粥一饭间；弟弟和女儿的爱体现在看到我时那充满喜悦的眼睛和一次次默默的陪伴；朋友的爱是学习、工作、生活中为我增添的各种趣味和共创未来的美好。

最后，还要感谢武汉理工大学政治与行政学院、法学与人文社会学院的领导和老师们给予我的种种帮助和鼓励，感谢武汉大学出版社的宋丽娜老师等为本书的出版所付出的辛劳。

本书的顺利出版得到了2018—2019年度国家留学基金委项目资助；本书系湖北省社科基金一般项目(后期资助项目)"林译小说在近代的传播研究"(20202s0030)成果，也是湖北省教育厅人文社科项目"留学生报刊与晚清文学的嬗变研究"(17G011)和中央高校基本科研业务费专项资金项目"近代报刊与近代文学的双向互动研究"(2016VI039)的成果。感谢以上项目的支持。

龚琼芳

2022年3月16日